www.blue-panther-books.de

Lucy Palmer

Mach mich geil!

Erotische Geschichten

www.blue-panther-books.de

BLUE PANTHER BOOKS TASCHENBUCH
BAND 2170

1. AUFLAGE: SEPTEMBER 2010
2. AUFLAGE: OKTOBER 2011
3. AUFLAGE: OKTOBER 2015

VOLLSTÄNDIGE TASCHENBUCHAUSGABE

ORIGINALAUSGABE

COVER: © ICONOGENIC @ ISTOCK.COM
UMSCHLAGGESTALTUNG: WWW.HEUBACH-MEDIA.DE
GESETZT IN DER TRAJAN PRO UND ADOBE GARAMOND PRO

PRINTED IN GERMANY
ISBN 978-3-86277-518-7

WWW.BLUE-PANTHER-BOOKS.DE

INHALT

Mit dem Gutschein-Code
LP4TBTKEW
erhalten Sie auf **www.blue-panther-books.de**
diese exklusive Zusatzgeschichte als E-Book
in den Formaten PDF, E-PUB und Kindle.
Registrieren Sie sich einfach online oder
schicken Sie uns die beiliegende Postkarte
ausgefüllt zurück!

Insel der Begierde

Ich, Lilian Keaton, wollte nur noch weg und alles hinter mir lassen: mein altes Leben in Newcastle, meine sogenannten »Freunde« und vor allem meinen Ex. Er war der Auslöser, dass ich noch mal ganz von vorn anfangen wollte. Nachdem er mich monatelang tyrannisiert hatte, weil ich die Beziehung beendete, hat er mir das Leben zur Hölle gemacht. Am Anfang terrorisierte er mich am Telefon, später lauerte er mir überall auf. Aber darüber will ich jetzt nicht weiter nachdenken. Nie mehr.

Meinem Chef Pete Stetson habe ich es zu verdanken, dass ich in drei Wochen in Cardiff meine neue Stelle in einem großen Reisebüro antreten kann. Der Leiter des anderen Unternehmens, Mr Jones, ist sein ehemaliger Studienkollege, und der war gerade auf der Suche nach einer neuen Angestellten.

Ich kann es noch gar nicht glauben – so weit weg von meiner alten Heimat. Doch zuvor möchte ich richtig abschalten. Pete hat mir seinen Malediven-Urlaub spendiert, sozusagen als Abfindung. Er fand es sehr schade, dass ich wirklich gehen wollte, aber er konnte mich verstehen, da er selbst vor Kurzem einen unschönen Rosenkrieg bei seinem besten Freund mitverfolgt hat.

Eigentlich war das ja Petes Malediven-Reise, aber aus persönlichen Gründen konnte mein Chef sie nicht antreten. Was für ein Glück für mich! Und was für ein Glück, so einen tollen Chef zu haben. Ich hoffe, mein neuer ist auch ein klein wenig wie Pete.

Hier, auf der winzigen Insel White Shell Island, lege ich den Startpunkt für mein neues Leben fest. Ein Einheimischer auf einem Dhoni bringt mich von der Plattform, an der das Wasserflugzeug angelegt hat, zu der schillernden Insel. Das kleine Boot mit dem lauten Dieselmotor pflügt durch das türkisfarbene Meer, und ich betrachte fasziniert die bunten Fischschwärme, die vor uns Reißaus nehmen. Gischt spritzt mir ins Gesicht, eine feuchtwarme Brise fährt durch mein Haar. Vor mir liegt ein blendend weißer Sandstrand, auf dem Palmen wachsen – es ist das Paradies! Zwei Wochen Sonne, Strand und Nichtstun warten auf mich. Es ist so herrlich hier, fast wie in einem Traum, ich kann immer noch nicht glauben, dass ich wirklich hier bin!

Direkt am Strand bewohne ich einen komfortablen Bungalow. Da sich die wenigen Touristen fast ausschließlich am Pool tummeln – wie kann man nur, wo der Indische Ozean badewannenwarm vor der Nase liegt –, habe ich hier meine Ruhe. Dennoch erspähe ich gleich meinen attraktiven Nachbarn, einen blonden Adonis, der einen Tag nach mir angereist ist und in dem Bungalow nebenan wohnt. Aber von den Männern habe ich erst mal die Schnauze voll, also versuche ich meine Konzentration auf die Schönheit der Natur zu lenken.

Schon am dritten Tag fühle ich mich hier heimisch und möchte nie wieder weg. Meine Sorgen liegen weit in der Ferne, daher pfeife ich eine fröhliche Melodie, als ich mich unter die Dusche begeben will, um mich zum Abendessen fertigzumachen. Das Essen hier ist fantastisch, exotisch. Am allermeisten freue ich mich auf die Nachspeise: Schokoladenkuchen mit Koriander. Noch nie habe ich einen besseren gegessen als hier. Oder schmeckt das Essen hier nur so gut, weil es mir großartig geht?

Die Außendusche liegt in einem abgetrennten Bereich, umgeben von hohen Mauern, hinter dem Haus. Über mir erstrecken sich grüne Palmwedel, in denen die Flughunde wie überdimensionale Fledermäuse hängen und es sich ebenfalls gutgehen lassen. Ich lege meinen knappen Bikini ab und fühle mich frei. Unendlich frei …

Gerade, als ich die Dusche andrehen will, höre ich hinter der Mauer das Rauschen von Wasser. Mein attraktiver Nachbar hatte wohl gerade dieselbe Idee. Ich konnte schon am Strand sein Sixpack, den breiten Rücken und den knackigen Po bewundern. Er ist wirklich ein Hübscher und rein optisch das genaue Gegenteil zu meinem Ex – der Idealmann zum Träumen!

Ob ich mal einen kurzen Blick wagen soll? Warum auch nicht, was ist schon dabei? Er wird es nie erfahren.

Ich gehe schnell hinein in das luxuriöse Badezimmer und entführe den Hocker, der vor dem Kosmetikspiegel steht. Schon platziere ich ihn an der Mauer, steige darauf und … tatsächlich, ich kann in seinen Garten sehen! Wow, er hat sogar einen eigenen Pool! Super Deluxe Bungalow! Blondie sieht also nicht nur verdammt gut aus, er hat anscheinend auch jede Menge Geld.

Ich schiele zwischen zwei Blumentöpfen hindurch, die nebeneinander auf der Wand stehen, und kann jedes Detail seines Luxuskörpers erkennen.

Schwer schluckend beobachte ich, wie er sich einseift und reichlich Schaum auf seinem besten Stück verteilt. Er ist doch tatsächlich rasiert zwischen den Beinen – komplett! Das habe ich bei einem Mann noch nie gesehen. Mein Ex hatte dort den reinsten Urwald. Aber bei meinem Nachbarn sieht es gut aus. Sauber, gepflegt.

Mir würde eine frische Rasur auch nicht schaden, aber bevor ich mich ans Werk mache, muss ich meinen Adonis noch länger betrachten. Er ist immer noch mit seinem Penis beschäftigt, der langsam dicker und länger wird, während das Wasser über sein Gesicht und die leicht gebräunte Haut läuft.

Er dreht mir kurz den Rücken zu, um noch einmal zum Duschgel zu greifen. Zwischen seinen Schulterblättern hat er ein kunstvolles Tribal-Tattoo, das ich am Strand nie so richtig sehen konnte. Ich glaube, es ist ein keltisches Muster. Die ineinander verwobenen Linien harmonieren mit dem Spiel seiner Muskeln und betonen seinen sportlichen Rücken.

Sein Oberkörper verjüngt sich zu den Hüften, und ich bestaune sein rundes, festes Gesäß, das am Ansatz zwei sexy Grübchen besitzt. Das Wasser läuft mir im Mund zusammen, während ihm das Wasser an den trainierten Schenkeln hinabläuft. Mir entkommt ein leiser Seufzer, und als er sich wieder umdreht, falle ich beinahe vom Hocker.

Himmel, er hat eine Erektion, und was für eine! Immer schneller fahren seine Finger über den prallen Schaft. Die Eichel steht dick und geschwollen hervor. Am liebsten möchte ich sie jetzt in mir spüren, so sehr pocht meine Vagina bereits. Meine Hand gleitet wie von selbst zwischen meine Schenkel, teilt die Schamlippen und findet die kleine Perle. Der Druck auf meinen Lustpunkt bringt auch mich dazu, schneller zu atmen. Ich tauche einen Finger in die sämige Feuchte, die sich bereits am Eingang gesammelt hat, und verteile sie in meiner Spalte. Ich wäre mehr als bereit, den hochroten Schwanz meines Nachbarn in mich aufzunehmen.

Meine Fantasie geht mit mir durch. Ich male mir aus, wie ich zu ihm in den Garten spaziere, mich an ihm reibe und er mich einfach unter der Dusche nimmt ... Oder vielleicht sollte *ich* ihn einfach nehmen? Zu ihm hingehen und mir seinen gewaltigen Ständer ... Lilian, woran denkst du überhaupt? Hat die Sonne dein Hirn verbrannt? Und was tu ich hier eigentlich? Stehe in meinem Garten, beobachte meinen Nachbarn und befriedige mich dabei. So etwas Verrücktes wäre mir früher nie in den Sinn gekommen!

Das leise Stöhnen meines Nachbarn lenkt mich wieder auf das Geschehen: Er kneift sich in die Brustwarzen, bis sie hart abstehen, dann knetet er seine Hoden, während die andere Hand grob über seinen Schaft fährt. Ja, er malträtiert ihn beinahe! Er mag es wohl härter.

Den Kopf in den Nacken gelegt, pumpt er mit den Hüften. Seine Hand wandert zu seinem Gesäß. Er dreht sich ein wenig und ich erkenne, wie er einen Finger zwischen die Backen schiebt und ... nein, er steckt sich den Finger doch nicht wirklich ...

Enttäuscht seufze ich leise. Na klar, er ist schwul.

Typisch! Entweder vergeben oder schwul. Aber deshalb lasse ich mir meine Lust nicht verderben. Ja, es turnt mich sogar an, ihn in einem derart intimen Moment zu erleben, wo er sich völlig der Leidenschaft hingibt.

Sein Gesicht ist verzerrt, doch selbst am Gipfel der Ekstase sieht er noch gut aus. Die milchige Flüssigkeit schießt aus der Spitze und vermengt sich mit dem Duschwasser. Immer wieder stößt sein Schwanz in die enge Faust, während er die andere Hand tief zwischen die Pobacken drängt, bis er ein letztes Mal pumpt und sich mit dem Rücken gegen die Fliesen lehnt. Mein Adonis lässt die Arme sinken, schließt entspannt die Augen.

Ich möchte ihn noch besser erkennen, weshalb ich den Blumentopf ein Stück zur Seite schiebe. Leider macht der verdammte Kübel dabei ein furchtbar lautes Geräusch. Mit rasendem Herzen springe ich vom Stuhl und lausche angestrengt. Die Dusche läuft immer noch, mein Nachbar hat wohl nichts bemerkt.

Aufatmend begebe ich mich zu meiner eigenen Dusche, aber ich bin so angeturnt, dass ich schon auslaufe, während ich duftendes Gel auf meiner Haut verschmiere. Es könnte sein Sperma sein, schießt es mir in den Kopf.

Welche Fantasien reiten mich denn plötzlich? Als ob meine Sexualität in dieser paradiesischen Umgebung zum ersten Mal erwacht ... Der Mann von gegenüber ist mein Adam, mein Dschungel-Boy.

Die Augen schließend fahre ich mit beiden Händen über meine Brüste. Meine Nippel stehen spitz ab und sind superempfindlich. Ich weiß, dass sie jetzt hochrot leuchten. Ob sie meinem Nachbarn gefallen würden, wenn er nicht schwul wäre?

Ich knete mein weiches Fleisch – ein Ziehen geht durch meine Brüste, das bis zwischen meine Beine fährt. Meine Finger gleiten tiefer, erspüren die Haare auf meinem Venushügel. Ich mache auch ihn schön glitschig, dann greife ich nach meinem Nassrasierer, der in der Seifenablage liegt. Vorsichtig ziehe ich die Klinge über meine Schamlippen, die dabei immer mehr anschwellen. Meine Hände zittern. Himmel, ich habe einen Mann beobachtet, wie er es sich selbst macht! Das mag mir einfach nicht aus dem Kopf gehen! Es war wahnsinnig erregend, dabei zuzusehen, besser als der beste Porno – falls es überhaupt einen guten Pornofilm gibt. Das künstliche Gestöhne und die platten Phrasen haben mich noch nie angemacht. Die Realität ist viel anregender!

Als ich den Duschkopf in die Hand nehme, um die Schaumreste abzuspülen, trifft der Wasserstrahl meine Klit. Die Beine gespreizt, halte ich den harten Strahl auf meine geöffnete Spalte. Dabei stelle ich mir meinen hübschen Nachbarn vor, der mich mit seiner Zunge verwöhnt. Bei ihm habe ich nichts zu befürchten, er steht ja nicht auf Frauen, was vielleicht ganz gut ist. Ich brauche erst mal Abstand. Daher eignet er sich wunderbar zum Träumen.

Wieder sehe ich vor meinem geistigen Auge, wie er seine Hand zwischen die Pobacken drängt. Ob er mit seinem Finger bei mir auch derart geschickt wäre? Und ihn hart in mich stoßen würde, bis ich ...

Ich komme, aber leider kann ich mich dabei nicht so sehr beherrschen wie er. Mein Lustschrei bringt einen Flughund um seinen Schlaf, der erschrocken davonfliegt, während meine Klitoris wild pocht und sich mein Innerstes rhythmisch zusammenzieht ...

***

Beim Abendessen dränge ich mich am Buffet dicht an meinen Adonis. Er steht vor mir in der Schlange und kann sich anscheinend nicht zwischen Fisch in Currysoße und Hühnchen entscheiden. Ich hoffe, es fällt ihm nicht auf, dass ich ihm am Hintern klebe, aber die anderen Gäste sind auch nicht diskreter. Wie Schmeißfliegen stürzen sie sich auf das Essen.

Tief sauge ich den angenehmen Geruch seines Aftershaves in meine Nase und stelle mir vor, wie sich sein goldenes Haar zwischen meinen Fingern anfühlt. Es wellt sich leicht in seinem gebräunten Nacken, was mich in Versuchung bringt, meine Hand danach auszustrecken, um über die breiten Schultern bis zu den schmalen Hüften hinabzustreichen.

Ob ich ihn umpolen könnte?

Nein, was für ein alberner Gedanke!

Sein Körper strahlt eine angenehme Wärme aus, und seine Nähe überwältigt mich beinahe. Ein Kribbeln läuft über meine Haut, von den Zehen bis in die Haarspitzen. So etwas ist mir noch bei keinem Mann passiert!

Als er sich plötzlich umdreht und dicht an mir vorbeigreift, wobei er mir ein spitzbübisches Lächeln schenkt und ein »T'schuldigung« murmelt, wird es mir ganz heiß. Bevor meine Knie nachgeben, suche ich mir schnell einen freien Platz, mit nur ein paar Kartoffeln auf meinem Teller. Ich bin sowieso viel zu aufgeregt, um zu essen. Außerdem pocht meine Vagina schon wieder. Nicht gut.

Vielleicht hockt er sich ja zu mir, hoffe ich dennoch, doch ein älteres Ehepaar schnappt sich die Stühle und erzählt mir von ihrem Tagesausflug auf die Nachbarinseln. Aber ich höre nur mit halbem Ohr zu.

Mein Nachbar setzt sich ein Stück weiter zu zwei jungen Männern – klar, wohin auch sonst –, die auf der Insel einen Katamaranverleih betreiben, und ich bilde mir bestimmt nur ein, dass er ab und zu in meine Richtung sieht. Das muss zum Träumen reichen ...

Ich seufze, und die Frau an meinem Tisch denkt wohl, ich lausche gespannt ihren Schilderungen. Ab und an werfe ich ein »Hm« oder ein »Wirklich?« ein, aber in Gedanken bin ich nur bei ihm.

Bin ich etwa dabei, mich zu verlieben? Nur das nicht! Wo ich gerade so einem besitzergreifenden Individuum entkommen bin.

Sofort versuche ich mich mehr in den Monolog mit meiner Tischnachbarin einzubringen, aber meine Augen spielen mir einen Streich. Sie bewegen sich immer wieder in die falsche Richtung.

Da! Adonis sieht schon wieder her! Und er lächelt ... So süß, hach ... Aber er ist ja auch nur ein Mann. Verteufelt sexy zwar und vom anderen Ufer, aber wenn er das nicht wäre – warum sollte er besser sein als mein Ex? Der hat mir am Anfang auch so schöne Augen gemacht.

Adonis ist rasiert ... schießt es mir in den Kopf.

Na und? Sagt das etwas aus? Heutzutage rasieren sich viele Kerle. Das hat nichts mit seinem Charakter zu tun.

Sofort muss ich wieder daran denken, wie er unter seiner Kleidung aussieht, wie er seinen stahlharten Schwanz in die Faust getrieben hat und ...

Nein, das muss aufhören! Lilian, benimm dich! Aber ich muss abermals zu ihm sehen, ich kann einfach nicht anders. Gerade knabbert er einen Hähnchenflügel ab. Einem Mann beim Essen zuzusehen, empfand ich noch nie als erotisch, aber jetzt ... Mein Schwarm leckt sich über die Lippen, dann verschwinden seine Finger nacheinander zwischen seinen Kusslippen. Ja, es müssen Kusslippen sein, denn sie sind so schön geschwungen und sehen herrlich weich aus.

Was fasziniert mich an dem Mann eigentlich so? Und warum hört mein Herz nicht auf zu rasen?

Okay, wenn ich mir die anderen Männer hier ansehe, liegt Adonis über dem Durchschnitt, aber so superschön ist er doch auch nicht.

Nein, ich verliebe mich nicht in ihn!

Hilfe! Hat er mir soeben direkt in die Augen gesehen und gelächelt? Baggert er mich an? Und errötet er etwa? Die Farbe steht ihm übrigens extrem gut.

Nein, jetzt spricht er wieder mit den jungen Kerlen, er ist ganz in ein Gespräch vertieft. Das bilde ich mir alles nur ein. Wahrscheinlich flirtet er mit dem Bootsverleiher.

Hach, es hat ja doch keinen Sinn. Ich verabschiede mich von meinen Tischnachbarn und stehe auf. Ohne einen weiteren Blick auf meinen Adonis zu verschwenden, gehe ich zurück zum Bungalow und versuche vehement, das Ziehen hinter meinem Brustbein zu ignorieren.

***

Ich kann nicht einschlafen, wälze mich unruhig auf den Kissen hin und her, obwohl die Klimaanlage für angenehme Temperaturen im Schlafraum sorgt. Aber es liegt nicht an der Hitze. Mit gehen einfach zu viele Dinge durch den Kopf. Ich bin aufgeregt, weil ich bald in einer mir fremden Stadt leben werde. Zudem habe ich einen neuen Job. Wird mein neuer Chef auch so nett sein wie der alte? Immer wieder mache ich mir dieselben Gedanken. Das muss aufhören, ich bin hier, um abzuschalten.

Ich stehe auf, knipse das Licht an und hülle meinen nackten Körper in den hauchdünnen, seidenen Bademantel, der an der Tür hängt. Keine Sekunde bereue ich, das Angebot meines ehemaligen Arbeitgebers angenommen zu haben. Eine bessere Abfindung als diesen Urlaub hätte ich gar nicht bekommen können. Danke Pete! Die Postkartenlandschaft und der Service sind einfach traumhaft.

Damit keine lästigen Moskitos in den Bungalow fliegen, schiebe ich die Terrassentür schnell auf und schließe sie sofort wieder hinter mir. Draußen ist es stockdunkel, ich sehe nicht einmal die Hand vor Augen. Langsam gehe ich das kurze Stück bis zum Strand, bis meine ausgestreckten Hände den Liegestuhl berühren, der fast schon im Wasser steht. Ich höre die Wellen sanft an das Ufer schlagen und inhaliere die salzige Brise. Die warme Luft streichelt mein Gesicht, dann fährt sie unter den dünnen Stoff, um meinen nackten Körper zu umschmeicheln. Herrlich!

Mit einem leisen Seufzer lasse ich mich in den Liegestuhl fallen und vergrabe die Zehen im Sand, der noch immer warm ist. Zahlreiche kleine Krabben fliehen in ihre Sandlöcher. Sie sind besonders nachts aktiv, und ich bin froh, dass ich sie jetzt nicht sehen kann. Noch nicht. Weil sich meine Augen erst an die Dunkelheit gewöhnen müssen.

Unverwandt betrachte ich den Himmel. Er ist pechschwarz. Die Sterne funkeln dermaßen hell, als hätte jemand unzählige Diamanten auf dunklem Samt ausgeschüttet. Hier auf den Malediven verschmutzt kein Licht die Nacht, und bei dem fantastischen Anblick entkommt mir ein »Wow!«.

»Wunderschön, nicht wahr?«, höre ich plötzlich eine Männerstimme neben mir und zucke zusammen.

Noch bevor ich irgendwas erwidern kann, redet der Unbekannte weiter: »Hallo, ich bin dein Nachbar. Mein Name ist Matt.«

Als etwas meinen Arm streift, zucke ich noch einmal zurück, aber dann greife ich mutig nach Matts Hand und schüttle sie. »Hallo Matt.« Mein Herz schlägt mir bis zum Hals. Es ist mein Adonis!

»Warum sitzt du hier so ganz allein?«, fragt er mit dunkler Stimme, die mir wohlige Schauer über den Körper treibt.

»Das könnte ich dich auch fragen.« Ich grinse in die Finsternis, während er immer noch meine Hand festhält, was mir nicht unangenehm ist. Sie fühlt sich groß und warm an.

»Vielleicht sollten wir uns zusammentun?«, schlägt Matt vor.

Was meint er mit »zusammentun«, frage ich mich, bis es mir dämmert. »Oh ...« Er ist also doch nicht schwul!

Adrenalin schießt durch meine Adern, mein Puls klopft unnatürlich laut in den Ohren.

Eigentlich wollte ich ja meine Ruhe vor dem anderen Geschlecht, aber so ein unverbindlicher Urlaubsflirt und dann auch noch mit ihm ... »Okay, ich bin Lilian Kea...«

»Pst!« Sofort legt sich sein Finger auf meine Lippen. Ich habe gar nicht bemerkt, dass er mir so nahe gekommen ist. Meine Augen haben sich immer noch nicht ganz an die Nacht gewöhnt, aber langsam nehme ich Umrisse wahr: Eine große Gestalt in einem Liegestuhl, dahinter die Palmen, die sich schwarz vom dunkelblau des Himmels abheben.

»Nur Lilian, das reicht«, erklärt er. »Je weniger wir voneinander wissen, desto leichter fällt uns später der Abschied.«

Wahnsinn, an was für einen Casanova bin ich denn da geraten? Er spricht schon von Abschied, obwohl es noch gar nicht begonnen hat. Wie oft hat er dieses Schauspiel schon aufgeführt?

Egal – ein wenig unverbindlicher Spaß wird mir vielleicht helfen, meinen Ex zu vergessen.

»Wir haben uns ja praktisch schon kennengelernt«, erzählt er weiter.

»Wie meinst du das?« Spielt er auf die Szene am Buffet an?

»Na, du hast mich doch beobachtet, als ich unter der Dusche stand.«

Mir bleibt für einen Moment die Luft weg. Verdammt, er hat es bemerkt! Wie peinlich! Sofort muss ich daran denken, wo er seinen Finger hatte. Zum Glück sieht er nicht, wie mir die Röte ins Gesicht schießt.

»Deswegen bist du mir auch bestimmt nicht böse, dass ich dir beim Rasieren zugeguckt habe«, raunt er.

Oh Gott, ich möchte meinen Kopf jetzt am liebsten in den Sand stecken! Aber Matt hält immer noch meine Hand. Ich spüre die Hitze seiner Gestalt, so nahe ist er mir. Mein Blut rauscht in Höchstgeschwindigkeit durch meinen Körper, mein Magen zieht sich zusammen. Aber dann denke ich: Ist doch egal, er kennt mich nicht und wir werden uns nie wiedersehen.

»Bist du mir böse?«, flüstert er, dicht an meinem Ohr.

Ich kann einfach nichts dazu sagen, es ist mir zu peinlich.

»Du brauchst dich nicht schämen, du hast einen tollen Körper.«

Als ich meine Sprache immer noch nicht gefunden habe, höre ich die Enttäuschung in seiner Stimme: »Es tut mir leid, dass ich dich so überfallen habe, Lilly. Du scheinst nicht der Typ Frau zu sein, die sich einen Mann nur zum Spaß angelt.«

Meine Augen haben sich endlich an die Dunkelheit gewöhnt. Aus dem Fenster meines Bungalows fällt ein schmaler Streifen schwachen Lichts zu uns herüber. Matt lässt meine Hand los und ich sehe, wie sich seine große Silhouette abwendet.

»Warte, Matt.« Meine Stimme klingt leise und wird vom Rauschen der Brandung übertönt, aber Matt hat mich gehört. Langsam dreht er sich um.

»Nur für den Urlaub«, stottere ich. »Ohne Verpflichtungen.«

»Das hört sich doch gut an«, erwidert er ebenso leise, aber ich bilde mir ein, dass seine hellen Zähne aufblitzen. Matt scheint es gewohnt zu sein, dass die Frauen ihn nicht zurückweisen. Bei seinem Aussehen ... Allein deswegen brauche ich mir bei ihm keine Hoffnungen zu machen, und das will ich ja auch nicht. So schnell werde ich mein Herz keinem Mann mehr öffnen. Ich habe zu große Angst, wieder verletzt zu werden.

Aber mein Körper braucht dennoch seine Streicheleinheiten. Schon spüre ich erneut dieses Kribbeln in meinem Unterleib, obwohl ich sehr nervös bin. Was wird Matt jetzt mit mir anstellen?

Doch er überrascht mich: »Warte hier, bin gleich wieder da!«

Tatsächlich kommt er bald zurück und breitet eine Decke auf dem warmen Sand aus. Er hat auch eine Schale Obst dabei sowie eine brennende Kerze, die er in den Sand steckt. Im schwachen Lichtschein erkenne ich, dass er nur eine Badehose trägt – eine dieser eng anliegenden Shorts, die seine muskulösen Oberschenkel umspannen. Ich habe immer noch den seidenen Kimono an, unter dem es mir aber langsam zu warm wird.

»Worauf hast du Hunger?«, fragt er mit hochgezogenen Brauen. Ganz ernst, so als würden wir im Restaurant sitzen.

»Banane«, erwidere ich spontan und kann nur auf seinen flachen Bauch starren. Im Kerzenlicht kommt das Sixpack besonders gut zur Geltung; auch die sanfte Wölbung in Matts Shorts sieht verlockend aus.

»Banane?« Seine Lippen kräuseln sich, worauf ich schon wieder rot werde, aber dann müssen wir beide lachen.

»Du bist ein verdorbenes Mädchen, Lilly«, sagt Matt.

Ja, soll er mich ruhig dafür halten …

Schon bald entwickelt sich ein lockeres Gespräch. Wir reden über Gott und die Welt – nur meinen Ex erwähne ich nicht –, wobei wir uns gegenseitig mit Obst füttern. Es macht Spaß mit Matt. Es ist ein unverbindliches Zusammensein ohne Verpflichtungen, und ich entspanne mich.

»Lust auf ein Bad?«, fragt er plötzlich und streichelt meine Wange. Die Flamme der Kerze spiegelt sich in Matts Pupillen, in denen ich Begehren erkenne.

Ich drehe den Kopf, lecke den Fruchtsaft von seinen Fingern und sauge einen davon ein – weil ich ja ein verdorbenes Mädchen bin.

Matt keucht auf und schließt die Augen, während ich seinen Zeigefinger mit der Zunge umspiele. So kenne ich mich nicht, aber als ich sehe, wie unsicher Matt plötzlich erscheint, treibt mich das an, ihn noch mehr zu reizen.

Mein Unterleib pocht zum Schlag meines Herzens, und

auch die Beule in seiner Hose wird größer. Ich beuge mich näher zu Matt, seinen Finger immer noch im Mund, und lasse meine Hand über seinen Bauch gleiten, stetig tiefer, bis sie im Bund seiner Shorts verschwindet.

»Lilly!«, stößt er mir meinen Namen entgegen, als ich sein Geschlecht ergreife und zudrücke. Hart und warm pulsiert es gegen meine Finger. Seine Wehrlosigkeit und sein empfindlichstes Organ in meiner Hand erregen mich.

»Ich will dich nackt sehen«, spreche ich meine Gedanken laut aus. Die Dunkelheit, die uns wie ein schwarzes Tuch einhüllt, macht mich mutig.

Matt zieht seinen Finger aus meinem Mund, legt sich auf den Rücken und schlüpft aus der Badehose. Wie erstarrt liegt er da, die Augen geschlossen, und atmet schnell. Das Bild des Machos verschwimmt zunehmend, denn Matt scheint doch eher der schüchterne Part zu sein, auch wenn ich das kaum glauben kann, nach allem, was er bis jetzt gesagt hat.

Wie er so daliegt und sich sein Körper im Kerzenschein präsentiert, überfällt mich ein immer stärkeres Lustgefühl. Das Bedürfnis, dieses herrliche Stück Mann in mir zu spüren, wächst unentwegt. Aber irgendwie gehört sich das nicht gleich beim ersten Date, oder?

Ach was, ich habe Urlaub, ich bin hier, um mich zu amüsieren!

»Wollten wir nicht Baden gehen?«, frage ich mit heiserer Stimme, denn ich stehe kurz davor, mich auf Matt zu setzen und ihn zu nehmen. Sein Penis ragt steil nach oben, ich streichle ihn noch immer. Er ist schon ganz feucht, was mich in Versuchung führt, die Tropfen wegzulecken.

»Okay, nach mir!« Matt steht grinsend auf und läuft ins Wasser, ich hinterher. Es ist warm und einfach nur herrlich.

Wir tollen ein wenig herum und halten uns dicht am Strand, wo die Kerze steckt und das Wasser flach ist, da ich Angst vor Haien habe. Die tun einem zwar nichts, wenn man sie in Ruhe lässt, aber diese Tiere flößen mir einen gewaltigen Respekt ein.

Später liegt Matt unter mir am Ufer, während die Brandung über unsere Beine schwappt. Ich halte sein Glied in der Hand und reibe es. Matt scheint zu genießen, was ich mache. Er liegt einfach nur da, stöhnt und lässt sich verwöhnen. Aber ich will ebenfalls meinen Spaß!

»Mach's mir auch mit der Hand!«, fordere ich und werde schon wieder rot. Gehört Matt zur selben Gattung wie mein Ex? Nur nehmen und nichts geben?

Zu meiner Überraschung flüstert Matt jedoch: »Ich mache alles, was du willst«, und schon schieben sich seine Finger zwischen meine Schenkel.

»Alles, was ich will?«

»Alles«, haucht er, während er meine Schamlippen massiert.

Nun gut, das werden wir ja sehen. Ich wünsche mir schon lange etwas Bestimmtes, vor dem mein Ex immer zurückschreckte. Aber für einen Moment möchte ich noch Matts Finger in meiner Spalte genießen, die dort gekonnt auf und ab fahren. Sie spielen an meiner Perle, reiben und drücken sie, bis ich fast komme, doch ich möchte all das hier noch länger genießen, außerdem möchte ich sehen, ob Matt sein Versprechen hält. Also drehe ich mich auf ihm herum und senke meinen Unterleib auf sein Gesicht. »Leck mich.«

Artig fährt Matt mit seiner Zunge über meine empfindsamsten Stellen.

Ich erschaudere, als ich seinen Atem in meiner Spalte fühle. Zärtlich teilt seine Zungenspitze meine Schamlippen und sucht die Knospe, die schon sehnsuchtsvoll pocht. Matt stupst sie an, dann saugt er und leckt hart darüber. Er nimmt seine Hände dazu, mit denen er meine Pobacken massiert. Es ist ein irregutes Gefühl, und ich genieße jeden seiner Zungenschläge, während ich meine Hüften auf seinem Gesicht kreisen lasse.

Jetzt hält mich auch nichts mehr, von ihm zu kosten, also stülpe ich meine Lippen über seine Erektion. Sie schmeckt nach Meersalz und Mann. Matt keucht an meinen Kitzler, was mir zeigt, dass ihm meine Zärtlichkeiten ebenfalls gefallen. Tief nehme ich ihn bis in meinen Rachen auf, lecke über seinen geäderten Schaft und sauge dann wieder nur an der Spitze. Dabei streichele ich seine Beine, erspüre die Muskeln unter der glatten, leicht behaarten Haut, an der ein wenig Sand klebt.

»Ich komme gleich!«, sagt er atemlos, bevor er mich wieder mit seiner Zunge verwöhnt und auch seine Nase dazunimmt – ja, sein ganzes Gesicht ist zwischen meinen Schenkeln verschwunden, so intensiv leckt er mich. Seine Nase stupst gegen meine hintere Pforte, und sofort spüre ich auch hier seine Zunge. Niemals zuvor hat mich jemand dort geleckt! Es fühlt sich ungewohnt an, aber gut.

»Lilian, ich kann nicht mehr ...«, stöhnt er zwischen meine nassen Falten.

»Nein, du wirst dich zurückhalten, ich bin noch nicht so weit!« Okay, das ist eine Lüge, aber ich möchte den Höhepunkt noch ein wenig hinauszögern. Und ich merke, dass es ihm gefällt, wenn ich ihm etwas befehle.

»Lilly ...«

»Beherrsche dich!« Doch schon gleiten meine Lippen wieder über seine Härte, weil es mir Spaß macht, zu bestimmen. Matt soll bemerken, dass ich nach niemandes Pfeife mehr tanze, endlich will ich auch mal bestimmen!

Er scheint tatsächlich zu gehorchen, denn seine Zungenschläge werden schneller, seine Finger fordernder. Es dauert nicht lange, da spüre ich die ersten Kontraktionen in mir. Der Höhepunkt überspült mich wie gewaltige Wellen, und ich muss aufhören an Matt zu saugen, weil ich mich kaum auf allen vieren halten kann. Mein Kitzler klopft gegen seine Zunge, und zu wissen, dass ich meine Scham auf das Gesicht eines Mannes presse, das von meinem Saft ganz nass sein muss, verstärkt meinen Orgasmus.

Mutig geworden durch meine überschäumenden Gefühle, ziehe ich seine Schenkel an und drücke sie auseinander. Ich massiere seinen Schaft, fahre mit dem Finger daran entlang nach hinten und lasse ihn fest auf seiner Rosette kreisen. Sie fühlt sich zart an und unwahrscheinlich glatt. Es ist zu verlockend und ich weiß ja, dass er es mag: Noch während mein Höhepunkt andauert, schiebe ich meine Fingerspitze vorsichtig in ihn. Sein Muskel umschließt ihn hart – ich spüre die seidige Hitze in seinem Inneren.

Matt schreit beinahe, aber nicht vor Schmerzen. Nein, es ist ein Lustschrei, sein ganzer Körper bebt.

Als meine Ekstase abklingt, kann ich kaum glauben, was passiert ist und dass mein Finger noch immer in ihm kreist. Im Halbdunkel nehme ich Matts Erektion wahr, die gegen meine Wange stupst, als würde sie um Zuneigung betteln.

»Jetzt darfst du«, sage ich atemlos, bevor ich ihn wieder tief in den Mund nehme. Nur drei pumpende Bewegungen reichen aus und Matt spritzt ab. Der dickflüssige Saft überflutet meinen Rachen, was mich zum Schlucken zwingt, aber Matt schmeckt angenehm. Nicht bitter, sondern nur leicht salzig und irgendwie lieblich. Das muss vom Obst kommen, überlege ich grinsend, sodass etwas Sperma an meinem Mundwinkel herausläuft, denn es heißt ja: Ananas sorgt für ein süßes Aroma.

Unter mir bäumt sich sein Körper auf. Matt drückt sich mir immer noch entgegen, tiefer in meinen Mund hinein, bis nichts mehr kommt, während sich sein Schließmuskel um meinen Finger verkrampft. Dann bleibt er schwer atmend liegen. Ich löse mich von ihm, drehe mich herum und schmiege mich an seine Brust.

Matt sieht mich überrascht an, dann lächelt er wieder dieses Schmetterlinge-im-Bauch-Lächeln. »Du bist mein wahr gewordener Traum, Lilly.«

Was meint er damit?

***

Mittags chillen wir in Matts Whirlpool, der sich hinter dem Bungalow in seinem Privatgarten befindet, und schlürfen einen Drink. Beide sind wir nackt – hier kann uns ja keiner sehen –, und ich habe eine völlig unbefangene Einstellung zu meinem Körper bekommen. Matt mag mich so wie ich bin.

Eng an ihn gekuschelt sitze ich neben ihm. Er legt einen Arm um mich und ich fühle mich geborgen.

»Hattest du schon mal ein ganz außergewöhnliches Sexerlebnis?«, fragt mich Matt auf einmal.

Überrascht stelle ich mein Glas am Beckenrand ab und schaue ihn an. »Du meinst ... so was wie Sex im Freien?«

Er grinst, während er sich an einer Braue kratzt, und sieht dabei unheimlich süß aus. »Nee, noch krasser.«

Beschämt schüttele ich den Kopf. Was mir in den letzten zwei Tagen mit Matt passiert ist, war bisher mein außergewöhnlichstes sexuelles Erlebnis. »Und du?« Natürlich hat er was ganz Tolles erlebt, was für eine Frage!

»Ja«, bestätigt er sofort meinen Verdacht. »Magst du hören?«

»Logisch.« Ich bin ja von Natur aus neugierig.

»Ich brauchte Geld und hatte mich auf eine Anzeige beworben. Es ging da um erotische Fotos, und es wurde sehr gut bezahlt. Ich hatte aber nicht gewusst, worauf ich mich einlasse und dass es mein weiteres Leben entscheidend verändern würde.« Aus großen Augen sieht er mich an.

»Erzähl, ich will alles wissen!« Jetzt hat mich Matt verdammt neugierig gemacht.

Seufzend fährt er sich durch das Haar. »Okay, da wir uns eh nie wiedersehen werden, vertrau ich dir mein größtes Geheimnis an.«

Als ich »nie mehr wiedersehen« höre, versetzt es mir einen Stich ins Herz, aber ich lasse mir nichts anmerken. Abermals rufe ich mir ins Gedächtnis, dass alles hier nur ein Spaß ist und am Tag der Abreise endet.

Plötzlich wirkt Matt nervös. »Kann sein, dass du danach nichts mehr mit mir zu tun haben möchtest.«

»Matt!« Er macht mich noch wahnsinnig mit seiner Geheimniskrämerei. »Du hast doch niemanden umgebracht?!«

Er lacht. »Natürlich nicht!« Und ich lausche gebannt, als er anfängt zu erzählen: »Es begann alles während meiner Studentenzeit ...« Matt war zwanzig Jahre alt, als ihn Geldnöte dazu trieben, sich auf ein Inserat zu melden. Er wollte unbedingt ein Auto, aber seine Eltern konnten ihm gerade einmal das Studium finanzieren.

»Tja, und plötzlich saß ich da in einem Fotostudio, das sich in einem ehemaligen Fabrikgebäude befand, vollkommen nackt, meine Füße an die Stuhlbeine gefesselt und meine Arme hinter meinem Rücken zusammengebunden. Ich hatte eine Scheißangst.«

»Das glaube ich dir«, murmele ich und schmiege mich noch fester an seine Brust. In was war er da nur hineingeraten?

Der Fotograf schoss unentwegt Bilder und fand Matts Darstellung seiner Angst herausragend. »Doch da war ja nichts gespielt!«, sagt er. »Und als dann plötzlich drei maskierte Frauen in den Raum kamen, die in Lack und Leder gekleidet waren und Peitschen schwangen, da hätte ich fast einen Herzinfarkt bekommen.«

Ich muss grinsen. »Dominas?«

»Ja«, gesteht Matt. »Ich hätte mir das Inserat genauer durchlesen sollen. Es ging um Aufnahmen für ein SM-Magazin, aber ich war noch so jung und hatte überhaupt keine Ahnung, was diese ganzen Abkürzungen bedeuteten: SM, BDSM, D/S und so weiter.« Erst schwänzelten die Dominas um ihn herum wie Katzen, kratzten mit ihren langen Fingernägeln über Matts nackten Körper und streichelten ihn mit den Peitschen. »Das hat mir dann doch schon mehr zugesagt«, fährt er grinsend fort.

Während er erzählt, nimmt meine Erregung zu. Gern würde ich auch einmal einem Mann richtig zeigen, wo's langgeht, und so versetze ich mich gedanklich in eine der Dominas, die Matt lustvoll unterworfen hat.

»Plötzlich kniete sich eine der Frauen zwischen meine geöffneten Schenkel«, spricht Matt leise weiter, »und nahm meinen Schwanz in den Mund.«

Ich kann mir das Bild lebhaft vorstellen: wie sie so lange daran lutschte und saugte, bis er knallhart war und kurz vor dem Abschuss stand, um ihn dann wieder leiden zu lassen.

Meine Klitoris beginnt zu pochen. Matt – gefesselt und absolut wehrlos ... Das würde mir an ihm auch gefallen. Ich könnte mit ihm anstellen, was ich wollte, ihm befehlen, mich zu lecken, ihm meine Schamlippen ins Gesicht drücken ...

»Hörst du mir überhaupt zu?«, reißt er mich aus den Gedanken.

»Ich bin voll dabei«, erwidere ich atemlos und greife nach

seiner Hand, um sie in meinen Schritt zu legen. Sofort presst Matt sie in meinen Spalt, fährt mit einem Finger hinein, während die Blubberblasen des Pools um uns herum aufsteigen. »Du bist total glitschig.«

Ungewollt entweicht mir ein Stöhnen.

»Und verdorbener, als ich dachte. Du kamst mir wie die Unschuld vom Lande vor.«

War ich auch irgendwie, aber das muss ich Matt ja nicht auf die Nase binden. Also lächle ich ihn nur an.

»Ich bin froh, dass du verdorben bist«, sagt er leise, den Blick entrückt, und küsst mich. Seine Zunge dringt in meinen Mund ein, und ich genieße Matts Geschmack. Dabei schiebt er seinen Finger in mir vor und zurück.

»Jetzt will ich aber wissen, wie es weiterging«, hauche ich an seine Lippen. »Und hör bloß nicht auf, deine Finger zu bewegen!«

Seine Augen werden glasig, als er meine Anweisung befolgt und seine Hand schneller bewegt. Mir kommt es vor, als würde er wegdriften, abgleiten in eine andere Bewusstseinsebene.

Ist Matt gar nicht schüchtern, sondern etwa devot?

Leise keuchend erzählt er weiter: »Während die eine Domina an mir saugte, haben die anderen beiden meine Nippel malträtiert. Sie gezupft und an ihnen gerieben, bis sie fast wund waren, damit sie auf den Fotos richtig rauskamen. Irgendwie gefiel mir immer besser, dass die Frauen mit mir machten, was sie wollten. Als ich beinahe kam, haben sie plötzlich aufgehört.«

»Hat sie es *so* gemacht?«, frage ich ihn und kneife in seine Nippel.

Matt schließt stöhnend die Lider. Er nickt und taucht offensichtlich immer weiter ab in die Szene, wobei er mich weiterhin mit seinen Fingern befriedigt.

Er ist nicht nur devot, sondern auch noch masochistisch veranlagt.

Leise redet er weiter: Die Maskierte zwischen seinen Beinen holte eine dicke Schnur hervor, mit der sie anfing, Matts Erektion zu umwickeln. Sie legte eine Schlaufe unterhalb der Hoden um den Penis und zog behutsam zu. Dann teilte sie mit dem Seil die Hoden, umwickelte auch diese. Gerade so fest, dass es wehtat, aber nicht zu fest, um sie komplett abzuschnüren. »Sie verstand ihren Job.« Während Matt erzählt, leuchten seine Augen, und ich sehe durch das klare Wasser, dass ihn allein die Erinnerung hart werden lässt. Ich schließe meine Finger um seinen Schaft und drückte zu.

Matt stöhnt meinen Namen.

»Erzähle weiter, oder …«

»Oder?« Verträumt sieht er mich an. Da drücke ich fester zu und Matt verdreht die Augen. Er stöhnt lauter.

»Hör nicht auf …«, flüstert er, aber sofort lasse ich ihn los.

»Hier stelle ich die Regeln auf. Los, rede, ich will mehr erfahren!«

Er spricht stockend weiter, wobei sich meine Finger wieder um seine Erektion schließen. Solche Spiele scheint er zu lieben und ich genieße es ebenfalls.

»Die eine Domina wickelte das Seil um meinen ganzen Schwanz, nur die Eichel schaute noch heraus.« Hochrot und geschwollen ragte sie mitten in den Raum, erste Tropfen liefen aus dem geschlitzten Loch. Die Frau leckte sie weg, und Matt erschauderte.

»Dann legten sie mir einen Knebel an. Ich wehrte mich, doch vergeblich. Ich konnte mich ja kaum bewegen.« Die Dominas kniffen in sein Fleisch, verteilten zarte Bisse auf Matts Körper und saugten daran, bis er überall mit Flecken und Blutergüssen übersät war.

»Plötzlich setzte sich eine Domina auf meinen Schoß, ihre Beine waren weit geöffnet und ich sah, dass ihr Höschen im Schritt offen war. Ihre Schamlippen waren rasiert, rosig und geschwollen. Den Anblick werde ich nie vergessen. Sie rieb sich an meinem Schwanz und an der Schnur, die darumgewickelt war, dann setzte sie sich einfach drauf und er glitt tief in sie hinein.«

»Sie hat dich einfach ... gegen deinen Willen?« Ich kann kaum glauben, was er da erzählt, aber es macht mich trotzdem an. Unbewusst schließen sich meine Finger fester um seinen Schaft.

»Na ja ... eigentlich schon, aber in diesem Moment konnte ich mir nichts Schöneres vorstellen. Ich war so erregt und hätte abspritzen können, aber diese verdammte Schnur hat das verhindert.« Während Matt erzählt, zieht er mich auf seinen Schoß. Ich setze mich auf ihn, das Gesicht ihm zugewandt, und reibe mich an ihm wie die Frau in seiner Geschichte. Dabei zwirble ich seine Knospen und beiße leicht in seine Schulter. Matt fährt total darauf ab!

»Und weiter?«, frage ich, weil er aufgehört hat zu sprechen. Matts Augen sind geschlossen, sein Kopf ist in den Nacken gelegt, sodass sein Kehlkopf hervortritt, den ich sanft küsse. Ich hebe mein Becken, und schon gleitet seine Erektion in mich, drängt meine Schamlippen zur Seite und füllt mich aus.

Matt unter mir zittert. Ob er in Gedanken bei der Session ist?

»Weiter ...«, flüstere ich in sein Ohr. »Und wehe, du kommst!«

Stotternd fährt er fort, während ich auf ihm reite und mich an ihm reibe. Es ist herrlich, sich das zu nehmen, was man möchte.

»Die Dominas haben mich fast in den Wahnsinn getrieben. Sie ritten auf mir, alle drei, immer abwechselnd. Dabei hatte ich den Fotografen, der ständig um den Stuhl herumlief, total vergessen. Die Frauen brachten mich jedes Mal so hoch, dass sich ein unendlich großer Druck in mir aufbaute, doch der konnte nicht entweichen. Es war eine Qual, und doch wieder nicht. Ich kann das Gefühl kaum beschreiben.« Matt wusste nicht, wie lange sie ihn schon gequält hatten, denn er verlor sämtliches Zeitgefühl. Die Frauen verbanden ihm die Augen und schlichen um ihn herum, bissen leicht in seine Brustwarzen oder knabberten an der Penisspitze, die dermaßen dick und geschwollen war, dass sie gleich zu platzen schien. Matt wusste nie, was sie als Nächstes taten, und als er plötzlich einen Peitschenhieb an seinem Oberschenkel spürte, überfiel ihn wieder die Panik.

»Ich hatte Angst, dass sie meinen Schwanz treffen. Der gehörte irgendwie nicht mehr zu meinem Körper, führte ein eigenständiges Dasein. Er pochte und schmerzte – es war unerträglich, doch zugleich so lustvoll. Einfach geil.«

Ich zwicke in seine Nippel und reite ihn heftiger. »Du stehst also auf Schmerzen?«

»Ja ...«, keucht er. »Aber nicht zu arge Schmerzen.« Matt blinzelt grinsend, worauf ich ihn einfach küssen muss. Er legt seine Arme fest um mich und knetet meine Pobacken. Vorsichtig beiße ich in seine Unterlippe, dann ziehe ich sie lang. Ich habe aufgehört, mich auf ihm zu bewegen, da ich fühle, wie nahe er einem Höhepunkt ist.

»Du bist grausam«, nuschelt er, weil ich immer noch seine Lippe festhalte.

Lächelnd lasse ich los. Nach einem innigen Zungenkuss fordere ich ihn auf, weiterzuerzählen.

»Sie haben mir nicht wirklich wehgetan mit den Schlägen, aber die Angst, tatsächlich getroffen zu werden, schürte meine Erregung. Das ist doch nicht normal, oder?«

»Was ist schon normal, Matt?« Meine Finger zerwühlen sein feuchtes Haar und ich stecke die Nase hinein, weil es wunderbar nach ihm riecht.

»Du verurteilst das nicht?«, fragt er leise.

»Nur, wenn du nicht endlich erzählst, wie die Geschichte ausging!«

»Nun, sie endete mit einem Mega-Orgasmus.« Er sieht verträumt aus, als er berichtet, wie er kam, als eine Domina das Seil abwickelte. Sobald der Druck von seiner Wurzel weg war, stieg sein Saft empor.

In dem Moment kommt Matt tatsächlich, obwohl ich mich kaum bewegt habe. Sein Ständer zuckt in meiner Vagina, die wie eine Saugglocke darum liegt. Er wirft den Kopf zurück, wobei sich seine Finger in meine Pobacken krallen, um mich noch fester auf ihn zu drücken. Ein Lustschrei löst sich aus seiner Kehle, und ich muss Matt den Mund zuhalten, aus Angst, die Nachbarn könnten ihn hören und glauben, er habe sich verletzt. Aber meine Hand auf seinen Lippen scheint ihn noch heißer zu machen.

Ja, er liebt es, gequält zu werden.

Ein warmes Gefühl breitet sich in meiner Brust aus, als ich ihn dermaßen losgelöst sehe, sein hübsches Gesicht in Ekstase verzehrt, jeden Muskel angespannt.

Dann rutscht er mit mir auf dem Schoß tiefer in das Becken und lehnt sich entspannt gegen den Rand.

»Du hast meinen Befehl missachtet, das muss bestraft werden«, kommentiere ich grinsend, als ich fühle, wie sein Penis in mir weich wird.

Auch Matt lächelt. »Na ja, seit diesem Erlebnis bin ich süchtig nach Unterwerfung und Bestrafung, wie du vielleicht schon ein klein wenig bemerkt hast. Ich habe einen stressigen

Job mit viel Verantwortung und brauche das als Ausgleich.«

Mein Herz klopft schneller. »Hast du jemanden, der …«

Er schüttelt den Kopf.

»Du gehst in Sex-Clubs?«, frage ich, in der Hoffnung, er verneint, aber meine schlimmste Vermutung bestätigt sich.

»Clubs, anonyme Treffen, die ich über das Internet arrangiere. Ich habe bisher noch keine Frau gefunden, die mir das geben kann, was ich brauche. Außerdem habe ich Angst, dass meine Neigung irgendwie rauskommt und jemand in der Firma davon erfährt, also lasse ich mich erst gar nicht mehr auf eine Beziehung ein.« Leise fügt er noch hinzu: »Deswegen habe ich schon einmal jemanden verloren.«

»Das tut mir leid«, erwidere ich aufrichtig.

»Das muss es nicht. Sie wollte mich nicht so wie ich wirklich bin, also hat sie mich auch nicht verdient.«

»Richtige Einstellung«, sage ich lachend und muss Matt schon wieder auf seine herrlich weichen Lippen küssen. Hm, er schmeckt einfach zu gut! »Aber es geht nicht, dass du für den Rest deines Lebens allein bleibst oder für dein Vergnügen zahlen musst. So ein Mann wie du …«

Tief sieht er mir in die Augen, was eine Schar Schmetterlinge in meinem Magen aufwirbelt.

Schnell ablenken!

»Du wirst mich lecken, bis ich komme!«, gebe ich einen Befehl, bevor ich mich noch ganz und gar in Matt verliebe, und setze mich auf den Rand des Pools. Dort öffne ich die Beine.

Meine Spalte glänzt, Saft und Sperma laufen aus mir heraus.

»Ich liebe dein Parfum«, murmelt Matt und kniet sich gehorsam zwischen meine Schenkel. Er spreizt mit den Fingern meine Schamlippen, dann beginnt er über die freigelegte Knospe zu lecken.

»Warum bist du denn allein auf die Malediven geflogen?«, frage ich schwer atmend. Mir gefällt der Anblick des Mannes an meinem Schoß und wie seine Zunge über meinen Kitzler flattert.

Seine Begleitung habe ihn sitzen gelassen, erklärt er mir zwischen seinen Zungenschlägen, aber Matt wollte nicht auf den Urlaub verzichten. »Ich brauchte diese Auszeit.« Augenzwinkernd lächelt er zu mir herauf. Herrje, seine Grübchen sind aber auch zu süß! »Und ich bin froh, dass ich allein hergekommen bin, sonst hätte ich dich nie kennengelernt.« Dann senkt er den Kopf wieder und stößt seine Zunge in mich hinein, um mich auszulecken. Es macht mich an, dass er auch seinen eigenen Saft schmeckt.

Seine Begleitung ... Spricht er von einer anderen Frau? Sie muss ganz schön blind sein, um nicht zu erkennen, was für ein wundervoller Mann unter der Schale des Sonnyboys steckt.

Aber meine Gedanken driften ab, als ich meinem Höhepunkt näherkomme. Meine Muskeln kontrahieren, meine Vagina zieht sich zusammen. Mehr Saft läuft aus mir heraus, den Matt gierig aufsaugt.

»Leck mich fester«, hauche ich ihm entgegen, wobei ich meine Beine weiter öffne, und plötzlich pocht mein Kitzler gegen seine Zunge. Ein Feuerwerk scheint in mir zu explodieren – der Orgasmus ist heftig. Ich bin es nicht gewohnt, derart verwöhnt zu werden, sodass mein Körper auf Matts Reize äußerst intensiv reagiert. Meine Finger krallen sich in sein weiches, helles Haar, um seinen Kopf noch fester an meinen Schoß zu ziehen. Ich drücke ihm meine Hüften entgegen.

Obwohl Matt kaum noch Luft holen kann, führt er das Spiel mit seiner Zunge fort, bis mein Rausch abklingt und sich mein Herzschlag langsam normalisiert.

Aus großen Augen sieht er zu mir her. Dabei bemerke ich, dass sich sein Geschlecht schon wieder aufgerichtet hat.

»Braver Junge, das hast du gut gemacht«, lobe ich ihn und rutsche zurück in den Pool. Matt hat sich eine Belohnung verdient ...

***

Wir verbringen die nächsten Tage gemeinsam – ich bin mehr oder weniger in seinen Bungalow eingezogen. Wir schnorcheln, machen Ausflüge auf die Nachbarinseln und zwischendurch unsere Sexspielchen. Sie werden immer extremer, aber Neues auszuprobieren reizt mich.

»Du bist hier jemand anderes, lass dich fallen, lass deine verdorbensten Wünsche Wirklichkeit werden!«, hat Matt mir schon an unserem zweiten gemeinsamen Tag gesagt, und er hat recht. Einen Mann zu dominieren ist eine völlig neue Erfahrung für mich, doch sie macht Spaß. Bisher war ich immer diejenige gewesen, die »benutzt« wurde. Mein Ex war diesbezüglich leider nicht sehr einfallsreich und Sex mit ihm hat mir nie große Freude bereitet. Ganz anders ist es mit Matt.

Der verbringt den heutigen Nachmittag mit Tauchen – allein. Ich habe keinen Tauchschein und bin auch nicht wild darauf, obwohl ich gern schnorchle, aber ich habe schon mein ganzes Leben Probleme mit meinen Ohren gehabt und möchte jetzt keine Entzündung riskieren. Dafür produziere ich gerade eine Unmenge sündiger Gedanken. Wenn Matt von der Tauchbasis zurückkommt, führt sein Weg erst mal zu mir, und da ich ja mittlerweile bei ihm wohne, bin ich schnell in meinen Bungalow gegangen, um einige »Spezialsachen« zusammenzusuchen. Heute möchte ich etwas mit Matt ausprobieren, weshalb mein Herz schon vor Aufregung gegen meinen Brustkorb springt. Es war nicht einfach, hier auf der

Insel alles zu bekommen, was ich wollte, aber mit ein wenig Improvisation wird es schon passen.

Ich stopfe alles in meine Strohtasche, die ich sonst an den Strand mitnehme, und eile wieder hinüber. Gerade noch rechtzeitig, denn ich sehe Matt bereits den Strand entlanglaufen.

Ich winke ihm zu, dann verschwinde ich in seinem Bungalow, wo ich die Tasche hastig mit dem Fuß unter das Bett schiebe.

»Hallo, Honey!«, begrüßt er mich, als er durch die Terrassentür kommt. Sein Haar ist verstrubbelt, und Matt sieht unglaublich süß aus, wie immer. Wenn ich es nicht besser wüsste, würde ich denken, wir beide verbrächten unsere Flitterwochen auf den Malediven, so nahe sind wir uns bereits gekommen. Ich kenne seine Lieblingsspeisen, weiß, was er gern trinkt, und habe auch schon einige seiner Eigenarten kennengelernt. Ab und zu lässt er den Macho raushängen, bevorzugt in der Öffentlichkeit, doch er ist dabei keineswegs gemein zu mir. Ich denke aber, dass er damit seine Neigung überspielt, weil er es ja eigentlich liebt, wenn ich ihn an die Kandare nehme.

Außerdem kommt er aus England, genau wie ich, aber wir haben uns darauf geeinigt, keine Details preiszugeben.

Nur über ganz persönliche Dinge weiß ich nicht Bescheid: wie er richtig heißt, was er beruflich genau macht, außer sein eigener Chef in einer Firma zu sein, und ob er noch Familie hat.

Nach einem innigen Kuss verschwindet er unter der Dusche, dann lässt er sich splitternackt mit dem Bauch aufs Bett fallen, alle viere von sich gestreckt.

Schmunzelnd setze ich mich neben ihn. »Ja, so gefällst du mir am besten: alle Körperstellen frei zugänglich.«

»Was?« Er dreht den Kopf und lächelt mich an. Seine Augen nehmen wieder diesen verträumten Ausdruck an, doch sofort lässt er den Kopf wieder sinken, schließt die Lider. »Ich gehöre ganz dir.«

»Das wollte ich hören.« Ich tätschle ihm eine Pobacke und greife dabei unter das Bett, um einen Seidenschal aus der Strohtasche zu ziehen. Diesen Schal trage ich immer während des Fluges, wenn die Klimaanlage an Bord zu kühl eingestellt ist, aber jetzt muss dieses Stück Stoff für andere Zwecke herhalten, denn ich verbinde Matt damit die Augen.

»Was hast du vor?«, fragt er leise, doch er wehrt sich nicht.

Ich gebe ihm keine Antwort, stattdessen befehle ich: »Arme über dem Kopf ausstrecken!«, und dann binde ich sie mit meinen Schnürsenkeln an das Bettgestell. Ja, richtig gehört, mit den Schnürsenkeln meiner Sneaker. Ich musste, wie gesagt, improvisieren. Aber die Schnüre sind weich und breit – sie schneiden ihm hoffentlich nicht ins Handgelenk.

Matt zerrt ein wenig an seinen Fesseln und dreht den Kopf in meine Richtung, aber er kann mich ja nicht sehen. »Lilly?«

Es macht mich so sehr an, diesen großen Kerl derart hilflos zu erleben, dass mein Höschen feucht wird.

»Lilian?«, haucht er kleinlaut.

»Auf die Knie!«, erwidere ich.

Matt gehorcht sofort, und als er in den Vierfüßlerstand geht, so gut er es mit den gefesselten Armen vermag, sehe ich, dass er bereits eine knallharte Erektion hat.

»Du bist unartig, Matt! Du kannst dich wohl kein bisschen beherrschen, was?« Noch ehe ich weiß, was in mich gefahren ist, hole ich aus und lasse meine Hand auf seine muskulöse Pobacke sausen, die er mir vors Gesicht streckt.

Matt zuckt und stößt ein überraschtes Keuchen aus, sein Glied zuckt ebenfalls, und ich sehe, wie aus der Spitze ein Tropfen läuft.

Für einen Augenblick starre ich auf den rötlichen Handabdruck auf seiner Pobacke, die zum Rest seines gebräunten Körpers beinahe weiß erscheint, doch dann hole ich abermals aus und lasse meine Hand immer wieder mit gezielten Schlägen auf seinen Hintern klatschen.

Schwer atmend legt Matt seine Stirn auf der Matratze ab, während seine Hoden zu jedem Schlag hüpfen und sich zu festen Bällen zusammenziehen.

Bald muss ich tief Luft holen, um wieder zu Atem zu kommen. Das Schlagen ist anstrengend und erregend zur selben Zeit. Während ich pausiere, puste ich über die rötlichen Stellen auf seiner sonst so makellosen Haut und streiche mit den Fingerspitzen darüber. Matt bekommt eine Gänsehaut und stöhnt leise.

»Spreiz deine Beine ein Stück!«, befehle ich, und Matt stellt seine Knie sofort weiter auseinander. Ich greife zwischen seinen Oberschenkeln hindurch, um an sein Geschlecht zu fassen. Mit langsamen Bewegungen schiebe ich die sensible Haut auf dem harten Kern vor und zurück.

Matts ganzer Körper zittert. Die Schläge haben ihn anscheinend schon so hoch gebracht, dass er kurz davor steht, zu kommen. Also halte ich still, den Steifen fest in meinen Fingern, und spüre, wie er gegen meine Handfläche pulsiert.

»Lilly ... bitte«, fleht Matt. »Lass mich kommen!«

»Noch nicht«, flüstere ich.

Mein Herz klopft in einem wilden Stakkato, weil ich nicht weiß, wie Matt gleich reagieren wird, aber ich muss es einfach ausprobieren und kann seit Tagen an nichts anderes mehr denken. Jetzt, wo ich seine geöffneten Pobacken vor mir sehe und seine so unschuldig wirkende Rosette, wird der Drang stärker, meinen geheimsten Wunsch wahr werden zu lassen.

Hat Matt nicht selbst gesagt, ich solle genau das tun?

Mit dem Zeigefinger streiche ich über die zarte Haut an seinem Loch, und der Ring zieht sich sofort enger zusammen.

»Lilian, was hast du vor?« Matts Stimme klingt rau vor Verlangen. Dass er immer noch ungemein erregt ist, ist unschwer zu erkennen. Sein Penis zappelt regelrecht in meiner Hand. Matts Lusttropfen haben bereits einen feuchten Fleck auf dem Bettlaken hinterlassen, die Adern an seinem Schaft sind prall gefüllt.

Wagemutig beuge ich mich zu seinem Gesäß und küsse Matts Pobacken, die noch von meinen Schlägen glühen. Mit der Zunge ziehe ich feuchte Bahnen über die zarte Haut und gleite dabei immer tiefer in seine Spalte. Matt riecht dort ganz anders – etwas herber –, aber dennoch außergewöhnlich gut. Ich nehme einen tiefen Atemzug seines männlichen Aromas, dann stupse ich meine Zunge gegen seinen Eingang. Glatt ist er und heiß.

Matt keucht laut auf. »Gott, Lillian!« Sein Penis in meiner Hand bäumt sich auf, woraufhin ich ihn noch fester umschließe.

Auch meine Zunge drängt stärker gegen seinen Anus. Zuckend öffnet er sich ein wenig.

Matt kann es wohl kaum erwarten.

Abermals beuge ich mich über das Bett und hole aus der Tasche meinen Vibrator und eine Dose mit Vaseline, die ich zum Glück im Inselshop aufgetrieben habe. Mit Gleitcreme konnten sie hier natürlich nicht dienen.

Ich öffne den Tiegel, um eine gute Portion auf dem silbernen Edelstahlvibrator zu verteilen, der mich überallhin begleitet. Dann verstreiche ich auch etwas Fett auf Matts sensibel wirkenden Eingang.

Als ich das kühle Metall an Matts Rosette ansetze, zuckt er zusammen. »Was ist das?«

Meine Stimme zittert leicht. »Wart's ab, es wird dir gefallen.«

Matts flacher Bauch bewegt sich hektisch, er zerrt an den Fesseln. »Lilly?«

»Ich könnte alles mit dir anstellen. Schlimme, qualvolle Dinge«, hauche ich in sein Ohr, um seine Erregung anzustacheln.

Bei meinen Worten geht ein Schauer durch seinen Körper. Natürlich könnte er sich mit Leichtigkeit losreißen, aber Matt spielt mit.

»Beweg dich nicht!«, befehle ich ihm und drücke den Vibrator sanft an seinen Schließmuskel.

Der Ring öffnet sich fast von selbst. Die silberne Spitze des Stabes gleitet hinein und ich kann kaum glauben, dass das wirklich passiert.

»Lilly!«, stößt Matt hervor, als ob er nicht mehr fähig wäre, etwas anderes zu sagen als meinen Namen.

»Scht«, besänftige ich ihn, während er sein Gesäß einzieht, »schön hierbleiben!« Mein freier Arm schlängelt sich um seine Hüfte, um wieder seine Erektion zu umschließen. Als ich sie fest in meiner Hand halte, drücke ich Matts Unterleib dem Vibrator entgegen. Immer tiefer verschwindet er in ihm, was ein Beben durch seinen Körper schickt.

Sein Penis in meiner Hand wird noch härter. »Wehe, du spritzt ab!«

»Ich ...« Matt hechelt, um sich wieder zu fassen. »Ich halte es nicht mehr lange aus.«

Erst jetzt sehe ich, dass sich Schweiß in der Rille über seiner Wirbelsäule gebildet hat. Matt kämpft also wirklich!

Meine Atmung wird schwerer, mein Kitzler pocht heftig, sodass ich die Oberschenkel zusammendrücke, um das Gefühl zu verstärken. Am liebsten würde ich mich jetzt unter Matt legen, um mir seine Erektion einzuführen, aber dann würde ich dieses anregende Schauspiel verpassen, wie ich den Vibrator langsam vor und zurück bewege. Sein Inneres scheint das Metall förmlich einzusaugen, und ich muss darauf achten, dass das nicht tatsächlich passiert. Von solch peinlichen Unfällen hört man ja immer wieder ...

Vor Konzentration scheuert Matt seinen Kopf am Bettlaken, aber ich liebe es, ihn leiden zu sehen, also drehe ich frech am Regler, und mit einem Summen fängt das Gerät an zu vibrieren.

Matt schreit.

Er drückt den Rücken durch, sein Schwanz zuckt in meiner Hand und er schießt seinen Samen auf die weißen Laken.

Allein dieser Anblick hat mich auch selbst fast kommen lassen. Ich stelle den Vibrator aus und ziehe ihn vorsichtig aus ihm heraus.

Matt bricht zusammen, dann macht er sich auf der Matratze lang. Nachdem ich ihm die »Fesseln« und auch das Tuch vor den Augen abgemacht habe, hält er die Lider geschlossen, wobei er immer noch schwer atmet.

»Das war der reine Wahnsinn«, sagt er leise und streckt seinen Arm nach mir aus, um mich an seinen heißen Körper zu ziehen. »*Du* bist der reine Wahnsinn.«

Wir küssen uns sanft und mit einer Zärtlichkeit, die mir den Atem raubt und mein Herz vor Sehnsucht zergehen lässt.

Ob ich ihn fragen soll, ob wir uns einmal treffen können, wenn wir wieder in England sind? Ich möchte das mit Matt immer wieder erleben. Aber ich beiße mir auf die Zunge. Unsere »Beziehung« war von Anfang an klar geregelt. Stattdessen sage ich: »Der Wahnsinn ist noch nicht vorbei, mein Lieber, denn du bist ohne meine Erlaubnis gekommen.«

Matt öffnet schmunzelnd die Augen. »Ich werde meine Strafe gehorsam abarbeiten, Herrin.« Dann schnappt er sich den Vibrator und steigt aus dem Bett. Ich höre, wie im Badezimmer das Wasser läuft, dann kehrt er mit dem Gerät zurück.

Entspannt lege ich mich auf den Rücken, die Beine gespreizt. Matt wird schon wissen, was er jetzt zu tun hat ...

***

Am Tag der Abreise wird mir bewusst, dass ich mich unsterblich in Matt verliebt habe. Er wäre der Mann, nach dem ich immer gesucht habe. Aber ich weiß, ich war für ihn nur ein Urlaubsflirt, er hat das sicher schon öfter gemacht. Wer weiß, vielleicht warten zu Hause sogar eine Frau und Kinder auf ihn, er kann mir schließlich viel erzählt haben.

Matt kommt mit zum Anlegesteg, wo bereits ein Dhoni auf mich und andere Gäste wartet, um uns zum Wasserflugzeug zu bringen. Da Matt einen Tag später abreist, weil er in England einen anderen Zielflughafen hat, endet unsere Beziehung hier. Ich versuche locker zu bleiben, aber eigentlich ist mir nur nach Heulen zumute.

Auch Matt sieht nicht besonders glücklich aus, doch wahrscheinlich bilde ich mir das nur ein.

»Also dann ...«, sagt er, ohne mir in die Augen zu sehen. »Komm gut nach Hause.« Ich erwarte beinahe, dass er mich nach meiner Telefonnummer fragt, damit ich ihn anrufe, wenn ich wohlbehalten angekommen bin, aber er umarmt mich nur kurz und drückt mir einen flüchtigen Kuss auf den Mund.

Alles in mir schreit: »Lass diesen Mann nicht gehen!«, und ich kann meine Tränen kaum zurückhalten, doch ich muss akzeptieren, dass es jetzt vorbei ist.

Ein letztes Mal sauge ich seinen Geruch tief ein. Ob er morgen beim Packen bemerkt, dass ihm ein T-Shirt fehlt?

Irgendein Souvenir von ihm brauchte ich, wenn mir sonst nichts von ihm bleibt.

»Also dann …«, sage auch ich, bevor ein Hotelangestellter mein Gepäck nimmt und mir auf das Boot hilft. Ich nehme mir vor, nicht zurückzusehen, aber ich schaue ununterbrochen in Matts Richtung. Der Wind spielt mit seinem blonden Haar und presst das weiße Hemd an seinen Körper, wodurch ich jeden Muskel erahnen kann. Die Hände in seinen Shorts vergraben, steht er da und starrt mich an.

Was für ein traumhafter Mann, welch traumhafter Ort.

Ja, wie in einem Traum … So kommt es mir vor.

Je weiter wir auf den Indischen Ozean hinausfahren, desto kleiner wird Matts Gestalt. Er befindet sich immer noch am Steg und winkt, als wir die schwimmende Plattform erreichen, an der das Wasserflugzeug angelegt hat.

Auch als der Flieger abhebt, steht Matt noch da, und ich presse meine tränennasse Nase gegen das winzige Fenster, bis die Insel eine von vielen grün schillernden Klecksen im türkisfarbenen Wasser ist …

***

Mir klopft das Herz bis zum Hals, als ich vor der Tür des Reisebüros in Cardiff stehe. Hoffentlich ist Mr Jones ein ebenso angenehmer Mann wie mein alter Chef. Ich sammle all meinen Mut, streiche meinen Rock glatt und stoße die Glastür auf.

Eine Angestellte, die vor einem hohen Regal mit Prospekten steht, blickt zu mir.

»Guten Tag«, begrüße ich sie mit der Hoffnung, dass sie das Zittern in meiner Stimme nicht heraushört. Ich bin unendlich aufgeregt. »Mein Name ist Lilian Keaton. Ich habe einen Termin mit Mr Jones.«

»Einen Moment, bitte.« Die Frau steht auf, klopft an eine

Tür weiter hinten im Raum und steckt kurz den Kopf hinein, dann nickt sie mir zu.

Wackeligen Schrittes marschiere ich an ihr vorbei in das Büro meines neuen Arbeitgebers. Ich sehe ihn sofort: Ein blonder Mann mit Anzug sitzt hinter einem wuchtigen Tisch über ein paar Unterlagen gebeugt. »Setzen Sie sich bitte«, sagt er ... und mein Atem stockt. Die Stimme kenne ich, ebenso das helle Haar, die breiten Schultern ... »Matt!«

Er blickt auf, und seine Augen durchbohren mich förmlich. »Lilly?«

Ich nicke, mein Hals ist wie zugeschnürt.

Träume ich?

»Du bist Lilian Keaton?«, fragt er leise, dann steht er auf. Er geht um den Tisch herum und stellt sich vor mich. Seinen Gesichtsausdruck kann ich nicht deuten – er sieht irgendwie schockiert aus und seine Hände zittern ebenfalls. »Das kann unmöglich sein.«

Auch ich kann es kaum glauben. »Solche Zufälle gibt es doch nicht.«

Matt denkt offensichtlich nach, denn seine Stirn legt sich in Falten.

Was für eine besch...eidene Situation. Ich war mit meinem Chef im Bett! Das ist dann wohl das Aus.

Mit meinem Chef ... mit Matt ...

Schlagartig schießen mir all die Bilder in den Kopf, die mich nachts beim Einschlafen verfolgen: Matts aufregender Körper, sein vor Lust verzerrtes Gesicht, wie ich den Vibrator in ihn schiebe ... und wie unendlich er mir gefehlt hat.

»Und was jetzt?«, flüstere ich. Matt plötzlich wiederzusehen haut mich fast um. Aber ob es ihm ebenso geht? Er scheint nicht sehr erfreut. Ob er mir kündigen wird? Ich weiß ja über seine Ängste Bescheid, dass niemand etwas über seine Neigungen erfahren soll.

Immer noch huscht sein Blick über mich. »Du siehst gut aus«, bemerkt er.

Ich atme auf, und einen Wimpernschlag später fügt er hinzu: »Ich hab dich vermisst, Lilly.«

Der Raum um mich herum scheint sich zu drehen. Mir ist schwindlig vor Glück.

Er hat mich vermisst? Bedeutet das, dass ich mehr für ihn war, als ein Urlaubsfick?

»So, du bist also mein neuer Chef?«, frage ich leise, aber mit einem bedrohlichen Unterton. Mein Puls rast. Vor mir steht mein Matt, der Mann, nach dem ich mich nach dem Urlaub unendlich verzehrt habe.

Mach jetzt keinen Fehler ... ermahne ich mich. Ich könnte alles verlieren: Matt und den Job. Wenn ich das nicht schon habe. Aber ich könnte auch dafür sorgen, dass er das bekommt, wonach er sich schon ewig sehnt.

»Hast du wirklich nicht gewusst, dass ich deine neue Angestellte werde?«, will ich wissen.

Matt schüttelt den Kopf, starrt mich immer noch an. »Nein.« Wie angewurzelt steht er vor seinem Tisch.

Ich mache einen Schritt auf ihn zu – er weicht zurück, bis er mit dem Gesäß gegen den Schreibtisch stößt.

»So einen Zufall halte ich für unwahrscheinlich.«

»Ich auch«, erwidert er leise. »Da steckt bestimmt Pete dahinter.«

Mein alter Chef? »Wie meinst du das?«

»Pete dachte wohl, ich halte nach einer festen Beziehung Ausschau, nachdem ... aber wegen meines Jobs nicht dazu komme, mir eine Frau zu suchen.«

»Was wolltest du mir sagen? Nachdem …?« Da ich heute hochhackige Schuhe trage, bin ich fast so groß wie Matt. Unsere Nasenspitzen berühren sich beinahe, als ich mich an ihn dränge. Ich spüre seine Erektion, und noch ehe Matt reagieren kann, fährt meine Hand in seine Hose.

Matt schließt aufkeuchend die Augen.

»Ich will es wissen!« Meine Finger legen sich um seine Härte, die in meiner Hand pocht, und drücken zu. Meine Lippen gleiten seitlich an seinem Hals entlang, wo ich Matts Aftershave rieche – es ist dasselbe wie auf den Malediven – und der Duft bringt mich fast um den Verstand.

Mir kann ja nichts passieren. Entweder bin ich schon gefeuert oder er stellt mich ein und ich werde seine Partnerin … in allen Lebenslagen.

Mein Griff um seine Erektion verstärkt sich. »Nachdem …?«

»Nach meiner Scheidung!«, stößt er aus, und plötzlich erinnere ich mich wieder an Petes Worte: Er erzählte mir, dass er selbst vor Kurzem einen unschönen Rosenkrieg bei seinem Freund mitverfolgt habe. Pete musste Matt gemeint haben! Auch kommen mir Matts Worte in den Sinn, als er davon sprach, keiner Frau seine Neigung anzuvertrauen, nachdem er sich einmal offenbart hatte und verlassen worden war … von seiner Ehefrau!

»Ich kenne dein Geheimnis«, flüstere ich dicht an seinem Ohr. »Und ich weiß, was du brauchst.« Der Schaft in meiner Hand wird noch härter. Matts Knie geben nach, und er setzt sich auf die Tischkante.

»Du brauchst es hart, Matt.« Während ich das sage, flattern seine Lider, und als ich beginne, ihm einen runterzuholen, stößt er abgehackt die Luft aus. »Und du liebst es pervers, Matt. Wie würde es dir gefallen, wenn ich dir diesen Textmarker jetzt hinten reinschiebe?« Mit einem Kopfnicken deute ich auf die Schreibtischplatte.

In diesem Moment ergießt sich Matt zitternd und leise stöhnend in meine Hand.

Wie immer finde ich es überwältigend, ihn kommen zu sehen: sein zu einem stummen Lustschrei geöffneter Mund, den ausgeprägten Kehlkopf, den er mir entgegendrückt, weil er den Kopf in den Nacken legt ...

Wie sehr habe ich das vermisst!

Langsam ziehe ich meine Hand aus seiner Hose. Sie ist über und über mit Matts Sperma bedeckt. Schnell greift er in sein Jackett und gibt mir sein Taschentuch, aber ich lecke meine Handfläche vor seinen Augen ab. Eine kleine Ewigkeit ist es her, dass ich zuletzt von ihm gekostet habe, und ich möchte mir keinen Tropfen entgehen lassen.

»Du bist einfach unglaublich«, flüstert er, wobei er eine Hand an meine Wange legt.

»Und ... Hab ich den Job?«, frage ich frech, doch meine Selbstsicherheit ist nur vorgetäuscht. Ich bin so aufgeregt, dass meine Beine wohl jede Sekunde nachgeben.

Matt nickt, dann sieht er mir tief in die Augen und zieht mein Gesicht ein Stück zu sich. »Das mit uns ...«, beginnt er unsicher.

»... wird unser Geheimnis bleiben«, flüstere ich. Grundgütiger, ich habe den Job! Heißt das, ich habe auch Matt?

»Ich ...« Er möchte mir etwas sagen, doch er scheint sich nicht zu trauen. In solchen Momenten geht mein Herz über vor Liebe zu diesem Mann. Er sieht mich einfach nur an und stottert, während er meine Wangen mit beiden Händen umschlossen hält und selbst ganz rot um die Nase wird.

»Ich hab dich so vermisst, Lilly. Ich ...«

»Ja, ich dich auch«, hauche ich an seine Lippen, bevor ich ihn besitzergreifend küsse.

Führe mich nicht in Versuchung No. 4

In naher Zukunft ...

Riley schloss die Augen und unterdrückte ein Stöhnen, als sich Leah im Dienstwagen zu ihm herüberbeugte. Sie hielt sich ein Nachtsichtgerät vor die Augen, mit dem sie zu seiner Scheibe hinaussah.

Riley schwitzte. Warum musste ausgerechnet er ihr Einweisungsbeamter sein?

Er konnte ihre Körperwärme fühlen, roch ihr Shampoo und ihren ganz eigenen, weiblichen Duft.

Es machte ihn wild. Gierig. Geil.

Sein Herz klopfte schneller. Er spürte, wie sich seine Fänge verlängerten. Sein Gaumen juckte, Speichel sammelte sich in seiner Mundhöhle. Er konnte Leahs Blut durch ihre Adern pulsieren hören, es beinahe riechen und schmecken. Und er wusste, wie es schmeckte: süß und rein – nach Leah eben. Ihr Blut war die pure Versuchung. Schon drei Mal hatte er in den letzten sechs Wochen von ihr gekostet.

Drei Mal zu viel.

Riley krallte seine Finger in das Polster des Sitzes und versuchte angestrengt nach draußen zu sehen, obwohl er wusste, dass da niemand war. Wenn er sich stark konzentrierte, konnte er jeden Menschen, jedes Tier im Umkreis von einem Kilometer allein an seinem Herzschlag erkennen. Doch im Moment hörte er außer seinem eigenen nur Leahs Herz. Es ging ein wenig zu schnell. Sie war aufgeregt. Wegen des Jobs oder wegen ihm?

Riley fühlte des Öfteren ihre forschenden Blicke auf sich, wie sie ihn heimlich musterte, ihn wie zufällig berührte. Vielleicht waren es tatsächlich nur Zufälle und er bildete sich etwas ein, wo nichts war. Beinahe wünschte er, Leah würde ihn attraktiv finden, aber das würde alles nur schlimmer machen, denn dann wüsste Riley nicht mehr, ob er sich ganz zurückhalten könnte.

Die junge Frau neben ihm hatte keine Ahnung, was er war. Nachdem er von ihr getrunken hatte, hatte er jedes Mal mittels Gedankenkraft ihr Kurzzeitgedächtnis gelöscht. Ansonsten hätte Leah ihn entweder schon umgebracht oder er säße jetzt in irgendeinem gottverdammten Versuchslabor fest.

Immer noch war sie ihm viel zu nahe. Eine Hand hatte sie auf seinem Sitz abgestützt, ihre Finger berührten seine Jeans. Seine Haut hinter dem Stoff schien zu brennen.

Normalerweise konnte er ohne Probleme seine Triebe beherrschen, nur bei Leah wollte ihm das immer seltener gelingen und heute war es besonders schlimm.

»Meinst du, er ist weg?«, flüsterte sie.

»Glaub schon«, sagte er leise, damit sie nicht hörte, wie heiser seine Stimme klang. Er konnte sich kaum noch kontrollieren, das Hemd klebte auf seiner schweißnassen Brust.

Sie waren schon seit einer ganzen Stunde allein; nicht ein Tier wagte sich in seine Nähe. Sie witterten ihn, wussten, was er war.

Ihre Zielperson hatte sich überhaupt nicht blicken lassen.

Sie befanden sich ein paar Kilometer außerhalb der irischen

Stadt Cork, wo es außer Feldern und kleinen Waldstücken nicht viel gab. Niemand würde Riley beobachten, niemand würde Leahs Schreie hören können, wenn er sie …

Als Leah sich bückte, um das Nachtsichtgerät unter ihrem Sitz zu verstauen, fiel ihr Haar nach vorn und entblößte ihren Hals, der im dunklen Wagen wie eine helle Säule strahlte.

Riley schluckte, unfähig, den Blick abzuwenden. Er brauchte kein Nachtsichtgerät, kein Fernglas. Er brauchte nur Blut …

Ihr Blut.

Riley sah ihre pochende Halsschlagader und hielt sich nur mit Mühe zurück, nicht seine Fänge in sie zu schlagen, um an ihr zu saugen. Es überfiel ihn das unbändige Verlangen, sie zu beißen und ihr liebliches Blut zu kosten. Sie schmeckte einfach himmlisch, und zu *wissen*, wie sie schmeckte, machte es noch schlimmer. Riley wollte sie jeden Tag mehr. Seine Fänge schmerzten. Hätte er seine Mundwinkel gehoben, würde Leah sofort erkennen, was er war, und Vampire standen auf der Abschussliste nach wie vor ganz oben.

Leah richtete sich wieder auf, schaute ihn mit weit offenen Augen an. Sie wirkten beinahe schwarz wie ihr Haar, aber beides würde im Tageslicht dunkelbraun aussehen. Wie Zartbitterschokolade.

»Ich glaube, der kommt nicht wieder, O´Sullivan.«

»Ja, fahren wir«, erwiderte Riley rau und blickte auf das verlassene Holzhaus zu seiner Linken, das sich auf einem Acker befand.

»Riley? Siehst du was?«, wisperte sie, wieder viel zu dicht an seinem Ohr. Es war beinahe, als würde Leah seine Nähe suchen.

Gar nicht gut.

Er schloss die Augen, den Kopf immer noch zur seitlichen Scheibe gewandt, damit sie ihn nicht ansehen konnte. Auf

Knopfdruck öffnete er sein Fenster einen Spaltbreit und kühle Nachtluft wehte herein. Er nahm einen tiefen Zug, um Leahs Duft aus seinen Lungen und Sinnen zu verdrängen.

»Riley?«

»Hm? Nein, da ist nichts.« Hastig legte er seinen Daumen auf den Anlasser, und mit einem biometrischen Scan seines Fingers startete der Wagen.

Er liebte es, wenn sie ihn Riley nannte. Fuck, er liebte sie und würde doch nie mit ihr zusammen sein können. Leah jagte Wesen wie ihn. Er jagte Wesen wie ihn. »Ich mach nur 'nen kurzen Abstecher. Ich muss mal.«

Leah nickte. »Ich glaube, ich halte es auch nicht mehr bis nach Hause aus.« Immerhin war es nichts Ungewöhnliches, irgendwo am Straßenrand oder hinter einem Gebüsch sein Geschäft zu verrichten, wenn man auf Streife war. »Der Job macht mich ganz schön nervös. Ich weiß nicht, ob Polizistin wirklich das Richtige für mich ist.«

»Ging mir am Anfang auch so«, erwiderte er, um irgendwas zu sagen. Er konnte kaum sprechen mit seinen ausgefahrenen Raubtierzähnen.

Riley lenkte den Wagen in ein angrenzendes Waldstück, wo er den Motor abstellte. Das Licht ließ er jedoch an, damit Leah im Dunkeln etwas erkannte. Sie lief nach rechts und Riley sah, wie sie hinter einem Busch verschwand.

Er schlug die andere Richtung ein und lief los, so schnell er konnte, immer tiefer in den Wald. Er musste Abstand halten, sich beruhigen. Die Reaktionen seines Körpers unter Kontrolle bringen. Tief atmete er den Duft von feuchter Erde sowie Moos ein, während er seine Geschwindigkeit reduzierte und raschen Schrittes weiterging. Er glaubte fast, Leah bis hierher riechen zu können, über einen Kilometer von ihr entfernt.

Kaum außer Atem blieb er stehen, um zu lauschen. Leah saß wieder im Auto. Er hatte die Tür gehört. Warum mussten seine verdammten Sinne viel schärfer sein als bei einem Menschen? Doch er war kein Mensch. Er brauchte Blut, um zu überleben. Zwar nicht viel, nur jede Woche ein bisschen, aber zu seinem Leidwesen musste es Menschenblut sein. Er hatte einmal in der Zoohandlung eine Ratte gekauft, in der Hoffnung, sie könnte ihn eine Zeitlang ernähren. Als er es endlich fertiggebracht hatte, in ihre pelzige Haut zu beißen, hatte er sich übergeben. Danach hatte er das verschreckte, aber unversehrte Tier wieder zurückgebracht und war bei den Blutkonserven geblieben. Wenn das Blut im Beutel noch warm war, konnte es durchaus schmackhaft sein, aber eine ältere Konserve brachte er nur hinunter, wenn er das Blut vorher aufwärmte. Doch auch dann schmeckte es fahl, wie billiger Wein. Als er jedoch Leahs Blut gekostet hatte, wäre er fast gestorben vor Genuss. Niemals zuvor hatte etwas so gut geschmeckt wie sie. Und er wusste nicht mehr, wie er ohne ihr Blut überleben sollte, ohne wahnsinnig zu werden.

Seufzend machte Riley sich auf den Rückweg, wobei er sich seine dunklen Haarsträhnen aus der Stirn strich. Er war kein richtiger Vampir, denn er alterte normal, vertrug Sonnenlicht – er musste seine empfindlichen Augen lediglich mit einer Sonnenbrille schützen – und konnte sogar gewöhnliche Nahrung zu sich nehmen. Bis auf seinen verdammten Blutdurst hätte er ein fast normales Leben führen können. Wenn ihm seine Eltern nicht schon vor langer Zeit erklärt hätten, wie er an Blutkonserven kommen konnte, wäre er verhungert. Denn er hatte sich stets geweigert, von einem anderen Menschen zu trinken als seiner Mutter. Doch aus dem Säuglingsalter war er ja wohl raus.

Nach dem Vorfall mit der Ratte – den er natürlich tunlichst verschwieg –, hatte sein Vater sofort erkannt, wie schlecht es ihm ging. Duncan O´Sullivan hatte nicht weiter nachgehakt, Riley jedoch geraten, ein Bordell aufzusuchen, um dort einer Hure ein wenig Blut abzuzapfen und gleichzeitig seine aufkeimenden Triebe zu befriedigen. Doch allein der Gedanke hatte ihn angeekelt. Riley hatte es kein einziges Mal ausprobiert.

Warum zur Hölle hatte er dann seine Kollegin gebissen?

Er konnte sich noch gut an den Tag vor zwei Monaten erinnern, als Leah Gallagher in sein Auto gestiegen war und er sie zum ersten Mal gerochen hatte. Sofort hatte sein Herz schneller geschlagen, er war auf der Stelle hart geworden und ihre Schönheit hatte ihn augenblicklich verzaubert.

Drei Tage später hatte er seine Fänge in das zarte Fleisch ihres Halses gebohrt.

Danach war er fix und fertig gewesen, hatte Gedanken an Selbstmord gehabt. Aber wenn er tot war, konnte er Leah nicht mehr beschützen. Sie würde bei einem anderen Beamten im Auto sitzen und keine Chance haben, wenn so ein Superkrieger, nach dem sie fahndeten, über sie herfiel …

Manchmal wusste Riley nicht, wo er hingehörte. Vor zehn Jahren war es ihm am sinnvollsten erschienen, ein Garda, ein Polizist, zu werden. Bei der Garda Síochána, wurde ein Mann mit seinen Fähigkeiten gebraucht. Natürlich wusste niemand, außer seinen Eltern, wer oder was er war. Und es war nur zu gut, dass er sich niemandem anvertraut hatte, denn jetzt jagte er im Auftrag des Staates Irland solche Wesen wie ihn: Bestien. Menschen, die durch ein Mittel zu dem wurden, was er selbst war: eine höchst gefährliche Kampfmaschine.

Nein – Riley wusste nicht, in welche Welt er gehörte. Er fühlte sich einsam. Eine zurückverwandelte Vampirin zu finden, die so war wie er, war fast unmöglich. Die meisten hielten sich versteckt, und es gab nur sehr wenige von ihnen auf der ganzen Welt, denn nur ein geringer Prozentsatz der Vampire wollte seine Unsterblichkeit aufgeben. Und eine Vampirfrau war auch nicht das, was er suchte und wollte, obwohl er einige kannte, die unwahrscheinlich scharf auf ihn waren. Für die würde er wahrscheinlich nur als Wirt dienen. Zudem war eine Vampirin unsterblich, er aber nicht. Er wollte sich nicht in jemanden verlieben, der nicht alterte. Außerdem fühlte er sich mehr zu Menschen hingezogen. Zu Leah. Aber würde Leah so ein Monster wie ihn wollen? Ein Geschöpf, das zur Bestie werden konnte? Eine Bestie, die sie beruflich jagte?

Wahrscheinlich nicht.

Gut, er war anders, kein richtiger Vampir. Vor zweiunddreißig Jahren hatten sich seine Eltern, beides ehemalige Vampire, ein Heilmittel gespritzt. Das machte es möglich, sich nach monatelanger und sehr schmerzhafter Anwendung in einen Menschen zurückzuverwandeln. Besonders sein Vater Duncan hatte es immer gehasst, ein Vampir zu sein, der niemals das Sonnenlicht sehen, niemals mehr richtiges Essen schmecken konnte und ein Leben in ewiger Angst führte, aufgespürt und getötet zu werden. Duncan hatte Riana, Rileys Mutter, nur zum Vampir gemacht, weil sie unheilbar an einem Gehirntumor erkrankt war und sie ihn angefleht hatte, sie zu beißen. Duncan und Riana liebten sich. Sie waren so glücklich miteinander, auch jetzt noch so sehr, dass es Riley beinahe schmerzte, nicht selbst jemanden zu haben, dem er nahe sein konnte. Noch kein einziges Mal hatte er mit einer Frau geschlafen – einer Menschenfrau. Da hatte es nur einmal eine Zurückverwandelte – Julia – gegeben, mit der er eine kurze und intensive Beziehung geführt hatte, aber da war nur Sex im Spiel gewesen, keine Liebe. Julia war die einzige Zurückverwandelte neben seinen Eltern und ihrem Freund Nathan, die Riley je zu Gesicht bekommen hatte. Er wusste nicht mal, wo Julia jetzt steckte, und es war Riley auch egal.

Als sich seine Mutter – von dem Tumor geheilt, denn Vampire waren niemals krank – das Heilmittel spritzte, hatte sie nicht gewusst, dass sie bereits mit ihm schwanger war. Riana hatte nicht geglaubt, überhaupt schwanger werden zu können, bevor sie nicht wieder ein richtiger Mensch war. Es war also ein Unfall gewesen. Riley war ein »Unfall«. In Rianas Leib war er zu dem geworden, was er jetzt war: halb Mensch, halb Vampir. Für die einen der beste Garda von Cork, für die anderen eine Bestie.

Als er glaubte, sein erhitztes Blut so weit abgekühlt zu haben, dass er sich unter Kontrolle hatte, stieg er in den Wagen, wo Leah an einem kleinen Monitor, der sich an der Mittelkonsole befand, den Bericht durchging. Das Gesicht des Mannes, den sie aufspüren sollten, leuchtete Riley entgegen: kantige Wangen, tief liegende Augen, Glatze. Er war aus einem Forschungslabor ausgebrochen und sah fast normal aus, wenn er nicht diesen Ich-bringe-alles-um-was-sich-mir-in-den-Weg-stellt-Blick gehabt hätte. Als das Militär von dem Heilmittel erfahren hatte, wollte es einen unverwundbaren Superkrieger züchten, aber das Experiment ging schief und jetzt trieben diese Kreaturen ihr Unwesen. Diese Männer waren kaltblütige Mörder ohne Skrupel und Gewissen. Was ja an sich für einen Krieger sprach, doch sie ließen sich nicht steuern. Die Wissenschaftler hatten ihnen einen Chip implantiert, der keine Wirkung zeigte.

Das Heilmittel, auch »Antiserum« genannt, wurde einst von Dämonen entwickelt, weil die Vampire mit Vorliebe deren menschliche Lustsklaven bissen. Aber um das Vampir-Virus zu unterdrücken, beziehungsweise zu eliminieren, muss man über Monate bis Jahre täglich Injektionen nehmen. Als Nebenwirkung bleiben dem Zurückverwandelten oftmals vampirische Eigenschaften, aber der Durst nach Blut ist ausgelöscht. Bei Riley war das jedoch nicht ganz so, denn als er im Mutterleib heranwuchs, war seine Mutter noch ein halber Vampir gewesen.

»Was ist denn mit dir los, Riley? Geht's dir nicht gut?«, drang Leahs Stimme wie von weit her an sein Ohr.

Er schreckte aus seinen Gedanken und bemerkte erst jetzt, dass er Leah schon die ganze Zeit anstarrte. Seine Nasenflügel bebten, die Fänge waren wieder voll ausgefahren, sein Schwanz pochte.

Leahs Hand lag auf seiner Stirn, dann fuhr sie ihm durchs Haar. Sie war ihm schon wieder viel zu nahe. »Du schwitzt.«

»Ich bin gelaufen«, erwiderte er, doch seine Stimme glich einem Knurren.

Hastig zog Leah ihre Hand weg. »Soll ich lieber fahren? Du siehst echt nicht gut aus. Und du hörst dich nicht gut an.«

Riley schloss die Augen und presste den Kopf gegen die Lehne. »Wir haben doch jetzt Autopilot.«

»Stimmt, ich vergesse immer, dass du den modernsten Dienstwagen von ganz Cork fährst, Super-Cop.« Sie klopfte ihm wie beiläufig auf den Oberschenkel. »Daran muss ich mich erst gewöhnen.«

Nur mit Mühe unterdrückte er ein Stöhnen, doch es hörte sich nur wieder wie ein Knurren an.

»Was hast du denn?« Plötzlich lag ihre Hand auf seiner Brust. »Dein Herz rast ja!« Leah musste nun spüren, dass er total durchgeschwitzt war. »Verdammt, Riley, wenn du mir nicht sofort sagst, was los ist, rufe ich einen Krankenw...«

Er riss sie rittlings auf seinen Schoß und Leah schrie auf.

»Nur du bist schuld an meinem Zustand«, knurrte er. »Fühlst du das? Fühlst du meinen Schwanz?« Während Riley sie an ihren Pobacken fester auf sich zog, hob er die Hüften, um seine Erektion zwischen ihren geöffneten Schenkeln genau auf ihre Mitte zu pressen. »Spürst du das?«

Sie nickte wie benommen und er lächelte wie ein Irrer. Jetzt konnte sie im Halbdunkel seine Fänge sehen, die das matte Licht des Monitors reflektierten.

»Oh mein Gott!« Leah drückte ihre Hände auf seine Brust, doch Riley ließ sie nicht los. Er legte eine Hand in ihren Nacken, um ihren Kopf zu sich zu ziehen. »Du bist mein.« Er war kaum mehr bei Sinnen, wollte nur noch seine Fänge in diesen wunderschönen Hals schlagen, Leah ficken.

Jetzt roch er ihre Angst. Sie wimmerte, flehte ihn an, doch sein Griff blieb unnachgiebig, obwohl ihm sein Verstand sagte, er solle aufhören. Doch es war zu spät, der Blutrausch hatte ihn fest in seiner Gewalt. So schlimm wie bei Leah hatte es ihn noch nie erwischt, denn er konnte nicht mehr zurück. Als er ihre empfindliche Haut an seinen Lippen spürte, versenkte er seine scharfen Zähne und begann zu saugen. Heiß und süß lief ihr Lebenssaft seine Kehle hinab und erweckte ungeahnte Sehnsüchte in ihm, aber auch seine eigenen Lebensgeister. Immer, wenn er von ihr trank, fühlte er sich, als würde er neu geboren.

»Riley ...«, hauchte sie. Wie ein Kätzchen schmiegte sie sich an ihn und ließ ihn gewähren.

Während ihr zuckersüßes Blut seine Kehle hinabrann, wurde ihr Widerstand geringer. Schließlich ergab sie sich ihm seufzend und sichtlich erregt. Rileys Hand legte sich auf ihre Brust, wo er fühlte, wie sich ihre spitzen Nippel durch das Hemd ihrer Uniform drückten.

Gott, diese festen, wunderschönen Brüste!

Riley wollte ihr das Hemd vom Körper reißen, um ihr Fleisch zu lecken, an ihren Nippeln zu saugen, und sie vor Lust schreien hören. Jedes Mal, wenn er sie schmeckte, wurde sein Drang, sie zu besitzen, stärker. Sein Schwanz war steinhart und drohte, seine Hose zu sprengen. Er wollte nur noch in Leah sein, an ihr saugen und sie ficken, bis sie beide kamen.

Riley hatte gewusst, dass der Kuss eines Vampirs eine Frau erregte, aber dass sich Leah ihm derart willig hingab, hätte er nie vermutet. Sie rieb ihren Unterleib an seiner Erektion, und Riley konnte ihre Geilheit riechen. Ihr Saft musste bereits ihr Höschen durchtränkt haben, so intensiv war der Duft.

Riley wollte sie auch dort schmecken, sie auslecken, bis der Orgasmus über sie hinwegfegte.

Das letzte bisschen Verstand bewahrte ihn davor, Leah gegen ihren Willen zu nehmen, auch wenn sie es in ihrem Zustand zugelassen hätte. Also rieb er hart über die Beule an seiner Jeans, bis er sich in der Hose verströmte. Dann erst zog er die Fänge aus ihr, versiegelte mit seinem Speichel die Wunden und hob Leah hinüber in ihren Sitz, als würde sie nichts wiegen.

Verträumt lächelte sie ihn an, ihr Haar zerzaust, ihre Lippen ein wenig blasser – Gott, sie war so verdammt sexy!

Und er hätte heulen können. Ein Knoten um seine Brust nahm ihm die Luft zum Atmen. Er war verflucht.

»Riley«, schnurrte sie, noch immer im Rausch gefangen, »du hast da etwas nicht zu Ende geführt.« Sie knöpfte sich die Hose auf und glitt mit der Hand in ihren Slip. Dabei schaute sie ihn unter halb gesenkten Lidern an. Leah bot so einen verführerischen Anblick, dass Riley beinahe wieder hart wurde. Aber ihre Leidenschaft war nicht echt, dafür war nur sein Vampirspeichel verantwortlich. Der brachte das Adrenalin in ihr zum Kochen und wirbelte auch ihre Hormone gehörig durcheinander. Das machte es Vampiren einfacher, ihre Opfer auszusaugen.

»Leah, Süße, beruhige dich, alles wird gut.« Er wollte ihr seine Hand auf die Stirn legen, um ihre Erinnerungen zu löschen, doch sie fing sie lachend ab und schob sich seine Finger in ihren Slip.

Stöhnend schloss er die Augen. Leah war so feucht! Und sie war rasiert, er fühlte ihre samtig glatten Schamlippen an seinen Fingerkuppen. Wie es wohl wäre, sie mit seinem Schwanz auseinanderzudrücken und in Leahs heißes und enges Inneres vorzustoßen?

Riley stöhnte. Vielleicht würde Leah mit ihm ausgehen, wenn er sie fragte? Sie schien ihn wirklich zu mögen. Und vielleicht würde er sie ins Bett bekommen, ohne sie zu beißen. Aus freien Stücken.

Er lehnte den Kopf an ihre Schulter und bemerkte kaum, wie unangenehm sein Sperma in der Hose klebte. Er würde Leah jetzt auch Erfüllung verschaffen und sie dann alles vergessen lassen.

Mit kreisenden Bewegungen massierte er ihren Kitzler, der gegen seine Finger pochte. Leah öffnete die Schenkel weiter, und Riley schob tief einen Finger in sie hinein. Gott, sie war wirklich eng und unsagbar heiß! Und der Duft ihrer Lust machte ihn ganz schwindlig.

Er versuchte, sich zu beeilen, denn sein Hunger erwachte erneut. Hart und schnell rieb er über ihr Geschlecht, und es dauerte nicht lange, da kam sie. Ihre Vagina zog sich zusammen, ein Schwall Feuchtigkeit ergoss sich in seine Hand.

»Riley«, stöhnte sie, den Kopf hin- und herwerfend, bis sie matt zurücksank und flüsterte: »Du bist der Teufel, Riley O´Sullivan, der Teufel.«

»Ja, das bin ich«, sagte er mit erstickter Stimme, dann legte er ihr die andere Hand auf die Stirn, um mittels Gedankenkraft ihre Erinnerungen zu löschen. Leahs Lider flatterten, sie sank noch tiefer in ihren Sitz und schlief erschöpft ein.

Riley leckte ihren Saft von den Fingern, verwirrter und erregter als jemals zuvor. Er schmeckte beinahe so gut wie ihr Blut. Was war nur los mit ihm? Das war nun Nummer vier gewesen.

Zwar befriedigt, aber todunglücklich, weil er Leah missbraucht hatte, lehnte er sich zurück und schloss schwer atmend die Augen. Es musste endlich aufhören!

»Leah, was machst du mit mir?«, seufzte Riley. Er wusste nicht mehr weiter.

Mit zitternder Hand knöpfte er ihre Hose zu, dann startete er den Motor, und der Wagen glitt beinahe geräuschlos auf die Landstraße zurück. Riley hätte auf Autopilot schalten können, doch ihm kam es gerade recht, sich auf den immer dichter werdenden Verkehr konzentrieren zu müssen, je näher sie der Großstadt kamen, weil ihn das von der bewusstlosen Frau neben sich ablenkte. Riley wollte schnell nach Hause, um sich umzuziehen, denn überall klebte Leahs Duft an ihm. Und er musste wieder einmal seinen Vater um Rat fragen. Vielleicht sollte er Irland verlassen, irgendwo hingehen, wo es keine Leah Gallagher gab, die seine Sinne verwirrte und ihn zu einem Sklaven seiner Begierde machte.

***

Zwanzig Minuten später bog Riley in eine weniger belebte Nebenstraße inmitten des betriebsamen Ortes ein, wo er wohnte. Seine Eltern und er waren schon vor langer Zeit in Irlands zweitgrößte Stadt gezogen und hatten sich dort eine neue Identität zugelegt. Dabei hatte ihnen die alte Freundin seiner Mutter geholfen: Kate Rousseau. Sie arbeitete schon fast ihr ganzes Leben für die Behörden, allerdings hatte sie vor drei Jahrzehnten die Seiten gewechselt, als sie ihren Mann Nathan kennengelernt hatte. Damals war Nathan ebenfalls ein Vampir gewesen, wie seine Eltern, die offiziell nicht seine Eltern waren. Auf dem Papier war Duncan sein siebzehn Jahre älterer Bruder und Riana nicht seine Mutter, sondern seine Schwägerin, denn die beiden alterten langsamer als er, weil sie noch Reste der Vampir-DNS in sich trugen. Aber sie würden eines Tages sterben wie alle anderen Menschen auch.

Wenn Riley einmal so alt wäre wie Kate, also beinahe sechzig, würden seine Eltern vielleicht so alt aussehen wie ihr Sohn. Seltsamerweise alterte ihr Freund Nathan schneller, aber das Heilmittel wirkte bei jedem Vampir anders. Während Kates Mann Nathan noch beinahe alle Eigenschaften besaß, die er als Vampir gehabt hatte – den Durst nach Blut natürlich ausgeschlossen –, schienen Rileys Eltern ziemlich normal zu sein. Riana, die nur kurz als Vampir gelebt hatte, war kaum von einem normalen Menschen zu unterscheiden, während Duncan noch einen außerordentlich guten Geruchssinn und die Fähigkeit besaß, mental zu kommunizieren, was Riley manchmal verrückt machte. Als Kind hatte es ihm allerdings gefallen, wenn sein Dad ihm lustige Botschaften geschickt hatte, zum Beispiel: *Siehst du die Frau dort vorn an der Theke? Hat sie nicht einen Po wie Daisy Duck?*

Riley schmunzelte. Sein Dad sah auch heute noch anderen Frauen auf den Hintern, aber er war eine treue Seele. Das und die Libido schien Riley wohl von ihm geerbt zu haben …

Er parkte den Wagen im dunklen Hinterhof der Bar, die seinen Eltern gehörte, und schaltete den Motor ab. Leah neben ihm schlief fest, er wollte sie auch nicht wecken. Ihr Körper brauchte vielleicht noch Zeit, sich zu erholen. Also schloss Riley das Tor zum Hof und lauschte. Seine Instinkte sagten ihm, dass alles okay war. Er sperrte das Auto ab, dann hastete er in den Hintereingang, immer drei Stufen auf einmal nehmend, bis in den ersten Stock. In seiner Wohnung begab er sich schnell unter die Dusche und zog sich eine frische Uniform an: ein helles Hemd und eine schwarze Jeans, bevor er in den Keller sprintete, wo das »Survival« lag.

Seine Eltern standen hinter dem Tresen. Riana polierte Gläser und Duncan sortierte Flaschen ein. Da das »Survival« – in dem sich hauptsächlich ihre Untergrundorganisation traf, die für die Rechte der Zurückverwandelten sowie der angepassten Vampire kämpfte – erst in einer Stunde öffnete, waren sie ungestört. Kate Rousseau, ihre Anführerin, war gerade dabei ein Gesetz durchzubringen, das es Zurückverwandelten erlaubte, wie normale Menschen am Leben der Gesellschaft teilnehmen zu dürfen. Das ganze Gebäude gehörte der Organisation; in den oberen Stockwerken lagen nicht nur Rileys Wohnung und die seiner Eltern, sondern dort gab es auch Konferenzräume und einen Computerraum, alles getarnt als ein Versicherungsunternehmen.

Was ist passiert?, drang Duncans Stimme in Rileys Kopf. Der braunhaarige, große Mann stützte beide Hände auf den polierten Tresen und sah Riley mit zusammengekniffenen Augen an. Die Instinkte seines Vaters waren immer noch scharf.

»Dad, bitte sprich normal mit mir, mein Schädel dröhnt schon genug«, erwiderte Riley, gab seiner Mutter einen Kuss auf die Wange und setzte sich auf einen Barhocker. Unaufgefordert schenkte ihm Duncan einen »Blue Moon« ein, den Riley dankend ablehnte: »Ich bin noch im Dienst.« *Außerdem habe ich gerade getrunken …*

»Also, was ist los, Junge? Ich rieche Blut an dir …«

***

Als Leah die Augen öffnete, wusste sie für einen Moment nicht, wo sie war. Das war jetzt schon das wievielte Mal, dass sie einen Blackout gehabt hatte? Sie wusste es nicht einmal mehr. So etwas durfte einem Garda nicht passieren! Doch Riley hatte sie jedes Mal beruhigt, dass sie wohl eingenickt wäre und einfach mal Urlaub bräuchte.

Tatsächlich fuhren sie eine Sonderschicht nach der anderen, denn noch immer lief einer dieser geklonten Superkrieger irgendwo dort draußen herum. Das Bild des Mannes leuchtete ihr auf dem Monitor entgegen. Natürlich, sie saß im Dienstwagen. Gerade eben waren sie beide noch beim Pinkeln gewesen, aber wo war Riley jetzt? Der Fahrersitz war leer. Da erkannte Leah, dass sie im Hinterhof vor der Bar standen, über der Riley seine Wohnung hatte. Wahrscheinlich musste er nur eben was von oben holen, bevor er sie nach Dienstende nach Hause fuhr, so wie er es immer machte.

Leahs Slip fühlte sich unangenehm feucht an, ihre Schamlippen klebten. Himmel, der Mann brachte sie wohl durch seine bloße Anwesenheit dazu, vor Geilheit zu triefen. Sie beschloss, sich schnell auf der Toilette des »Survival« frisch zu machen, schnappte sich ihre Handtasche und stieg aus dem Wagen. Sie wollte schön aussehen für ihren mysteriösen, verdammt attraktiven Kollegen, der ihr Herz jedes Mal zum Flattern brachte, wenn er sie nur ansah.

Leah betrat den Hintereingang und ging die Treppen zur Bar hinunter, die im Keller eines dreistöckigen Hauses untergebracht war. Es schienen keine Besucher da zu sein, alles war verlassen, doch die Tür stand offen und sie hörte ... Riley?

Natürlich, sie hatte immer noch das Abhörgerät im Ohr. Jetzt konnte sie den sanften Druck des Stöpsels fühlen. Sie beschloss, das Gerät noch drinzulassen, so würde sie wenigstens erfahren, wann Riley die Bar wieder verließ. Aber was machte er hier unten? Seine Wohnung lag doch im ersten Stock.

In einer Kabine putzte sie sich so gut es ging ab, dann wusch sie sich die Hände und erschrak, als sie in den Spiegel über dem Waschbecken blickte. Sie sah furchtbar aus: blass, und ihre Haare standen in alle Richtungen! Schnell holte sie ihre Bürste und einen Lippenstift aus der Handtasche, um wieder einigermaßen präsentabel auszusehen. Auch wenn sie im Dienst war, musste sie ja nicht herumlaufen wie eine Vogelscheuche.

Als sie die Toilette verließ, hörte sie immer noch Riley. Sie wollte sich das Abhörgerät gerade herausziehen und zu ihm gehen, als er sagte: »Ich weiß nicht mehr, was ich tun soll, Dad.«

Dad? Sein Vater war hier? Leah wollte ihn gern kennenlernen, also ging sie näher, blieb jedoch wie angewurzelt im Gang stehen, als ein anderer Mann meinte: »Du sagst nur Dad zu mir, wenn du betrunken bist.«

Riley schnaufte. »Ich bin nicht ... Okay, ich habe von ihr getrunken.«

»Und du bist verliebt in deine Kollegin.«

Leahs Herz klopfte schneller. Sie sprachen über sie! Riley war verliebt? Aber wie meinte er das, er habe von ihr getrunken?

Sie schlich im halbdunklen Gang näher, bis sie über einen großen Spiegel, der vor ihr an der Wand angebracht war, praktisch um die Ecke blicken konnte. Er zeigte ihr einen langen, mahagonifarbenen Tresen, vor dem Riley auf einem Barhocker saß. Der Mann dahinter sah beinahe auch aus wie ihr Kollege: groß, mit breiten Schultern und braunem Haar. Das war dann wohl sein Vater. *Wow, was nimmt der für Mittelchen?*, dachte Leah. *Er hat sich verdammt gut gehalten.*

»Ja, ich liebe sie. Das macht es ja so schwer!«, erwiderte Riley.

Heute musste ihr Glückstag sein! Schon seit sie ihn das erste Mal gesehen hatte, war es um sie geschehen gewesen. Erst hatte Leah geglaubt, es war wegen seines Aussehens, aber Riley war in allen Bereichen ein wunderbarer Mensch, und er war ein ganz toller Polizist. Er hatte schon viele Auszeichnungen für seine Tapferkeit und Einsätze bekommen. Als Kollegin wusste sie, dass sie ihm hundertprozentig vertrauen konnte. Riley hatte ihr bereits so viel im Job beigebracht. Schon jetzt war sie traurig, wenn ihre gemeinsame Zeit vorbei war.

Aber Riley liebte sie! Anscheinend hatte er nur nicht den Mumm, ihr das zu sagen. Wenn sie zusammen wären, durften sie zwar nicht mehr gemeinsam Streife fahren, aber das wäre ja dann nicht weiter schlimm, denn sie konnten sich ja privat sehen!

»Ich möchte, dass mein Baby glücklich ist«, vernahm sie plötzlich eine Frauenstimme. Aber Leah konnte die Person nicht sehen und sie wollte auch nicht aus ihrem dunklen Eck hervorkommen, sonst könnte Rileys Vater sie womöglich bemerken. Der Spiegel war wohl extra deshalb dort an der Wand angebracht worden, damit man sofort erkennen konnte, wer die Bar betrat.

Leah wollte nicht lauschen, ganz gewiss nicht, aber sie war gerade so gebannt von Rileys Geständnis, dass sie das Mikrofon in ihrem Ohr total vergaß.

»Dann sag mir, was ich tun soll, Mum.«

»Rede mit ihr. Mal sehen, was sie meint. Dann kannst du immer noch ihr Gedächtnis löschen.«

Gedächtnis löschen? Leah schloss die Augen und rieb sich über die Schläfen. Sie musste sich verhört haben.

»Du stellst dir das verdammt einf… Sie ist hier!«, sagte Riley plötzlich.

»Wer?«, fragte sein Dad.

»Leah. Sie muss ganz in der Nähe sein. Ich kann sie riechen und … ich höre ihr Herz.«

Mist! Ihr Herz setzte einen Schlag aus, um sogleich mit voller Wucht weiterzuhämmern.

Plötzlich wurde ihr so vieles klar!

»Jetzt rieche ich sie auch«, zischte sein Vater.

»Verdammt, ihr Puls beschleunigt sich. Sie hat uns belauscht!«, hörte sie Riley noch fluchen, bevor er schon um die Ecke kam und auf sie zulief.

In seinem Blick lag eine ungekannte Wildheit, ebenso ein Verlangen, das sie vermuten ließ, was er von ihr wollte: ihr Blut! Riley war ein Vampir!

Leah nahm ihre Beine in die Hand. Sie musste hier raus!

Doch sie hatte es noch nicht einmal bis zu den Treppen geschafft, da legten sich schon seine Finger um ihren Oberarm.

»Warte!«

Sein Ruf hallte in ihrem Ohr, denn das Gerät war immer noch aktiv. Leah verzog ihr Gesicht und griff sich an die Schläfe, worauf Riley wusste, was Sache war. Er presste sie mit seinem großen Körper gegen die Wand und zog ihr den Stöpsel aus dem Ohr, den er in seiner Brusttasche verschwinden ließ. »Wie lange bist du schon hier?«

»Lange genug, um zu wissen, was du bist, Riley«, flüsterte sie mit zitternder Stimme. »Wirst du mich jetzt töten?«

»Was?« Seine Stirn runzelte sich. »Natürlich nicht!« Er sah sauer aus, aber zugleich unendlich traurig. »Ich würde dir nie etwas tun, Leah. Verdammt, du bist meine Partnerin!«

Partnerin … Sie hatte seine Partnerin sein wollen, nicht nur beruflich, sondern auch privat. Bevor sie gewusst hatte, was er war. Wie konnte es nur möglich sein, dass sie nichts bemerkt hatte? War sie so blind gewesen?

»Aber …«, stammelte sie. »Warum macht dir die Sonne nichts aus?« Sie überlegte. »Warte … Das Heilmittel!«

»Du bist ein schlaues Mädchen und verdammt schnell im Kombinieren. Und da hast du geglaubt, den falschen Job zu lernen?«, bemerkte er mit einem sanften Lächeln und legte ihr seine Hand auf die Stirn.

Was geschah nur mit ihr? Leah wurde schwindlig, Rileys Gesicht und das seines unglaublich jungen Vaters, der plötzlich hinter ihm stand, drehte sich vor ihren Augen, ihre Lider schlossen sich. Doch als sie sie gleich wieder aufriss, stolperte sie in Rileys Arme.

»Hoppla, nicht so stürmisch!«, rief er lachend und fing sie auf. »Wo willst du denn hin?«

»Ich wollte mich nur eben frisch machen«, erklärte sie verwirrt. Wie war sie vom Wagen ins Haus gekommen? Sie konnte sich nicht daran erinnern. Aber so dicht an Rileys Körper gepresst vergaß sie alles um sich herum. Er sah noch viel attraktiver aus, wenn er lachte, was er viel zu selten tat.

»Dann komm doch in meine Wohnung rauf, ich muss eh noch was holen.«

Sie nickte, worauf er sie losließ.

»Riley, ich …«, sagte sie und blinzelte ihn an. War sie nicht soeben auf der Toilette gewesen?

Irgendwas stimmte hier nicht.

»Du kannst mein Badezimmer benutzen«, erwiderte er.

Irgendwie hatte sie ein Déjà-vu-Gefühl. Sein männlich-markanter Geruch rief irgendeine Erinnerung in ihr wach, doch sie konnte sie nicht greifen.

Hastig schaute sie hinter ihn, doch in dem düsteren Gang war niemand, die Bar schien verlassen. »Ähm, ich hab was im Auto liegenlassen, ich komme gleich nach!«, rief sie und lief nach oben. Beim Wagen angekommen, hatte sie bereits wieder vergessen, was sie wollte, und ihr war schwindlig. Sie öffnete die Tür, indem sie ihren Daumen auf den Griff drückte. Aus einem Impuls heraus nahm sie ihr Diktiergerät aus der Konsole, aktivierte den Aufnahmemodus, ohne zu wissen, warum, und legte es in ihre Handtasche.

Irgendwas stimmte hier nicht, und Leah wusste nur, dass es etwas mit Riley zu tun hatte.

***

Seine Haustür stand offen, sie sah Riley in der Küche. Er lehnte gegen den Kühlschrank und trank etwas aus einem undurchsichtigen Becher. »Letzte Tür!«, rief er ihr zu, und sie ging schleunigst durch den Flur auf das Badezimmer zu.

Riley besaß eine schicke Wohnung, ganz nach ihrem Geschmack. Die Wände waren in warmen, kräftigen Farben gestrichen, die Möbel hell und klassisch. Das Badezimmer sah allerdings aus wie aus dem letzten Jahrhundert: eine Wanne mit Klauenfüßen, ein marmornes Waschbecken. Aber es gefiel ihr.

Während sie sich die Hände wusch, sah sie sich im Raum um. Ein altmodischer Nassrasierer lag auf der Ablage unter dem Spiegel, auf einer Leine hingen seine Sportsachen sowie eine Unterhose. Zu gern wollte sie Riley einmal in diesem knappen Slip sehen.

Dann blickte sie noch in den Schrank, in dem Handtücher und Duschzubehör standen, aber alles sah normal aus.

»Was mach ich hier eigentlich?«, flüsterte sie und griff sich an die Stirn, bevor sie den Raum verließ.

»Hast du was zu trinken für mich?« In der Küche stieß sie Riley beinahe vom Kühlschrank weg. Hastig zog sie ihn auf, doch was glaubte sie darin zu finden? Dort lagen nur Äpfel, eine Dose Bier und ein Stück Käse.

Riley griff an ihr vorbei, um eine Flasche Apfelsaft aus der Ablage in der Tür herauszuholen.

»Alles in Ordnung mit dir?«, fragte er, während er ihr eingoss und anschließend das Glas reichte.

Leah machte ein paar Schlucke und stellte es dann auf den Tisch, wobei sie in seinen eigenen Becher lugte. Er hatte Wasser getrunken. »Ich weiß nicht, Kopfweh«, murmelte sie. Tatsächlich fühlte sie sich sehr durcheinander und ihr war immer noch leicht schwindlig. »Ich weiß nicht, was mit mir los ist, Riley. Ich erinnere mich an Dinge und vergesse sie gleich wieder.«

»Du bist überarbeitet, das ist alles.« Er stand dicht neben ihr, die Arme vor der Brust verschränkt. Wusste er, wie sexy er in seiner Uniform aussah? Das helle Hemd spannte an den Oberarmen, und in der schwarzen Hose kamen seine langen schlanken Beine besonders gut zur Geltung. Aber sahen nicht alle Männer in Uniform gut aus? Nein, nicht alle. Doch Riley gehörte schon zu den extrasüßen Sahneschnitten. Leah wünschte sich nichts sehnlicher, als jetzt in seinen Armen zu liegen. Die Augen schließend geriet sie ins Wanken, im nächsten Moment presste Riley sie gegen seinen Oberkörper.

»Leah? Geht's dir nicht gut?« Er hörte sich besorgt an.

Sie kuschelte sich an ihn und atmete tief den Duft nach Riley und seinem Aftershave ein. »Nur ein wenig schwindlig«, murmelte sie. Leah wollte nie wieder von ihm losgelassen werden.

Er liebt mich, flüsterte eine Stimme in ihrem Kopf. *Wunschdenken*, antwortete sie sich selbst, aber irgendwie war sie sich sicher, dass er sie begehrte.

Sein Herz ratterte gegen ihr Ohr, sein Atem ging schnell. Leah spürte, wie sich sein hartes Geschlecht an ihren Bauch drückte. Oh Gott, er war erregt, wegen ihr!

Ihr eigener Puls klopfte aufgeregt in ihren Ohren.

»Leah«, knurrte er, seine Nase in ihrem Haar. Sie sah nach oben, erblickte sein kantiges Kinn, seine Wangenknochen, die dichten Wimpern. Mit beinahe pechschwarzen Augen schaute er sie an, und als sie seine Hand in ihrem Nacken spürte, kehrten die Erinnerungen mit einem Schlag zurück. »Vampir«, flüsterte sie. Seine Pupillen waren riesengroß und sein Mund leicht geöffnet, sodass seine Fänge hervorblitzten. Doch warum verspürte sie keine Angst?

Pheromone ... Sie hatte davon gehört.

Nein, da war noch etwas anderes – sie hatte Angst gehabt, zuerst, aber Riley hatte sie nicht verletzt ... So schnell wie das Bild, wie sie rittlings auf seinem Schoß saß, kam, war es auch wieder verschwunden. Schon prickelte es in ihrer Spalte und ein unglaublich starkes Lustgefühl nahm von ihr Besitz. Sie wusste, dass ihr Körper auf seine Hormone reagierte, aber da war mehr zwischen ihnen, schon immer gewesen.

»Du hast schon öfter von mir getrunken«, wisperte sie. Er hatte ihr nichts getan, nur ein wenig Blut genommen. »Du hättest mich doch fragen können.«

Er lachte rau auf, doch es klang auf seltsame Art traurig.

Sie wollte nicht, dass er unglücklich war. »Komm her, mein Vampir«, hauchte sie und vergrub ihre Finger in seinem wunderbar weichen Haar. Dabei musste sie sich strecken, so groß war er. Groß und stark und unwiderstehlich.

»Führe mich nicht in Versuchung«, sagte Riley mit belegter Stimme.

»*Du* bist eine einzige Versuchung.« Plötzlich traute sie sich ihm alles zu sagen, kannte keine Hemmungen mehr. »Ich will dich, Riley. Jetzt.« Wie eine Katze schmiegte sie sich an ihn und konnte ihre Lust kaum noch zügeln. Ihr ganzer Körper bebte, ihre Klitoris pulsierte wild.

Hastig öffnete sie die Knöpfe an seinem Hemd und streifte es ihm über die Schultern. Gott, er sah so heiß aus! Sein flacher Bauch bewegte sich schnell. Allein die Spur dunkler Härchen zu sehen, die von seinem Nabel in der Hose verschwand, ließ ihre Vagina kontrahieren. Mit beiden Händen streichelte sie seine glatte Brust, unter der sich sanfte Muskeln wölbten. Bei seinen Berührungen erschauderte er, seine Brustwarzen zogen sich zusammen. Riley hatte die Hände hinter sich am Küchentisch abgestützt, den Kopf zurückgelegt. Sein Kehlkopf hüpfte. Da sein Mund leicht geöffnet war, erkannte sie seine Fänge. Selbst die sahen sexy aus. Riley O´Sullivan war der animalischste und erregendste Mann, den sie kannte.

»Du spielst mit dem Feuer, Leah«, sagte er rau.

»Ich mag es heiß.« Schon leckte sie über seine Nippel, was ihm ein lautes Knurren entlockte.

***

Das war zu viel für ihn. Riley konnte sich nicht mehr beherrschen. Mit einem gutturalen Laut riss er sie in seine Arme, um sie zu küssen. Seine Zunge schnellte in ihren süßen Mund, und Riley musste aufpassen, Leah mit seinen scharfen Zähnen nicht zu verletzen.

Wie sehr er sich nach diesem Kuss gesehnt hatte! Wie himmlisch sie schmeckte!

Sein rasendes Herz drohte zu versagen vor so vielen überwältigenden Gefühlen. »Ich liebe dich, Leah«, sagte er atemlos zwischen ihren gierigen Küssen. Riley konnte ihr alles gestehen, ihr seine Liebe beichten ... weil sie es ja doch wieder vergessen würde, wenn er ihre Erinnerungen löschte.

Er zog sie weiterhin aus und musste aufpassen, ihre Uniform nicht vor Gier zu zerreißen. Das Hemd landete auf dem Boden, wobei er Leah rückwärts durch die Wohnung in sein Schlafzimmer drängte. Ihre Schultern waren so schmal, ihre Haut so weich – Riley hatte Angst, sie zu verletzen.

Als er ihren BH zur Seite warf und sich ihre vollen Brüste an seinen Oberkörper pressten, schubste er Leah aufs Bett und kniete sich über sie. Seine Haare hingen ihm ins Gesicht; wie ein Wilder musste er für sie aussehen, doch in ihrem Blick lag nur Begehren.

Mit beiden Händen griff er nach einer Brust, die im Halbdunkel des Raumes milchig schimmerte, und presste sie sanft zusammen. Hart leckte er über ihren hervorstehenden, dunkelroten Nippel.

Leah schrie auf, bäumte sich ihm entgegen. Dabei streichelte sie seinen Nacken, sein Gesicht, seine Schultern. Ihre Finger krallten sich in sein Haar, als er an ihren Brustwarzen saugte und sie abwechselnd leckte. Sein Schwanz war so hart, dass er gegen den engen Stoff seiner Hose pochte. Blitzschnell erhob er sich, um sich auszuziehen, bis er nackt über ihr stand, ihren gierigen Blicken ausgeliefert. Ihr schien zu gefallen, was sie sah. Seinem Schwanz gefiel auch, was Riley sah, aber noch besser gefiel ihm Leah, als er auch ihre Hose heruntergezogen hatte. Ihre kleinen Schamlippen, blitzblank rasiert, waren leicht gerötet und geschwollen. Schon jetzt war sie bereit für ihn.

Riley musste sich auf sie legen, sie Haut an Haut spüren, und das Gefühl war überwältigend. Aus jeder ihrer Poren drang ihr unwiderstehlicher Duft, der seine Lust anstachelte. Doch am intensivsten und betörendsten roch sie zwischen ihren Beinen. Er rieb sein hartes Glied an ihrer Mitte, worauf es von ihrem Saft bedeckt wurde.

»Ich muss dich kosten«, raunte er.

Schlagartig drehte sie ihren Kopf zur Seite. Es verstärkte seine Triebe, weil sie sich ihm so willig darbot, doch er wollte zuerst etwas anderes erledigen.

»Nein«, knurrte er. »Nicht dort.« Und er kniete sich zwischen ihre Schenkel, die er weit auseinanderschob. »Dort!«

Als er das Glitzern um ihren Eingang sah, hielt ihn nichts mehr. Er senkte seine Lippen auf ihre gespreizte Spalte und leckte hart über ihr zartes Fleisch, schwer darauf bedacht, es nicht mit seinen Fängen zu streifen.

Leah stöhnte, hob ihm ihre Hüften entgegen. »Riley ... nicht aufhören!«

Wie glatt, heiß und weich sie war, wie berauschend sie schmeckte! Er stieß seine Zunge in ihr feuchtes Loch, um noch mehr von ihr zu kosten. Dabei rieb er mit dem Daumen über ihre winzige Klitoris, die sich aus der Vorhaut geschält hatte. Hart war sie, und Riley massierte sie schneller.

Als Leah kam, lief noch mehr Creme aus ihr heraus, die er begierig aufleckte. Wie hilflos zuckte ihr Körper unter ihm, doch Leah schien noch nicht genug zu haben. »Muss dich spüren«, flüsterte sie atemlos und zog an seinem Haar.

Riley legte sich wieder auf sie, dann rieb er seinen Schwanz an ihrem Schamhügel. Leahs Beine hielten ihn fest umklammert; sie stöhnte, als er sie wieder küsste und sich an ihrem erhitzten Fleisch rieb.

»Riley ...« Wie im Fieberwahn warf sie den Kopf hin und her, die Ader an ihrem Hals pochte wild.

Nein!, ermahnte er sich. *Du hast heute schon von ihr gekostet.* Doch seine Warnung war sinnlos. Riley befand sich in einem unglaublichen Rausch. Während er sich in sie schob, sein Schwanz ihre zierlichen Schamlippen auseinanderpresste und sich ihre heiße Vagina noch besser anfühlte, als er es sich in seinen Träumen ausgemalt hatte, überfiel ihn das Verlangen, sie erneut zu beißen. Immer tiefer versenkte er sein Geschlecht in ihrer Hitze, bis es ganz in ihr steckte. Als sie unter ihm vor Lust wimmerte, vergrub er seine Zähne in ihrem Hals.

Leah keuchte auf und hielt ihren Kopf still, nur ihr Unterleib drängte gegen seinen. Riley wünschte sich so sehr, sie würde es aus freien Stücken tun. Aber wenn er den Vorschlag seiner Mutter befolgen wollte, musste er Leah seine Geschichte erzählen, wenn sie nicht unter seinem Bann stand.

Ihr heißes, süßes Blut legte sich wie Honig auf seine Zunge und überflutete seine Geschmacksknospen, wobei er sie immer härter fickte. Niemals zuvor hatte sich Riley einem anderen mehr verbunden gefühlt; es war der höchste Genuss. Mit beiden Händen hielt er ihren Kopf fest, während sein Schwanz in sie hämmerte. Rein und raus. Würde ihre kleine Muschi das aushalten?

Aber Leah spreizte ihre Beine sogar noch weiter, dass er bei jedem Stoß noch tiefer in sie glitt. Und als Riley sich aufbäumte und in sie abspritzte, kam Leah ein zweites Mal. Wie eine Faust massierte ihn ihre Scheide, als wollte sie seinen Schwanz nie mehr hergeben. Riley hätte auf ewig in ihr liegen können, doch als er bemerkte, dass Leahs Ekstase nachließ, zog er sich widerwillig aus ihr zurück und legte seine Hand an ihre Stirn.

Überraschenderweise wehrte sie sich und schlug seinen Arm weg. Sanft hielt sie seine Wangen, atmete schwer. »Tu das nicht schon wieder, bitte!«

»Was?« Sie konnte sich daran erinnern? Panisch presste er seine Finger an ihre Stirn und konzentrierte sich hart.

»Riley, bitte, ich …« Ihre Hände fielen nach unten, flatternd schlossen sich ihre Lider. »Ich …« Sie war eingeschlafen.

Aufatmend warf er sich neben sie auf die Matratze und legte

einen Arm über seine Augen. So konnte das doch nicht ewig weitergehen! Würde es Schäden an ihrem Gehirn hinterlassen, wenn er sie so oft vergessen ließ? So schlecht wie heute war es ihr noch nie gegangen! Und schon wieder hatte er von ihr getrunken, das zweite Mal an einem Tag.

Riley zog die Zudecke über ihre Körper und starrte Leah an, die wie eine Wachsfigur neben ihm lag. In ein paar Stunden würde er sie nach Hause fahren und in ihr Bett bringen. Sie würde keine Erinnerung mehr an diese Nacht haben und glauben, Riley hätte sie nach Dienstschluss heimgebracht, wie er es immer tat.

Leah war ein Mensch, eine Polizistin. Sie würde ihn für das hassen, was er ihr angetan hatte.

Unruhig wälzte sich Riley hin und her, viel zu aufgeregt, um zu schlafen. Die Frau neben ihm erinnerte ihn an das, was er nie haben konnte, aber unbedingt wollte.

Riley sehnte sich plötzlich nach einem Drink. Oder war es nur ein Vorwand, mit seinen Eltern zu sprechen? Verdammt, wie alt war er denn, dass er keine eigene Entscheidung treffen konnte?

Rasch schlüpfte er in seine Jeans und ein T-Shirt, bevor er nach unten in die Bar lief. Duncan polierte mit einem weichen Tuch den Tresen und sah nicht einmal auf, als er hereinkam, doch ein Lächeln umspielte seine Mundwinkel.

»Wo ist Mum?«, fragte Riley und ließ sich auf denselben Barhocker nieder wie zuvor.

»Sie holt Kate vom Flughafen ab.«

Riley schnappte sich einen Bierdeckel und schob ihn unruhig über die Platte. »Kommt Nathan auch?«

»Nein, er bleibt noch drei Tage in Paris.«

In Frankreich gab es gerade Unruhen und es war zu Ausschreitungen bezüglich der Rechte der Zurückverwandelten gekommen, aber darüber wollte Riley jetzt nicht reden. Stattdessen räusperte er sich. »Leah ... Sie ist in meiner Wohnung. Wir haben gerade ... also ...«

Duncan hob schmunzelnd seine Hand. »Ich hab euch bis hier runter gehört.«

Riley spürte, wie ihm sämtliches Blut ins Gesicht schoss. Scheiße, er sollte dringend umziehen!

Es war ihm schon peinlich genug, als erwachsener Mann bei seinen Eltern Rat zu suchen, aber sie waren die Einzigen, neben Kate und Nathan, die er bei dieser speziellen Sache befragen konnte. Sie brauchten nicht auch noch über sein Sexleben Bescheid zu wissen. »Warum reagiere ich nur so auf sie?«

»Hm.« Duncan stellte Riley einen »Blue Moon« hin, den dieser auf Ex trank. Das bläuliche Getränk wärmte seinen Magen, der Alkohol stieg ihm rasch in den Kopf. Blut bekam ihm besser, dennoch beruhigte ihn der Drink ein wenig.

»Etwas an ihr ist anders«, bemerkte Duncan. »Das habe ich gespürt, als du vorhin ihr Gedächtnis gelöscht hast.«

Seufzend fuhr sich Riley durch sein wirres Haar. »Ich glaube, das ist keine Dauerlösung. Sie konnte sich erinnern!«

»Dann muss sie deine Braut sein«, sagte Duncan.

»Meine was?«

Duncan sah ihn ernst an. »Deine Gefährtin. Sie ist für dich bestimmt.«

Ah, jetzt kam eine dieser alten Vampir-Kamellen über Schicksal, Vorherbestimmung ... »Dad, sie ist ein Mensch!«

»Schon. Aber ihr scheint zusammenzupassen. Bei euch stimmt die Chemie. Ich kann sie an dir riechen.«

Gott, Leahs Saft klebte überall auf ihm! Vor Scham wäre er am liebsten im Boden versunken. Warum mussten ausgerechnet seine Eltern Vampire gewesen sein?

Egal – er liebte sie dennoch über alles.

»Danke, Dad«, murmelte Riley. Er räusperte sich hart, dann stand er auf. »Für den Drink.«

Wissend zwinkerte ihm Duncan zu. »Deine Braut wartet.«

Meine Braut ... Leah lag jetzt in seinem Bett, er hatte mit ihr geschlafen, als er sie gebissen hatte. Nach dem Vampirgesetz gehörte sie nun für immer zu ihm.

Seine Braut, bei ihm im Bett ...

Er wünschte seinem Vater eine gute Nacht, gab der Polizei-Inspektion per Handy durch, dass er den Wagen zu Hause behielt und sich sowie Leah vom Dienst abmeldete, und hastete die Treppen nach oben in seine Wohnung. Da schlief sein dunkler Engel. Nackt und wunderschön.

Riley zog sich aus, legte sich neben sie und schloss die Augen. Vielleicht fand er ja dennoch ein wenig Schlaf.

Plötzlich bewegte Leah sich und drehte sich zu ihm. »Riley«, seufzte sie, worauf sein Herz einen Hüpfer machte. Er musste Leah in seine Arme ziehen, damit er sie spüren und riechen konnte. Wie weich ihre Haut war ... Riley wollte sie nie wieder loslassen ... Seine Braut ... Er würde sterben, wenn sie ihn nicht wollte.

***

Drei Tage später wusste Riley, dass etwas nicht stimmte. Er befand sich mit Leah in der Nähe einer Mülldeponie und es war seltsam ruhig in der Gegend. Zu ruhig. Der Morgennebel legte sich wie ein Schleier über das Gelände, benetzte Rileys Haut und behinderte die Sicht. Es war kühl, doch ihm war seltsam heiß, sein Jagdinstinkt war geweckt. Kein Vogel zwitscherte, keine Grille zirpte. Aber nicht wegen Riley, sondern wegen ihm, dem Killer. Er lauerte hier irgendwo, bereit, sich ein neues Opfer zu suchen, dem er die Kehle zerfetzen konnte.

Noch immer hatte Riley Leah nicht gestanden, was er war und dass er sie begehrte. Wenn er diesen Einsatz überlebte, würde er ihr alles beichten. Versprochen.

Seine Nackenhaare stellten sich auf und er zog hastig seine Pistole aus dem Holster. »Ins Auto, Leah!«

»Was ist?«, flüsterte sie, wobei sie schnell in den Wagen stieg. »Er ist hier, stimmt's?«

Riley stellte sich vor die geöffnete Tür. »Du bleibst im Auto. Ich bin gleich wieder da.«

»Riley!« Sie hielt ihm am Ärmel fest, ihre wunderschönen Augen weit aufgerissen, als wollte sie ihm etwas Wichtiges sagen. »Ich ... Ich gebe dir Deckung.«

Nickend schlug er die Tür zu. »Aber bleib im Wagen«, erwiderte er, als Leah die Scheibe herunterließ, damit sie freies Schussfeld hatte. »Wenn mir etwas passiert ... Wenn er auf dich zukommt, dann sieh zu, dass du hier wegkommst.«

Ihr Gesicht drückte Fassungslosigkeit aus. »Ohne dich?«

»Ich komme schon klar.« Zügig entfernte sich Riley vom Fahrzeug, denn er wollte den Krieger nicht unnötig auf Leah aufmerksam machen. Der Killer war ganz in der Nähe. Riley spürte es mit jeder Faser seines Seins. Er schloss für einen Moment die Augen und konzentrierte sich, um seine Sinne zu schärfen. Er hörte seinen und Leahs Herzschlag und den des Monsters. Schnell und kräftig. Außerdem roch der Killer nach Blut, menschlichem Blut. Vor einer halben Stunde war die übel zugerichtete Leiche des Schrotthändlers gefunden worden. Seitdem umstellten zahlreiche Beamte die Mülldeponie, aber die Anlage war riesig. Doch Riley hatte den Mann mit Leichtigkeit aufgespürt. Er hatte nur auf seine Instinkte vertrauen müssen.

Wachsam ging er weiter, weg vom Wagen, bis er ihm im

dichten Nebel nicht mehr sah. Er spürte Leahs Angst, konnte sie wittern. Riley musste sie beschützen. Er war ihr Vorgesetzter, ihr Partner und vielleicht auch bald mehr. Er wünschte es sich so sehr.

Ein Grollen drang durch die wabernde Nebelwand, dunkel und unheilvoll. Der Killer war hier.

Riley hielt mit ausgestrecktem Arm die Waffe vor sich und lauschte jedem Laut. Doch der Krieger machte keine weiteren Geräusche, wählte jeden Schritt mit Bedacht. Nur sein Herzschlag verriet ihn.

Das Knurren sollte Riley wohl einschüchtern, ihn wie ein verschrecktes Tier in die Ecke treiben, doch da hatte sich das Monster geschnitten. Riley würde kämpfen bis aufs Blut.

»Zeig dich endlich«, murmelte er, und seine Stimme klang seltsam laut in seinen Ohren.

Da schoss ein schwarzer Schatten auf ihn zu. Reflexartig drückte Riley ab. Der Killer zuckte nur, als die Kugel durch seinen Oberarm schoss, doch er gab keinen Laut von sich und verringerte nicht seine Geschwindigkeit.

Rileys Kollegen hatten den Schuss mit Sicherheit gehört. Er musste sich beeilen, bevor die anderen Gardaí hier waren und sahen, was er war. Mittlerweile hatte Riley seine Zähne wie ein Raubtier gefletscht, seine Pupillen waren riesengroß, damit ihm nichts entging. Da seine Sonnenbrille im Auto lag, blendete ihn die weiße Wand aus Nebel, doch dafür konnte er den Mann im schwarzen Overall besonders gut erkennen.

Der Killer war schnell. Wie ein schwarzer Blitz schoss er im Zickzack auf Riley zu. Ein weiterer Schuss löste sich, der den Klonkrieger am Oberkörper traf, doch auch das zeigte nicht viel Wirkung. Die Durchbohrung des Kleinhirns war die einzige Möglichkeit, den großen, glatzköpfigen Mann niederzustrecken. Als dieser Riley erreichte, stürzte er sich lautlos auf ihn. Riley sah nur noch dessen Krallen – dann spürte er einen Schmerz an Brust und Bauch, als der Killer ihm das Hemd zerfetzte und seine Klauen in Rileys Körper glitten. Durch die Wucht seines ankommenden Gegners wurde Riley auf den Rücken geworfen. Er roch sein eigenes Blut, doch er spürte keine Schmerzen mehr, denn das Adrenalin kochte in seinen Adern. Seine Fangzähne waren jetzt voll ausgefahren. Riley fauchte den Krieger an, über dessen Gesicht daraufhin ein kurzer Ausdruck des Überraschens huschte. Doch gleich darauf holte er mit dem Arm aus, um Riley die Kehle aufzuschlitzen.

Er setzte den Lauf seiner Waffe am Schädel des Mannes an und drückte wieder ab. Blut und Gehirnmasse spritzen auf ihn, weil er dem Krieger einen Teil der Schädelplatte weggerissen hatte, aber der Mann gab nicht auf und stürzte sich wieder auf ihn.

Riley hatte sich schon bis zum Inspector hochgearbeitet, hatte zahlreiche Trainings absolviert. Er war gut, sehr gut, doch gegen dieses Monster musste er alle Kräfte aufwenden. Früher trugen irische Polizisten keine Feuerwaffen bei sich, aber das hatte sich im Laufe der Zeit geändert. Gegen die Superkrieger hätten ihre Schlagstöcke nicht viel ausgerichtet. Da half nur ein gezielter Kopfschuss.

»Riley!?«, hörte er plötzlich Leah schreien.

Wie auf ein Zeichen hin ließ der Killer von ihm ab, dann rannte er in die Richtung, in der ihr Dienstwagen stand.

Fuck! Riley sprang auf die Beine und lief so schnell er konnte hinterher. »Schließ das Fenster!«, brüllte er. »Hau ab!« Doch als sich der Nebel vor seinen Augen lichtete, sah er, wie der Killer mit beiden Händen die Scheibe nach unten drückte und in den Wagen kroch.

»Fuck!«, fluchte Riley wieder. Seine Angst um Leah nahm ihm die Luft. Er konnte nicht schießen, die Gefahr war zu groß, Leah zu treffen.

Als der Mann schon mit dem Oberkörper im Inneren verschwunden war, hörte Riley einen Schuss.

»Leah!«, rief er panisch, denn was war, wenn der Kerl ihre Waffe gegen sie selbst gerichtet hatte?

Riley packte das Monster an den Beinen, und mit einem Ruck zog er es aus dem Auto. Doch der Mann rührte sich nicht mehr. Leah hatte ihm auch noch das restliche Hirn zerfetzt.

Zitternd stieg sie aus dem Fahrzeug und Riley fing sie auf.

»Bist du verletzt?«, fragten beide gleichzeitig, steckten ihre Waffen weg und umarmten sich.

Gott, es tat so gut, sie einfach nur zu halten und zu spüren.

»Mir geht's gut«, erwiderte Leah. Dann rückte sie ein Stück von ihm ab. »Dein Hemd!«

»Nur ein Kratzer.« Riley wagte nicht, sie anzuschauen. Er wusste, dass er immer noch wie eine Bestie aussah. Seine Fänge schmerzten und fuhren sich nur langsam zurück. Das Adrenalin rauschte durch seinen Körper. Wie viel von seinem wahren Ich hatte sie gesehen?

Er spürte ihre Hand an seiner Wange, als andere Streifenwagen von allen Seiten eintrafen. Wenn seine Kollegen ihn so sahen! Er riss die Lider auf, doch Leah blickte ihm ohne Furcht entgegen.

»Deine Augen!« Schnell reichte sie ihm aus dem Wagen seine Sonnenbrille.

»O´Sullivan ist verletzt!«, schrie ein Garda und eilte auf ihn zu.

»Ist nicht so schlimm«, erwiderte Riley abwinkend. Das Letzte, was er jetzt gebrauchen konnte, war, dass sie einen Krankenwagen riefen. »Das ist nicht mein Blut!«

»Ich bring ihn trotzdem zum Arzt!« Leah gab Riley mit den Augen ein Zeichen, sofort in den Wagen zu steigen.

Erleichtert, dass endlich alles vorüber war, setzte er sich auf den Beifahrersitz. Der letzte frei herumlaufende Killer war erledigt.

»Wohin?«, fragte sie, als das Auto die Mülldeponie verließ.

»Zu mir.«

Leah programmierte das Ziel in den Bordcomputer und schaltete auf Autopilot. Sie hatten ohnehin keine freie Sicht, da an der Frontscheibe Hirnmasse hinablief.

Eine Weile schwiegen sie. Riley starrte einfach nur aus dem Fenster, ohne die vorbeiziehende Landschaft wahrzunehmen. Nur langsam kühlte sein Blut ab, aber jetzt kamen auch die Schmerzen zurück. Er hob sein Hemd hoch, doch seine Wunde war bereits verkrustet. Sie heilte schneller als bei einem normalen Menschen, war aber deswegen nicht weniger gefährlich oder schmerzhaft. Er war schließlich nicht unsterblich. Riley hatte Glück gehabt, dass die Verletzung nur oberflächlich war. Der Killer hätte ihm genauso gut seine Eingeweide herausreißen können.

Leah wandte sich ihm zu. »Hat er dich schlimm verletzt?«

Schnell ließ er den Stoff fallen und schüttelte den Kopf. Es würde ihm bald besser gehen. »Saubere Arbeit, Kollegin«, sagte er, weil ihm nichts anderes einfiel, und räusperte sich. »Danke.«

Leah verhielt sich ruhig, doch er spürte ihre Anspannung. Nun wusste sie, was er war. Sie war extrem gefasst, viel zu gefasst für seinen Geschmack. Vielleicht war es besser, sie noch einmal vergessen zu lassen. Wenn man sie später auf dem Revier zu dem Kampf befragte und sie sich nicht mehr erinnerte, würden ihre Kollegen es auf den Überfall schieben. Zu viel Stress oder Angst konnten ebenfalls zu Ausfällen führen.

Er beugte sich näher zu ihr und hob seine Hand.

Sie rührte sich nicht, sah ihn einfach nur an. »Wirst du mein Gedächtnis wieder löschen?«

Schluckend ließ er seine Hand sinken. »Du erinnerst dich?«

Sie nickte. »Erst dachte ich, ich hätte nur geträumt, als ich wie jeden Morgen in meinem Bett erwachte, aber als ich das Diktiergerät in meiner Handtasche fand, wusste ich alles, noch bevor ich es einschaltete.« Sie atmete tief durch und sagte leise: »Ich weiß, was du bist, Riley.«

Er schluckte. Sie wusste es bereits seit drei Tagen. Wen hatte sie zwischenzeitlich verständigt? »Das Diktiergerät?«, fragte er, und seine Stimme hörte sich kratzig an.

Kurz blickte sie zur Seite. »Ich habe aus einem Impuls heraus alles aufgenommen. Es tut mir leid. Du kannst die Aufnahme löschen.« Leah deutete auf ihre Handtasche, die im Fußraum lag, und Riley holte mit zitternden Händen das kleine Gerät heraus.

»Du hast wirklich alles aufgenommen?«, fragte Riley mit wild pochendem Herzen. Als er es einschaltete, wurde ihm heiß und kalt. Er hörte nicht nur seine Liebesschwüre ... Er hatte ihr sein ganzes, verdammtes Leben gebeichtet! Sie wusste alles: über ihn, seine Eltern, die Untergrundbewegung. Er hätte sich am liebsten übergeben.

»Ich wollte es längst löschen, aber ich musste mich dringend noch einmal mit eigenen Augen überzeugen«, erklärte sie.

Als die Stelle kam, an der sie beide richtig losgelegt hatten und Leah stöhnte, streckte sie den Arm zu ihm herüber, um es auszuschalten. Ihr Blick war wieder auf die Straße gerichtet, obwohl der Autopilot fuhr. Ihre Wangen waren tiefrot. Riley hielt ihre Hand fest und zog mit der anderen den kleinen Speicherstick aus dem Gerät, zerbrach ihn mit zwei Fingern und warf ihn aus dem Fenster.

»Soll ich dich nicht doch ins Krankenhaus fahren?«, fragte sie, als sie in den Hinterhof des »Survival« einbogen. Das Auto seiner Eltern stand nicht vor dem Haus, was Riley ungemein erleichterte. Sie würden sich nur unnötig Sorgen machen. Er war wirklich nicht schlimm verletzt, das meiste Blut stammte tatsächlich vom Killer.

»Kein Krankenhaus«, sagte er, ohne sie anzusehen, aber ihre Hand konnte er nicht loslassen. »Das geht nicht. Ich ... Sie würden sofort feststellen ...« Ob sie ihn verachtete für das, was er war und was er mit ihr getan hatte?

»Es tut mir leid«, flüsterte er, ließ sie dann doch los und stieg hastig aus. »Danke fürs Herfahren.«

Leah folgte ihm die Treppen zu seiner Wohnung hinauf. »Denkst du, ich lasse meinen verwundeten Partner jetzt im Stich?«

Überrascht wandte er sich zu ihr um, sodass sie in ihn hineinlief. Er hielt sie fest und freute sich über ihre Worte. Seine Hoffnung wuchs. Leah hielt zu ihm!

»Komm, Riley, lass uns reingehen.« Sie drängte ihn rückwärts gegen die Haustür. Obwohl er überhaupt nicht an Sex dachte, erwachten seine Lenden. Hastig drehte er sich um und öffnete die Tür.

»Ich muss aus den Sachen raus«, sagte er rau. »Das Blut des anderen macht mich wahnsinnig.« Vielmehr jedoch machte ihn Leahs Nähe wahnsinnig.

Als er sich bis auf die Unterhose ausgezogen hatte, packte sie seine blutige Kleidung und warf sie in den Wäscheschacht. Ihre Waffen verstaute sie auf einem Regal. »Besser?«

Er war hart und Leah konnte es sehen. Die Spitze seines Gliedes ragte aus dem Bund seines engen Slips.

Riley starrte auf ihre Uniform, auf der ebenfalls Blut und

Gewebereste des Killers klebten. Seine Nasenflügel bebten. Er konnte sie unter all dem Dreck immer noch riechen, und ihr Körper sendete eindeutige Signale.

»Natürlich«, sagte sie, entledigte sich schnell auch ihrer Sachen, die sie ebenfalls in den Wäscheschlucker warf, bis sie nur in BH und Slip vor ihm stand.

»Viel besser«, hauchte Riley, der kaum den Blick von ihr abwenden konnte.

»Hast du was zum Desinfizieren?«, fragte sie.

Er konnte nur »Badezimmer« knurren und ging los.

Leah folgte ihm, um sich seine Verletzung genauer anzuschauen. Aus einem Schränkchen holte sie ein Wundspray, bemerkte jedoch, dass es unnötig war und stellte es wieder weg. Mit ihren Fingerspitzen fuhr sie über die Kratzer an seinem Bauch. »Unglaublich.«

»Ich geh dann mal duschen«, meinte er heiser, rührte sich aber nicht vom Fleck.

»Gute Idee«, erwiderte sie, zog sich ihre Unterwäsche aus und stieg in die Kabine. »Kommst du?«

Ihre Wangen glühten, sein Schwanz pulsierte. Ihr Anblick war zu verführerisch.

Knurrend stieg er aus seiner Hose und folgte ihr. Ihm war nun egal, dass Leah ihn in seiner ganzen Wildheit sehen konnte. Jeder seiner Muskeln schien angespannt, die Fänge waren deutlich sichtbar, seine Erektion zuckte. Dennoch versuchte er sich zu beherrschen, indem er sich vor Augen führte, was sie beide soeben Furchtbares erlebt hatten. »Ich hab eine Scheißangst um dich gehabt«, sagte Riley, als er das Wasser andrehte. Er stand so dicht bei ihr, dass er ihre Körperwärme fühlen konnte.

Leah tat sich Duschgel auf die Handfläche und begann, seinen Bauch einzuseifen. Ihre Hände zitterten. »Ich hatte auch eine Scheißangst um dich.«

Ihre Berührungen waren wie Stromschläge. Knurrend schloss Riley die Augen und lehnte sich gegen die kühlen Fliesen, die Hände an die Wand gepresst. Sein Bauch bewegte sich heftig, und immer, wenn Leah wie aus Versehen an sein Glied stieß, entfuhr ihm ein kehliger Laut.

Sie hatte gewusst, was er war, und nun sah sie es wieder. Doch sie fürchtete sich nicht, sondern sorgte sich um ihn, wusch ihn. »Warum hast du nicht schon früher was gesagt, Leah?«

»Ich musste mir über so vieles klar werden, brauchte noch etwas Zeit.« Sie verteilte das Gel zärtlich auf seinem Gesicht, wusch seine Arme, dann seine Oberschenkel. Gott, das könnte er immer haben!

Das Wasser prasselte auf sie beide herab, weshalb Riley blinzelte, als er Leahs Hände nicht mehr auf sich spürte. »Und du hast mich nicht verpfiffen?«

Sie schüttelte den Kopf, gab sich Shampoo in die Hand und wusch sich die Haare. Sie sah wie eine Nixe aus. Schaum lief über ihre helle Haut und ließ ihre roten Brustwarzen noch dunkler erscheinen. Ihre festen Hügel hüpften leicht beim Auf und Ab ihrer Arme. Durfte er sie berühren?

Noch vor drei Nächten war er über sie hergefallen wie ein Tier – nun hatte er sich verdammt gut im Griff. Warum?

Weil sie bereits seine Braut war. Sie gehörte ihm, niemand konnte mehr Anspruch auf sie erheben. Er hatte sie mit seinem Samen markiert, mit seinem Biss gezeichnet. Ein Mensch konnte das nicht sehen, aber ein Unsterblicher würde es sofort erkennen.

»Wieso?«, flüsterte er, unfähig die Augen von ihr zu nehmen. »Warum tust du das alles?« Scharf sog er die Luft ein, als sie plötzlich seinen Penis ergriff und ihn mit heftigen Bewegungen massierte.

Stöhnend presste er sich wieder gegen die Fliesen. Ihre Finger flutschten über sein Geschlecht, während sie es wusch.

»Weil du mein Partner bist. Ich vertraue dir«, hauchte sie und drängte sich an ihn. »Du würdest niemandem wehtun, du hast mein Leben verteidigt.«

Er rutschte tiefer, lauschte ihren Worten und griff um ihre Taille.

»Du setzt dein Leben für deinen Job aufs Spiel.« Leah kam noch näher. Riley spürte seinen Schwanz zwischen ihren Schenkeln.

Und als sie sagte: »Und weil ich dich liebe, schon seit dem ersten Tag«, hielt ihn nichts mehr. Knurrend versenkte er sich mit einem kräftigen Stoß zwischen ihren Schamlippen und küsste Leah auf den Mund.

»Riley ...« Leah knabberte zärtlich an seinen Lippen, während sie ihre Hüften auf seiner Erektion bewegte. »Musst du von mir trinken, damit deine Wunden schneller heilen? Ich hätte nichts dagegen«, murmelte sie in seinen Mund, was Riley vor Glück lächeln ließ. »Führe mich nicht in Versuchung!«

»Ich meine es ernst«, erwiderte sie.

Sein Schwanz in ihr wurde noch härter. »Nein, muss ich nicht. Aber ich würde trotzdem gern von dir kosten, wenn ich darf.«

»Du darfst.«

Ein Knurren entrang sich seiner Kehle. Leah war perfekt. Sie verkörperte alles, wonach er sich schon ewig gesehnt hatte.

»Tut es weh?«, fragte er, die Lippen an ihrem Hals.

»Ein bisschen«, hauchte sie. »Und nur am Anfang. Dann spüre ich nur noch Ekstase.«

Ihre Vereinigung war kurz, aber intensiv. Als Riley so vorsichtig wie möglich seine Fänge in ihr versenkte, kam er schon beim ersten Zug. Während er saugte und sich in sie ergoss, fühlte er auch, wie Leah zum Höhepunkt kam. Ihre Schenkel um seine Hüften geschlossen, ritt sie auf seinem Schwanz, als gäbe es kein Morgen. Er drehte sich mit ihr um, um sie ihrerseits gegen die Fliesen zu drücken und sich mit einem letzten, ergießenden Stoß in sie zu rammen.

Schwer atmend schauten sie sich an. Riley hielt sie fest, während das warme Wasser immer noch auf sie niederprasselte. Die ganze Kabine war mit Dampf gefüllt, dennoch roch es unverkennbar nach ihrer Leidenschaft.

Riley zog sich zurück und wusch sanft ihre geschwollenen Schamlippen. Sie waren heiß vor Erregung und herrlich weich.

Leah machte dasselbe bei ihm, glitt über seine nicht mehr ganz so harte Erektion und küsste Riley noch einmal zärtlich, bevor sie aus der Kabine stiegen.

»Ich liebe dich, mein Vampir.«

»Und ich liebe dich, meine kleine Vampir-Bezwingerin.«

Plötzlich stand sein Vater in der Tür. »Dad!« Riley riss ein großes Handtuch über ihre Körper und wickelte sie beide darin ein, doch das hielt Duncan nicht ab, näherzukommen. Das durfte doch nicht wahr sein!

»Ich hab Blut gewittert. Du bist verletzt!«, sagte Duncan aufgebracht.

»Alles in Ordnung, Baby?« Jetzt stand auch noch seine Mutter im Badezimmer!

»Mir ging's nie besser«, erwiderte Riley grinsend und rot bis in die Zehenspitzen. »Mum, Dad, darf ich euch Leah vorstellen?«

Ja, es wurde dringend Zeit, dass er sich eine andere Wohnung suchte …

Arena der Lust

Zeitreisen waren wirklich eine feine Sache, vor allem dann, wenn der eigene Vater der Erfinder eines Gerätes war, das es einem erlaubte, jede vergangene Epoche der Erdgeschichte zu besuchen. Lysandra brauchte nicht erst, wie andere Wissenschaftler, eine Genehmigung einholen, um dann wochenlang auf den Trip zu warten. Nein – sie begab sich einfach in das Labor ihres Vaters, und schon war sie weg.

»Wohin geht es diesmal?«, fragte Horentius McMillan, ohne von seinen Unterlagen aufzusehen. Er war ein graubärtiger Forscher und Lysandras Ein und Alles, denn ihre Mutter war schon früh gestorben.

»Wieder ins alte Rom«, antwortete sie. »Ich schreibe gerade eine Arbeit über die Gladiatoren, aber in einigen Punkten sind meine Unterlagen lückenhaft.« Genaueres musste er nicht wissen, dachte Lys. In Wahrheit war sie ganz wild darauf, in das pulsierende Leben einzutauchen, das zu dieser Zeit geherrscht hatte, oder sollte sie sagen: herrschte? Dank der Zeitreisen kam es ihr beinahe so vor, als würde sie nur in einem dieser Freizeitparks Urlaub machen.

In Rom ging es zügelloser zu als im 22. Jahrhundert, und das faszinierte sie. Damals hatten sich die Menschen noch richtig geliebt, nicht bloß virtuell. Heute gab es zwar auch noch einige Anhänger der »natürlichen Liebe«, aber die meisten waren nicht scharf darauf, Körperflüssigkeiten auszutauschen, was eine Partnersuche für Lys sehr erschwerte. Sie sehnte sich nach realen Berührungen. Da kam ihr die kleine Notlüge gerade recht, denn für ihre Doktorarbeit hatte sie alle relevanten Informationen zusammen.

Lys drückte ihrem Vater einen Kuss auf die Stirn, schlüpfte in Schuhe aus weichem Leder und strich sich ihre typisch römische Stola – ein langes, ärmelloses Kleid – glatt, bevor sie nach einem silbernen Ring griff. »Bis gleich!«

»Hm«, brummte Horentius und blickte seine Tochter nun doch an. »Pass auf dich auf, Lyssie.«

Lächelnd legte sie den kleinen Ring in eine spezielle Vorrichtung, an die ein Computer angeschlossen war. Dort programmierte sie die genauen Ankunftsdaten und den Ort mittels Satellitenkoordinaten ein, zuletzt noch die Zeit ihrer Rückkehr. Dabei kam sich die junge Frau jedes Mal wie Cinderella vor, die beim letzten Glockenschlag zu Hause sein musste. Sie konnte aber jederzeit schon früher zurückkehren, wenn sie auf den »Notfallknopf« drückte. Er sah auf dem Ring wie ein Aquamarin aus, war aber tatsächlich ein spezieller Kristall. Wenn man ihn zur Seite klappte, gelangte man an den winzigen Button.

Lysandra steckte sich das vermeintliche Schmuckstück an den Finger und aktivierte den Knopf unter dem blassblauen Stein. Für Horentius McMillan würde es aussehen, als verschwände seine Tochter nur für den Bruchteil einer Sekunde, denn Lysandra würde fast zur selben Zeit wieder zurückkehren. Egal, wie lange sie unterwegs war.

Wenn Lysandra in die Vergangenheit reiste, fühlte sich das an, als würden ihr die Füße weggerissen und die Luft aus den Lungen gepresst. Ihr wurde schwarz vor Augen und schwindlig. Leichtes Kopfweh oder Magendrücken waren zum Glück die einzigen Nebenwirkungen, wenn der Kristall jedes Molekül ihres Körpers zerlegte und wieder zusammenfügte, nachdem die Ankunftszeit erreicht war.

Die Wärme des Bodens, der die Sonne gespeichert hatte, schlug ihr entgegen, als sie sich in einer schmalen Gasse materialisierte, sodass möglichst niemand ihr plötzliches Auftauchen bemerkte. Natürlich bestand immer die Gefahr, doch dann konnte sie noch schnell handeln und den Knopf drücken, um in ihre Zeit zurückzukehren, bevor sie richtig sichtbar wurde.

Zuvor hatte Lysandra natürlich genau die Überreste des alten Rom und besonders die Gegend um den Palatin – einen der sieben Hügel Roms – studiert, um nicht irgendwo im Nirgendwo anzukommen. Sie überprüfte noch einmal ihre für diese Epoche typische Hochsteckfrisur, die sie mit Bändern geschmückt hatte, und hoffte, dass auch ihr Make-up – rote Lippen sowie mit Kohlestift umrahmte Augen – noch am richtigen Platz saß, bevor sie sich auf den Weg zum Kolosseum machte. Sie befand sich hier in einer noblen Wohngegend, wo sich die aus Stein erbauten Häuser der aristokratischen Oberschicht gegenseitig an Luxus überboten. Die Reichen ließen es sich nicht nehmen, sich in Sänften tragen zu lassen, ansonsten kam man nur zu Fuß am besten voran. Pferde oder Karren waren tagsüber auf den meisten Straßen ohnehin nicht gestattet.

Lysandra schlängelte sich durch belebte, enge Straßen, die durch die Verkaufsstände der Händler noch schmaler wurden. Staub kitzelte in ihrer Nase, die Abendsonne brannte noch kräftig auf ihrer Haut. An der einen Ecke duftete es berauschend nach erlesenen Ölen, an der anderen stank es nach Unrat. Menschen der unterschiedlichsten Hautfarben und Nationen lachten, plauderten, feilschten und schimpften.

Lysandra wich Tauben aus, die am Boden nach etwas Essbarem pickten, und wäre beinahe mit einem Bettlerkind zusammengestoßen, das von einem erzürnten Kaufmann durch die Straße gejagt wurde.

Kichernde Frauen, die aus einem Badehaus kamen, zogen Dampfschwaden hinter sich her, die die warme Abendluft mit Parfüm schwängerten ... Ein Stück weiter saßen verstümmelte Söldner auf dem staubigen Boden, um sich ein paar Münzen zu erbetteln.

Lysandra verharrte einen Moment bei einem Forenredner, der über die Untugend motzte, Kinder von griechischen Lehrersklaven mit Buchstaben verderben zu lassen, statt sie ans Schwert zu zwingen. Lys saugte jedes Wort auf, das sie aufschnappte, und versuchte es im Geiste nachzusprechen. Wie alle Wissenschaftler ihrer Zeit beherrschte sie perfekt die Sprache der Gelehrten: Latein. Lange hatte man geglaubt, diese »tote« Sprache hätte keine Zukunft, doch sie hatte eine Renaissance erlebt. Das kam Lys jetzt zugute, auch wenn es sich vom »Gossenlatein« doch erheblich unterschied. Bei ihren ersten Aufenthalten hatte sie noch immense Probleme gehabt, die Menschen zu verstehen, jedoch spielerisch ihren Wortschatz erweitert, indem sie einfach nur zuhörte. Wie oft war sie nun schon hierher gereist?

Unzählige Male, und doch noch viel zu wenige, wie sie glaubte.

Mittlerweile kannte Lysandra die Stadt sehr gut, daher fand sie den Weg fast von allein. Das Kolosseum, damals bekannter als *amphitheatrum flavium*, Roms beliebtester Bau, war auch nicht zu übersehen. Das große Amphitheater bestand aus vier mächtigen Ebenen, die ersten drei mit bogenförmigen Eingängen. Hier wurden in regelmäßigen Abständen die verschiedensten Spiele abgehalten, und heute war Lys wieder einmal wegen der Gladiatoren gekommen.

Es war früher Abend, die Luft noch warm. Der Duft von köstlichen Speisen umschmeichelte ihre Nase, als sie das riesige Gebäude betrat und die Treppen zu den untersten Etagen hinabstieg, in der Hoffnung, wieder die zwei jungen Kämpfer anzutreffen, die bei den Spielen ihre Aufmerksamkeit auf sich gezogen hatten: Lucius und Caius, die *gemini gladiatorii*. Lys fand sie verdammt sexy, außerdem waren sie atemberaubende Kämpfer. Es hieß, sie seien Zwillinge, sahen sich aber in Wahrheit nur sehr ähnlich. Lys wusste, dass sie in keinster Weise miteinander verwandt waren.

Sie seufzte vor Vorfreude auf und bog in einen langen, von Fackeln beleuchteten Gang unterhalb des Kolosseums ein. Dort wurden für gewöhnlich einen Abend vor den Kämpfen regelrechte Orgien abgehalten. Das ließen sich die Spieleveranstalter durchaus etwas kosten, um noch mehr Besucher anzulocken, auch weibliche. Die Gladiatoren waren vergleichbar mit den Popstars des letzten Jahrtausends. Unter den Römerinnen besaßen sie eine große Fangemeinde. Für sie waren Gladiatoren reine Objekte ihrer sexuellen Begierde, und bei den Festgelagen konnten sie ihre Idole persönlich kennenlernen.

Die Kellergeschosse allein waren schon ein Wunder für sich: Sie ließen sich sogar teilweise fluten, sodass in der Arena Seeschlachten nachgespielt werden konnten. Hier befand sich ein verzwicktes Netz aus Gängen, Kerkern und Anlagen für die Bühnentechnik. Die rußenden Fackeln gaben einen ganz eigenen Geruch ab. Es duftete nach Essen, alkoholischen Getränken, Körperausdünstungen und anderen, undefinierbaren Dingen.

Lachen von umstehenden Frauen und Männern drang an

ihre Ohren sowie heitere Klänge verschiedenster Instrumente. Lysandras Sinnesorgane wurden von den vielen Eindrücken geradezu überwältigt. In ihrer sterilen Welt, in der höchstens mal digitale Stimmen durch die Räume hallten, musste sich ihr Gehirn nicht so anstrengen, dennoch hatte sie sich recht schnell an diese Reizüberflutung gewöhnt. Am liebsten wäre sie für immer hiergeblieben, aber das würde vielleicht das Raum-Zeit-Gefüge durcheinanderbringen. Die Wissenschaftler stritten sich immer noch darüber, ob das überhaupt möglich war. Vor allem ihr Vater glaubte fest daran, dass alles, was Lysandra in der Vergangenheit tat, bereits Teil ebendieser Vergangenheit war. Ansonsten würde Horentius McMillan seine Tochter nicht so mir nichts, dir nichts durch die Zeit reisen lassen.

Lysandra schlängelte sich an den zahlreichen Menschen vorbei, die um die athletischen Kämpfer herumstanden, diese betatschten oder mit ihnen flirteten. Doch Lucius und Caius sah sie nicht. Sie wären ihr auch gleich aufgefallen, denn die blonden Männer überragten die meisten anderen noch einmal um einen halben Kopf. Die beiden besaßen auch eigene Räume – wahrscheinlich würden sie sich dort aufhalten.

Lys schlenderte also weiter und überlegte, warum die zwei beim Volk derart beliebt waren. Ob es daran lag, dass sie keine Sklaven oder Kriminelle waren? Sie hatten im Heer gedient, wo sie einem Veranstalter aufgefallen waren, der in Rom die Gladiatorenspiele organisierte. Er bot Lucius und Caius enorme Preisgelder, damit sie regelmäßig in der Arena auftraten.

Als Lysandra um eine weitere Ecke bog, in der es wesentlich ruhiger war, fiel ihr ein neuer Spruch auf, der in die Ziegelmauer geritzt worden war: *Lucius und Caius erfüllen die Träume aller römischen Mädchen ...* Daneben noch die alten Parolen: *L und C, die teuflischen Zwillinge ... Einmal Caius, immer Caius ...*

Lucius erhellt deinen Tag und bringt Wonne, wie es keiner vermag.

Beinahe hätte Lys laut gelacht. Sie würde es den beiden Angebern zutrauen, selbst diese Sprüche eingraviert zu haben. Ihre Siege hatten sie leicht überheblich gemacht, zumindest gaben sie gern damit an. Aber es waren wirklich zwei liebenswerte Chaoten, wie Lys schon herausgefunden hatte. Sie konnte verstehen, dass die Frauen auf sie flogen. Besonders der etwas ruhigere Caius hatte es Lys angetan, doch Lucius' forsche Art hatte auch etwas für sich.

Mittlerweile wusste Lysandra nicht mehr, wie oft sie bereits hierher gereist war. Ihre Studien waren längst abgeschlossen, aber im alten Rom gab es noch so viel zu entdecken. Abenteuer, Lust und ... Leben. Seit ihrer Ankunft fühlte sich viel jünger als achtundzwanzig. Zudem sah sie niemand schief an, weil sie hier ganz allein umherspazierte. Die höhergestellten Frauen im römischen Reich konnten ein recht unabhängiges, beinahe emanzipiertes Leben führen, was ihr nun zugutekam.

Abrupt blieb sie stehen, als sie hinter einem Vorhang dunkles Stöhnen vernahm. Ihr Herz pochte wild. Hier war der Ort, wo sich die Zwillinge für gewöhnlich aufhielten. Mit wem sie sich wohl vergnügten?

Lysandras Magen zog sich bei dem Gedanken zusammen, sie mit »Groupies« zu erwischen. Doch sie hatte keinen Grund, eifersüchtig zu sein. Oder war es nur der Wunsch, einmal den Platz einer Römerin einzunehmen, die von den beiden ausgiebig verwöhnt wurde?

Lysandra blickte hinter sich. Im Moment befand sich niemand in diesem Abschnitt des Ganges, da sich alles mehr am Eingang abspielte, um weitere Neugierige anzulocken. Daher schob sie mit zitternden Fingern den Vorhang ein Stück zur Seite und lugte in den düsteren, nur durch drei Fackeln erhellten Raum, aber sie sah nicht Caius und Lucius, sondern zwei andere Männer. Das erkannte sie gleich an den dunklen Haaren, denn »ihre« Zwillinge waren ja blond. Allerdings fehlten hier die Frauen, denn die beiden – offensichtlich auch Gladiatoren, wie ihre gestählten Körper verrieten – vergnügten sich miteinander!

Lysandras Puls klopfte noch schneller. Die zwei nackten Männer gaben ein leckeres Bild: Der kleinere und schlankere hing an einem Gestell, das wie ein Andreaskreuz aussah. Die Arme waren an den oberen x-förmigen Balken gefesselt, während der zweite Mann die Beine des Wehrlosen an den Kniekehlen nach oben hielt.

Die Gladiatoren standen so, dass Lysandra sie gut von der Seite sehen konnte. Sie hatte vollen Einblick, da sie sich gerade einmal zwei Schritte von ihnen entfernt befand. Ob den beiden das bewusst war? Wollten sie beobachtet werden?

Lys erlaubte sich, den Vorhang einen Zentimeter mehr zur Seite zu heben. Es war in ihrer Nische so dunkel – die Männer würden sie bestimmt nicht bemerken.

Im schwachen Licht erkannte Lys, dass um die Erektion des Gefesselten ein Lederband gewickelt war. Die Eichel stand deshalb prall hervor und glänzte dunkel. Der Mann sah aus, als würde er unvorstellbare Schmerzen leiden, aber hier wurde niemand bestialisch gequält. Nein, er war erregt, er empfand Lust, denn diese Gladiatoren machten Liebe auf ihre raue, männliche Art.

»Was, wenn wir gegeneinander antreten müssen, was wirst du dann tun?«, fragte der Gefesselte schwer atmend und sah seinen Partner mit lustverhangenem Blick an.

»Dich unterwerfen, Silvius, so wie immer«, keuchte der andere. Seine Härte glänzte, als ob er sie mit Fett eingerieben hatte. Er packte die Knie des Wehrlosen fester, hob sie noch ein wenig höher, sodass sich die Pobacken weit öffneten, und drang mit einem Stoß in ihn ein.

Der Mann am Kreuz mit Namen Silvius warf den Kopf laut stöhnend hin und her, während er hart genommen wurde. Mit pumpenden Hüften rammte ihm sein Freund das steife Glied unaufhaltsam hinein. Es schien tatsächlich gut eingefettet gewesen zu sein, anderenfalls hätte Silvius sicher keine Freude gehabt.

Lys fühlte, wie sie feucht wurde. Ihre Klitoris pochte heftig. Es war das erste Mal, dass sie Männer beim Sex beobachtete, und es machte sie unwahrscheinlich an. Ein gut gebauter Mann war ja schon heiß, aber gleich zwei!

Unter ihrer Stola kreuzte sie ihre Schenkel, um den Druck auf ihre Mitte zu erhöhen. Dabei dachte Lys an ihre Gladiatoren-Zwillinge und stellte sich vor, wie es wäre, von allen beiden verwöhnt zu werden.

Gladius war das lateinische Wort für Penis, ging ihr durch den Kopf, als sie fasziniert das harte Geschlecht betrachtete, das sich immer wieder in Silvius versenkte. Trotz ihres rauen Umgangs, lag Zärtlichkeit in den Augen der Männer. Die beiden liebten sich anscheinend, doch wegen ihrer Stellung würden sie niemals heiraten dürfen. Sie besaßen als Gladiatoren keine persönlichen oder politischen Rechte. Gleichgeschlechtliche Hochzeiten waren nämlich in Rom keine Seltenheit, während es zu späteren Zeiten sogar mit dem Tod geahndet wurde, jemanden desselben Geschlechts zu begehren. Zum Glück war Homosexualität in Lysandras Jahrhundert ebenfalls kein Tabu mehr, ausgelebter Sex hingegen schon, was es irgendwie auch nicht besser machte.

Der stehende Mann legte sich ein Bein des Gefesselten über seine linke Armbeuge und stützte sich am dahinterliegenden

Balken ab, damit er mit seiner Rechten die abgebundene Erektion massieren konnte.

Silvius' Körper zuckte. »Marius, bitte!«, schrie er, weil er offensichtlich von dem Band, das seinen Höhepunkt verhinderte, befreit werden wollte.

Marius beugte sich vor, um die Laute mit seinem Mund zu ersticken. Die beiden küssten sich gierig, wobei Marius das Band löste. Sofort schoss das Sperma aus Silvius heraus und landete auf Marius' Bauch, während sich dieser, die Pobacken hart zusammengekniffen, noch schneller in seinen Partner rammte, bis auch er laut stöhnend kam. Dann erst zog Marius sich zurück, um den schlaff am Gestell stehenden, halb hängenden Mann mit seinem Saft zu kennzeichnen. Dabei knurrte er: »Du bist mein, nur mein, Silvius«, und küsste ihn wieder leidenschaftlich.

Leise seufzend ließ Lysandra den Vorhang fallen und wollte sich gerade zurückziehen, als sich ein Männerarm von hinten um ihren Bauch legte. Wie erstarrt blickte sie auf den kräftigen, mit feinen Narben gezeichneten Unterarm, der unwahrscheinlich muskulös war, braun gebrannt und mit einem blonden Haarflaum überzogen. Lysandras Daumen über dem Ring zuckte, ihr Herz schlug heftig. Sie bräuchte nur auf den Stein zu drücken und sie wäre gerettet. So eine intime Berührung, die Nähe zu einem anderen Menschen außer ihrem Vater, kannte Lys nicht.

Sie sog die Luft ein, als sich die große Hand auf ihre Brust presste. Lysandra spürte die Hitze in ihrem Rücken, die von einer offensichtlich großen Gestalt ausging.

»Na, meine Hübsche«, raunte eine männliche Stimme auf lateinisch in ihr Ohr, was ihr im Nacken eine Gänsehaut einbrachte. »Hast du dich verlaufen oder suchst du das Vergnügen?«

Zumindest das sinnliche Vergnügen. Zuschauen würde mir schon reichen, dachte sie, aber was erlaubte sich der Kerl! Ihr hier einfach an die Brust zu fassen!

Natürlich ... Er musste denken, dass sie nur hier herunter gekommen war, um an den Orgien teilzunehmen. Und er hatte sie beim Spionieren erwischt, wie peinlich!

Ihre Wangen erhitzten sich, noch immer raste ihr Herz.

Durch den Stoff ihrer Stola streifte der Fremde über ihren Nippel, der sich zu einer festen Spitze zusammengezogen hatte. Lys erschauderte. Das fühlte sich gut an. Real. Nicht wie eine jener Simulationen, die sie manchmal benutzte, wenn sie sich selbstbefriedigte. Sie trug natürlich keinen BH und auch nicht das für diese Zeit typische Brustband, daher spürte sie alles besonders intensiv. Dennoch war ihr mehr als mulmig zumute. Ihre Knie zitterten.

Obwohl sich ein wohliges Prickeln von ihrem Busen bis in ihren Unterleib zog, drehte sie sich in dem festen Griff des Mannes um und entwand sich so seiner Berührung. Sie wollte schon sehen, mit wem sie es zu tun hatte.

Da sie sehr klein war, nur einen Meter sechsundfünfzig, reichte sie dem Fremden gerade einmal bis zur Brust. Diese war nackt, sehr muskulös und ebenfalls von Narben gezeichnet, was aber keinesfalls entstellend wirkte. Es unterstrich seine kraftvolle Männlichkeit. Der Mann trug den für Gladiatoren typischen Lendenschurz und Sandalen.

Lys blickte höher, sah sein markantes Kinn, eine leicht schiefe Nase und Grübchen in seinen Wangen, weil er verschmitzt lächelte. Er besaß kurzes, dunkelblondes Haar, und Lysandra erkannte ihn sofort. »Lucius ...«

Sein Grinsen wurde breiter. »Ah, eine Bewunderin. Wie kannst du mich von meinem Bruder unterscheiden?«

»Du hast blaue Augen, Caius grüne«, hauchte sie. Ansonsten sahen sie auch für Lys beinahe aus wie eineiige Zwillinge, doch Caius war ein wenig kleiner und seine Haare eine Nuance dunkler. Aber Lucius konnte ja nicht wissen, dass sie ihr Geheimnis »recherchiert« hatte.

»Du hast eine lustige Aussprache«, bemerkte Lucius, ohne sie loszulassen. Seine Hitze schien sie beinahe zu verbrennen, und wie er erst duftete! So natürlich nach Mann. Nicht aufdringlich, eher dezent. Und er musste süßen Wein getrunken haben.

Ihre Vagina zog sich unwillkürlich zusammen. Dieser Mann war einfach supersexy! Es war herrlich, von seinen starken Armen gehalten zu werden. Aufregend und neu.

»Ich komme aus Lutetia«, erwiderte sie mit leicht zittriger Stimme. Lutetia war das frühere Paris. Das würde als Erklärung für ihr nicht ganz angepasstes Latein reichen müssen, außerdem lebten in Rom Menschen aller Nationen. Hier wurde wild durcheinander gesprochen. Spürte Lucius vielleicht instinktiv, dass sie nicht aus dieser Zeit stammte? Lys hatte sich den Dialekt lange angehört, aber ganz perfekt war ihre Aussprache eben doch noch nicht, besonders, wenn sie aufgeregt war. Oder erregt.

Ja, sie war erregt, nur weil dieser Kerl sie festhielt. War das zu fassen?

»Von so weit her bist du gereist, um mich zu sehen?«, fragte er dunkel und sah sie dabei eindringlich an. Etwas Hartes drückte gegen ihren Bauch, und Lys wusste genau, was das war!

Seufzend starrte sie ihn weiterhin an. Himmel, er hatte so schöne blaue Augen! Sie stützte ihre Hände auf seiner Brust ab, um möglichst unauffällig seine stählernen Muskeln zu befühlen. Sie hatte noch nie einen Mann auf diese Weise berührt. »So von sich eingenommen?«, flüsterte sie.

»Ich hab dich hier schon öfter gesehen. Du lässt mich und meinen Bruder nie aus den Augen.«

Sie war ihm also aufgefallen! Ihr Herzschlag schien sich noch einmal zu verdoppeln.

Lysandra legte den Kopf in den Nacken und konnte Lucius nur anschauen. Er war wirklich ein junger Gott. Wie alt mochte er sein? Bestimmt einige Jahre jünger als sie.

»Wie heißt du?«, fragte er mit rauer Stimme.

Oh, wie unhöflich von ihr, sich nicht vorzustellen. »Lysandra.«

»Lysandra. Welch schöner Name. Du heißt wie die Tochter von Eurydike?«

Lys nickte. Lucius war also nicht nur gutaussehend, sondern gebildet. Zwei Eigenschaften, die sie an einem Mann besonders schätzte.

»Aus welcher Familie kommst du?«

Lys seufzte innerlich. Die Dynastie bedeutete den Römern alles. »Vielleicht verrate ich es dir ...« nie »... später.«

Er zwinkerte ihr zu, worauf ihr noch heißer wurde. »Lust, meinen Bruder ebenfalls kennenzulernen?« Sie wusste genau, was er wollte, sie konnte es an ihrem Bauch fühlen und an seiner Stimme hören. Sollte sie sich darauf einlassen? Würde es das Raum-Zeit-Gefüge durcheinanderbringen, wenn sie mit ihm ging? Aber sie war wahrscheinlich nur eine Frau von vielen.

Und warum sich nicht ein bisschen vergnügen? Sie hatte schon lange keinen echten Mann mehr gehabt, eigentlich hatte sie noch nie einen echten Mann gehabt, nur ihre virtuellen Dates.

Aber gleich zwei?

Lysandra bekam gerade die Chance, etwas ganz Verrücktes zu tun. Etwas lustvoll Verrücktes. Ja, sie wollte sich mit den beiden vergnügen und würde dann für immer verschwinden, um ein Paradoxon zu verhindern. Nicht, dass sich wegen ihr noch die Geschichte änderte, wenn sie sich hier in den Lauf der Dinge einmischte, obwohl ihr Vater immer wieder betonte, das sei nicht möglich.

Sie hatte noch ungefähr zwei Stunden und vierzig Minuten Zeit …

***

Lucius hatte sie an der Hand hinter sich hergezogen, noch tiefer in die Katakomben hinein. So weit war Lysandra niemals zuvor gewesen und erst jetzt wurde ihr klar, dass sie sich längst nicht mehr unter dem Kolosseum befanden. Sie wusste von Bauplänen, dass es einen unterirdischen Gang gab, der die Arena mit der angrenzenden Gladiatorenschule, dem *Ludus Magnus*, verband, wo Lucius und Caius lebten und trainierten. Dorthin brachte er sie also. Aber warum nahmen sie nicht am Fest, an den Orgien und Ausschweifungen teil wie sonst? Die Zwillinge waren doch die Stars des Abends!

Etwas mulmig war ihr schon zumute, als sie eine steile Treppe nach oben stiegen und sie vor sich die kleine Arena sah, wo die Gladiatoren für gewöhnlich trainierten. Rundherum zweigten von einem Säulengang unzählige Türen ab, hinter denen die Zellen der Kämpfer lagen. Besonders komfortabel hatten sie es nicht, wusste Lys aus ihren Recherchen, und sie verspürte auch nicht das Bedürfnis, mit zwei Kriegern in einer vielleicht fensterlosen Kammer eingesperrt zu sein, aber Lucius überraschte sie. Er führte sie in einen großen Raum, der zwar ebenfalls keine Fenster besaß, dafür aber mit hellem Marmor verkleidet war. In jeder Ecke befand sich eine Leuchte, eine auf Säulen stehende Schüssel, in der eine gewaltige Flamme brannte, sowie kleinere Öllampen. Der Raum war viel zu prachtvoll für eine Gladiatorenzelle. Die beiden genossen unverkennbar ganz besondere Privilegien.

Auf dem Boden waren zahlreiche Polster und Kissen verteilt, drumherum standen Schalen mit Obst und Krüge mit Wein. Mittendrin lag Caius, mit dem Rücken zu ihnen, und schien zu schlafen, denn er reagierte nicht, als Lucius die Tür schloss. Er hatte sie nicht verriegelt, was Lys schon mal erleichterte, auch wenn sie ohnehin jederzeit verschwinden konnte. Lucius schien auf seine Weise ein ehrbarer Mann zu sein, obwohl er es faustdick hinter den Ohren hatte, wie sie von diversen Beobachtungen wusste.

Ganz anders als der schlummernde Caius, den Lysandra in der Öffentlichkeit eher zurückhaltend in Erinnerung hatte. Nur ein hauchdünnes Leinentuch bedeckte seine Beine. Er schien ganz nackt zu sein und bot einen verführerischen Anblick, mit seinem breiten Kreuz, den schmalen Hüften und den durchtrainierten Pobacken.

Lys schluckte, ihre Vagina kontrahierte abermals. Ihr war es unangenehm, dass ihr eigener Saft mittlerweile ihr Höschen befeuchtete.

Erst als Lucius künstlich hüstelte, murmelte Caius: »Du bist aber schon früh wieder zurück.«

»Weil ich Besuch mitgebracht habe«, erwiderte Lucius grinsend, wobei er Lysandras Hand losließ. »Alles Gute zum Geburtstag!«

Abrupt drehte sich Caius um und setzte sich auf. Als er Lys sah, überzog eine tiefe Röte sein Gesicht. Das war sogar auf seiner gebräunten Haut noch zu erkennen. Eisern hielt er das Leinentuch vor seine nackte Brust.

Gott, wie süß er war! Aber was hatte er denn? So schüchtern präsentierte er sich dem Volk nie. »Von mir auch alles Gute«, hauchte sie, froh, nicht die einzige Person im Raum zu sein, die an irgendwelchen Hemmungen litt.

»Willkommen in unserem Reich«, sagte Lucius, immer noch zu Caius schauend, der mit aufgerissenen Augen erwiderte: »Du hast sie also gefunden.«

Gefunden? Lysandra schluckte. »Ihr habt nach mir gesucht?«

Lucius nickte. »Ich wollte meinem Partner ein ganz besonderes Geschenk machen.«

Geschenk? Lys blieb der Mund offen stehen, worauf Lucius herzhaft lachte. Schon konnte sie ihm nicht mehr böse sein und ihre inneren Verspannungen lösten sich ein wenig. Mit seinen Grübchen sah er fast aus wie ein Lausejunge.

»Caius möchte mit dir schlafen«, meinte er immer noch grinsend, als wäre es das Normalste auf der Welt. »Nur mit dir, sonst mit keiner. Er sagt, du seist was Besonderes.«

»Was?!« Lys glaubte, sich verhört zu haben, und verschluckte sich ob Lucius' Direktheit fast an ihrem eigenen Speichel.

Caius sah seinen Kampfgefährten mit zusammengezogenen Brauen an. »Hör nicht auf ihn, er hat schon zu viel Wein getrunken.« Er stand auf, wobei er sich das Tuch um die Hüften wickelte, dann wollte er an Lucius vorbei, den Raum verlassen.

»Schön hiergeblieben!« Lucius hielt ihn am Oberarm fest, und sie maßen sich eine Zeitlang mit Blicken. »Du willst doch nicht auf deiner Feier fehlen. Schon gar nicht jetzt, wo ich deine Göttin gefunden habe.«

Göttin? Lys fühlte sich geschmeichelt, doch sie wollte nicht, dass sich die Männer wegen ihr stritten. »Mm, das sieht aber lecker aus«, unterbrach sie deshalb ihre Machtprobe, dann setzte sie sich mutig auf ein großes Kissen. Bevor sie es sich noch anders überlegte, aus dem Raum stürmte und den Kristall aktivierte.

Caius räusperte sich, und Lucius ließ ihn endlich los. »Bedien dich. Es ist genug da.«

Lysandra schenkte für sie alle drei Wein in Kelche und hob einen davon in die Luft. »Auf Caius. Möge ihm ein langes Leben beschert sein. Dir natürlich auch, Lucius. Prosit!« Und das würden sie haben, wie sie wusste. Lys hatte alles über die zwei Männer in Erfahrung gebracht.

Die beiden stießen mit ihr an. »Auf Caius«, erwiderte auch Lucius, der seinem vermeintlichen Bruder zuzwinkerte. »Dem besten Freund und Gefährten in der Arena, den man sich wünschen kann.«

Als der süße Wein Lysandras Kehle hinabrann, glaubte sie sich im Paradies. Wie köstlich er schmeckte! Richtig fruchtig! »Mm …« Erst jetzt bemerkte sie, dass sie die Augen geschlossen hatte. Als sie sie wieder öffnete, blickte Caius sie verträumt an, sah dann jedoch schnell in eine der Schalen, um ihr eine Weintraube zu pflücken.

»Probier die mal«, sagte er und steckte Lysandra die Frucht in den Mund.

Das unbehandelte, natürliche Essen war ein himmlischer Genuss. Warum hatte sie bei ihren früheren Reisen nie etwas gegessen? Was hatte sie verpasst! Die verschiedensten Aromen explodierten auf ihrer Zunge wie ein exotisches Feuerwerk, als die beiden Gladiatoren sie abwechselnd fütterten. Ihnen schien das sichtlich zu gefallen. Und es erregte sie, denn was sich an ihren Lenden abzeichnete …

»Du weißt, worauf du dich einlässt, meine Hübsche?«, fragte Lucius mit einem anzüglichen Lächeln.

Lys sah ihn nur mit hochgezogenen Brauen an, weil sie nicht wusste, worauf genau er hinauswollte. Was hatten sie denn mit ihr vor? Ihr wurde es schon wieder mulmig. Zum

Glück trug sie ein Implantat unter der Haut, das sie vor einer Schwangerschaft und Krankheiten schützte.

»Das Volk wird dich ächten, wenn sie erfahren, dass eine ehrbare Frau wie du mit einem Gladiator geschlafen hat.«

»Mit zwei«, warf Caius ein, der sofort wieder rot wurde.

Sie atmete leise seufzend auf. Das meinten sie also.

»Hey, du gefällst mir heute, Bruder«, erwiderte Lucius lachend und zerzauste seinem Gefährten das kurze Haar, dann reichte er ihm den Wein. »Trink noch ein wenig, das scheint dir zu bekommen.«

Lys sah die beiden verträumt an und erwachte erst aus ihrer Trance, als Lucius seine Frage wiederholte.

Schulterzuckend erwiderte sie: »Ich bin ja nicht von hier.« Und so »ehrbar« war sie auch wieder nicht. Na ja, eigentlich schon. Irgendwie war sie ja sogar noch Jungfrau. Ob es zählte, von einem Vibrator entehrt zu werden? In ihrem Leben hatte es nicht einmal eine richtige Beziehung gegeben. Sie hatte bisher nur für ihre Forschungen gelebt, und unter ihren Kollegen gab es niemanden, mit dem sie wirklich zusammen sein wollte. Lys hatte viele Angebote von hochrangigen Wissenschaftlern erhalten, doch was wollte sie mit einem Mann, der sie nicht einmal in den Arm nahm, weil es nicht »in« war?

Aber hier saßen zwei waschechte Kerle, die sie verwöhnen wollten. Die beiden machten sich sogar Sorgen um sie. Wie süß! Zwei harte Kämpfer mit dem Herz am rechten Fleck.

Lysandra schmolz noch mehr dahin.

Sie musste die ganze Sache beschleunigen, wenn sie heute noch zum Zug kommen wollte. Sie hatte vielleicht nur noch etwas über zwei Stunden. Das Dumme war, dass sie die Zeit nur schätzen konnte, weil sie keine Uhr mitführen durfte oder andere Sachen aus ihrem Jahrhundert. Das barg zu viele

Gefahren. Also nahm sie eine Weintraube und steckte sie dem perplexen Caius einfach in den Mund. Sie ließ ihren Finger eine Weile an seinen Lippen liegen, und ihre Klitoris pochte heftig, als Caius mit der Zunge darüberfuhr.

Überrascht über ihren Mut und ihr frivoles Verhalten, lutschte sie ihren Finger lasziv ab, um gleich darauf eine weitere Traube in Lucius' Mund verschwinden zu lassen. Dieser war weit weniger schüchtern und saugte daher gierig an Lysandras Fingerkuppe.

Seufzend schloss sie die Augen, um das erregende Gefühl intensiver zu genießen. Der Mann wusste genau, wie er eine Frau auf Touren bringen konnte.

Angestachelt von der Vorführung seines Freundes, kam nun auch Caius in die Gänge. Er nahm einfach Lysandras andere Hand und steckte sich gleich zwei ihrer Finger in den Mund. Er lutschte ebenso leidenschaftlich wie sein vermeintlicher Zwillingsbruder, was in Lys einen Sturm der Gefühle auslöste. Diese Zungen wollte sie unbedingt an ihrer weiblichsten Stelle spüren. Außerdem wollte sie selbst auf ebendiese Weise an den Männern saugen, allerdings an deren empfindlichsten Zonen. Wie sich ein echter Schwanz in ihrem Mund anfühlen würde?

Lysandra schielte zu Caius, der dicht vor ihr saß, die Augen geschlossen. Seine Erektion war unter dem Tuch genau auszumachen. Zaghaft zog Lys die Hand aus seinem Mund, um das gewaltige Geschlecht durch den Stoff zu berühren. Himmel, was war sie nur für eine Draufgängerin!

Caius stöhnte auf, öffnete die Lider und starrte Lys mit lustverhangenem Blick an. Sie nahm nun auch die zweite Hand dazu, mit der sie über Caius' flachen Bauch fuhr, der sich schnell bewegte, seine ausgeprägte Brust und die muskulösen Arme. Es war ein wunderschönes, intensives Gefühl, einen anderen zu streicheln.

Lucius hockte still zusehend neben ihnen. Seine Hand hatte sich längst unter seinen Lendenschurz gestohlen, wo er sich offensichtlich selbst Lust verschaffte.

Caius allerdings saß nur wie versteinert neben ihr und schaute sie an. Aber das machte Lys nichts aus. Sie genoss es, einfach nur ihre Hände über seinen Körper gleiten zu lassen, bis er erbebte. Das allein könnte sie ewig machen. Caius war so ein junger, attraktiver Mann – selbst die zahlreichen Narben konnten ihn nicht entstellen. Sie konnte kaum glauben ... »Du hast wirklich noch nie ...?«, flüsterte sie.

Caius schüttelte den Kopf und errötete wieder.

Vor Freude pochte Lysandras Herz schneller. »Aber ... die Römerinnen, sie erzählen ...«

»War alles ich!« Bis hinter beide Ohren grinsend sagte Lucius: »Ich war schwer beschäftigt.«

Lysandra ließ ihre Hände auf Caius' Oberschenkeln ruhen und musterte die beiden noch einmal eindringlich, bevor sie sich an Lucius wandte: »Und es ist keiner aufgefallen, dass du nicht Caius bist?«

»Keiner«, erwiderte er. »Du bist die Erste, die uns unterscheiden kann.«

Caius horchte auf. »Wirklich?«

Lysandra nickte. »Ihr mögt euch zwar sehr ähnlich sehen, aber allein eure ganze Art, eure Charaktere, wie ihr geht, redet, lacht ... Ihr seid so verschieden wie Tag und Nacht.«

»Hört, hört!« Lucius griff nach seinem Getränk, das er auf einmal hinunterstürzte. »Da hat uns aber jemand genau beobachtet.«

»Sie weiß eben alles«, wisperte Caius und beugte sich vor. Völlig überraschend küsste er Lysandra, aber ganz vorsichtig.

Jetzt war sie es, die wie erstarrt dasaß und es einfach nur zuließ, wie Caius' Lippen über ihren Mund strichen. Wie weich sie waren! Sie hielt die Luft an, um alles noch intensiver zu spüren. Dabei pochte ihr Pulsschlag hart in den Ohren.

Lucius rückte plötzlich näher, um interessiert zuzusehen. »Was machst du mit ihm, Lysandra?«, flüsterte er. »So kenne ich ihn gar nicht.«

Caius küsste sie weiterhin sanft, und Lys erwiderte diese Zärtlichkeit ebenso vorsichtig. Sein stilles Seufzen ging ihr durch und durch. Ein unschuldiger Kämpfer, das hatte was.

»Die Zunge, Caius«, ermahnte Lucius seinen Freund, worauf Lys beinahe gelacht hätte. Als jedoch Caius plötzlich über ihre Lippen leckte, stöhnte sie auf.

Konnte sie es wagen, ihre Zunge ebenfalls hinzuzunehmen? Wie würde es sich anfühlen, Caius zu schmecken?

Stürmisch pochte ihr Puls in den Ohren, immer noch berührten sie sich nicht mit Händen. Sie hatte so wenig Ahnung! Eigentlich war sie ja auch noch Jungfrau, wie sie zuvor schon bemerkt hatte. Die ganzen Dildos, Vibratoren und Computersimulationen zählten für sie nicht wirklich. Aber Caius war ein Mann aus Fleisch und Blut. Und unglaublich süß mit seiner schüchternen Art. Mochte er auf dem Schlachtfeld unerschrocken sein, aber einer Frau gegenüber schien er unbeholfen. Doch wenn Lucius etwas sagte, ließ er alles mit sich geschehen. Caius schien seinem Freund vollkommen zu vertrauen.

Lucius war schon während ihrer gemeinsamen Zeit beim Heer Caius' Mentor gewesen, wie Lysandra herausgefunden hatte. Die beiden schien eine tiefe Freundschaft zu verbinden.

»So wird das nie was mit euch beiden«, mischte sich Lucius ein. Er schubste Caius an den Schultern zurück, sodass dieser rücklings in die Kissen fiel, und riss ihm das Tuch vom Körper.

Wie hingegossen blieb der große Krieger liegen und rührte sich nicht. Nur sein Bauch bewegte sich heftig; seine Erektion, die steil nach oben ragte, schien im Takt seines Herzens zu pulsieren. Wie dick sie war!

Lysandra schluckte den Speichel, der sich plötzlich in ihrem Mund sammelte. Der Tropfen, der auf der rosa Spitze glänzte, sah sie sehr verführerisch an. Wie würde er schmecken?

Unbewusst leckte sie sich über die Lippen. Natürlich wusste Lys, wie ein Penis aussah, aber jetzt einen in natura zu sehen ... Es wurde ernst!

»Du kannst ihn anfassen, Lysandra. Er ist nicht zerbrechlich.« Und noch ehe Lucius zu Ende gesprochen hatte, lagen seine Finger um Caius' Erektion, um sie fest zu massieren. Selbst in Lucius' großer Hand sah das Geschlecht noch gewaltig aus: zwar kurz, aber dick, mit einer ausgeprägten Eichel.

Die Augen schließend ließ Caius ihn gewähren und öffnete sogar seine Schenkel ein wenig. Es schien ihm zu gefallen. Dann riss er jedoch die Lider auf, um nur Lysandra zu betrachten.

Ihr Atem ging stoßweise, ihr Schoß prickelte voll unerfülltem Verlangen. Dieses warme, feste Stück Fleisch – wie würde es sich in ihr anfühlen?

»Macht ihr das öfter?«, hauchte sie.

Wieder war es Lucius, der sprach, wobei er nicht von Caius abließ: »Bevor wir Gladiatoren wurden, dienten wir im Heer. Dort ist es ohne Frauen oft sehr einsam. Da entdeckten wir unsere gegenseitige Zuneigung. Es ist ja nichts dabei, Frauen und Männer zu begehren, oder?« Er zwinkerte ihr zu.

Den beiden zuzusehen und auch noch mitmachen zu dürfen, war tausend Mal besser als vorhin, als sie die Männer beim Liebesspiel beobachtet hatte. Es machte Lys unsagbar an, Lucius zu betrachten, wie er seinem Freund Lust verschaffte.

»Möchtest du von ihm kosten, kleine Lysandra?«, fragte Lucius.

Benommen nickte sie und krabbelte auf den liegenden Caius zu, aber Lucius stoppte sie: »Wir wollen jetzt aber auch einmal deine Vorzüge kennenlernen.« Noch ehe sie wusste, wie ihr geschah, hatte ihr der Gladiator die Stola über den Kopf gestreift.

»Mm, was ist denn das für ein nettes Stück Stoff?«, fragte Lucius, als er ihr auch das Höschen auszog.

Hilfe, sie hatte überhaupt nicht an die Unterwäsche gedacht! Zum Glück war dieser Slip aus einfacher weißer Baumwolle, dennoch viel zu knapp für diese Zeit. »Die neueste Mode in Lutetia«, stammelte sie und atmete auf, weil die beiden ihre Unterwäsche nicht länger begutachteten, sondern nur auf ihre kleinen, spitzen Brüste starrten und den schmalen Streifen Haare zwischen ihren Schenkeln.

»Komm näher, meine Schöne. Hierhin.« Lucius klopfte auf ein Kissen, das neben Caius' Hüften lag.

Es war gut, dass Lucius den Ton angab, so konnte sie sich nicht blamieren. Er schien ihre Unerfahrenheit längst bemerkt zu haben, behielt es aber für sich.

Sie kniete sich dicht neben Caius, sodass ihr Oberschenkel seine Hüfte berührte, und legte dann eine Hand auf Caius' Bauch. Wie hart dort die Muskeln unter der weichen Haut waren! Wie Stahl, den man mit Samt überzogen hatte.

Lys zuckte zusammen, als sich Lucius' große, raue Hand um ihre Brust schloss und sanft zudrückte. Er knetete gleichzeitig ihre Brüste und massierte Caius' Erektion. Dieser schloss stöhnend die Augen, sodass sich Lys einfach zu ihm hinunterbeugen musste, um ihn zu küssen. Er war ein starker Mann und doch so schwach. Schwach vor Lust und wegen seiner Unerfahrenheit. Aber wie konnte er unerfahren sein, wenn Lucius ihn anscheinend längst in die Liebe eingewiesen hatte? Caius' Naivität musste sich tatsächlich nur auf das weibliche

Geschlecht beschränken. Er war noch sehr jung gewesen, als er ins Heer kam, und hatte wohl deshalb nie die Gelegenheit gehabt, eine Frau kennenzulernen. Und Lucius schien Caius' Fels in der Brandung zu sein, sein Mentor und Lehrmeister in allen Lebenslagen.

Als Lysandra ihre Zunge in den Mund ihres jungen Gottes gleiten ließ, schmeckte sie den süßen Wein. Caius stöhnte in ihren Mund, die Finger in ihrem Haar vergraben, während Lucius weiterhin sein Glied bearbeitete. »Hör auf, Lucius, ich komme gleich.«

Abrupt ließ er von ihm ab. »Erkunde seinen Körper, Lysandra.« Lucius zog sich den Lendenschurz aus und genoss es sichtlich, dass Lysandra seine Härte bewunderte. Himmel, sie war viel länger als die von Caius, nur ein wenig schmaler. Irgendwie flößten ihr die beiden Erektionen gehörigen Respekt ein.

Plötzlich drehte sich Caius auf den Bauch und vergrub sein Gesicht in einem Kissen.

Hilflos schaute Lys zu Lucius, der verwegen grinste. »Das ist sein Problem. Er glaubt, er könne keine Frau befriedigen, weil sein Schwanz so kurz ist.«

»Kurz?« Lysandra riss die Augen auf. »Er ist gigantisch!« Ihr konnte kein Dildo zu dick sein, denn sie liebte es, heftig gedehnt zu werden. »Ich finde ihn perfekt.«

Schlagartig drehte sich Caius wieder auf den Rücken, ungläubig flüsternd: »Wirklich?«

Sie nickte. Dachte Caius tatsächlich, dass es nur auf die Länge ankam? Himmel, er war einfach süß!

»Du kannst sie alle beide haben«, raunte Lucius, was prickelnde Schauer über ihren Körper sandte. Ja, sie wollte sie beide! Ihre Neugier siegte über die Ängste.

»Aber erst ist Caius dran. Heute ist schließlich sein Tag.« Mit leuchtenden Augen schaute Lucius Lysandras unbeholfenen Liebkosungen zu. Er kniete sich hinter sie und streichelte sie überall, während sie dasselbe bei Caius machte und ihn dabei küsste, ihm tief ihre Zunge hineinschob. Es war einfach berauschend. Sie liebte und wurde geliebt, spürte warme Männerhaut und deren raue Hände unter sich und hinter sich. Gierig drängte sich Lucius' Geschlecht zwischen ihre Pobacken, wo es eine feuchte Spur hinterließ. Er wollte doch nicht ... Lys zuckte zurück, worauf Lucius dunkel lachte. »Keine Sorge, kleine Lysandra, noch bist du nicht so weit. Aber bald wirst du uns anbetteln, dich beide auf einmal zu nehmen.«

War das möglich? Beide gleichzeitig? Ein Geschlecht in ihrer Vagina und das andere ... Allein der Gedanke daran ließ ihre Säfte noch stärker fließen. Lucius dominierte nicht nur seinen Gefährten – nein, auch sie, und das machte sie unsagbar geil. Lys hatte davon geträumt, von zwei Männern gleichzeitig geliebt zu werden und sie hatte es einige Male in ihren Simulationen getestet. Aber würden diese beiden gewaltigen Erektionen sie nicht zerreißen? Sie war so klein und die beiden Männer so ... groß! Alles an ihnen war stark.

Trotz ihrer Furcht nahm das Pochen, dieses unerträgliche, quälende Pochen ihrer Klitoris, noch weiter zu. Sie wollte so gern mehr, wollte bis aufs Äußerste gedehnt werden und seufzte, weil sie es nicht bekam. Und als dann auch noch Lucius hinter ihr verschwand und sich ein Stück über Caius' Kopf hinkniete, so weit weg von ihr, fühlte es sich an, als würde ein Teil von ihr fehlen.

Lucius griff nach Caius' muskulösen Armen und hielt sie über dessen Kopf fest in die Kissen gepresst, sodass er wehrlos vor ihr lag.

»Nimm ihn dir, Lysandra. Nimm dir, was du möchtest.«

Zögernd hauchte sie: »Was soll ich tun?« Ihr Herz überschlug sich beinahe.

»Leck ihn«, forderte Lucius sie auf. »Aber mach es schön langsam. Er liebt es sanft.«

»Was redest du da?« Caius' Hüften kamen ihr entgegen, noch bevor ihre Hände ihn erreichten. »Ich werde gleich wahnsinnig!«

Als sie seinen Penis berührte und sich ihre kleine Faust um ihn schloss, keuchte Caius auf. Seine Eichel war wunderschön: dick, rund und glatt, und überall glitzerten seine Lusttropfen. Langsam, genau wie Lucius es ihr gesagt hatte, senkte sie den Kopf, um nur einmal ihre Zungenspitze über den Schlitz flattern zu lassen, aus dem sich die Feuchtigkeit drängte.

Caius zischte, er zuckte mit den Hüften.

»Setz dich auf seine Beine!«, befahl Lucius, worauf sie gehorchte. Das war eine gute Gelegenheit, ihre pochende Klitoris etwas zu besänftigen. Sie rieb sich an Caius' Schenkel, während sie die Lippen um seine Eichel stülpte und den herrlich männlichen, leicht salzigen Geschmack genoss. Caius' Geschlecht war heiß und fest. Lys ertastete mit der Zunge den Rand der Eichel und leckte dann über die glatte Spitze. Sie versuchte bei jedem Auf und Ab den Schaft tiefer in den Mund zu bekommen, was dem jungen Mann offensichtlich gefiel. Er zitterte und stöhnte unbeherrscht, was wiederum Lysandras eigene Lust anstachelte. Caius' Penis war ebenso hart und doch so glatt wie der Rest von ihm.

Plötzlich rief Lucius: »Das reicht!«, als Caius anscheinend kurz davor war, in ihrem Mund zu kommen. »Er darf erst, wenn ich es erlaube.«

Schwer atmend, ihre Lippen fühlbar geschwollen, schaute sie zu Lucius. »Ist das immer so zwischen euch?«

»Oft. Caius liebt dieses Spiel. Sieh nur, wie geil er ist. *Du* machst ihn geil.« Er grinste verwegen. »Jetzt mach weiter.«

Auf allen vieren kniend, lutschte sie an der dicken Eichel, als sie plötzlich spürte, wie Lucius' Hand von hinten zwischen ihren Schenkeln hindurchfuhr. Sie hatte überhaupt nicht bemerkt, dass er Caius nicht mehr festhielt und hinter sie getreten war! Die Männerhand an ihrem Geschlecht fühlte sich fremd an, doch es gefiel ihr. Daher widerstand sie dem Drang, sich ihr zu entziehen. Lys war rot bis in die Zehenspitzen, weil sie sich für die Reaktionen ihres Körpers schämte. Wozu sie doch keinen Grund hatte.

»Sie ist tropfnass«, kommentierte Lucius den Zustand ihrer Vagina und ließ seine Finger auf ihrer Klitoris kreisen. Hart pochte sie gegen seine Hand. Unbewusst drückte sich Lys ihr entgegen. »Nur ein Stoß, und ich kann mich tief in ihr versenken.« Er streichelte Lysandras Pobacken, dann wieder ihr geschwollenes Fleisch, und dehnte den Eingang sanft mit zwei Fingern. »Aber weil du heute Geburtstag hast und du sie dir ausgesucht hast, lasse ich dir den Vortritt.«

Vorsichtig zog er Lysandras Kopf weg. »Lass Caius ein wenig verschnaufen. Dann setz dich auf sein Gesicht.«

Erst dachte Lysandra, sie hätte sich verhört. Für Lucius mochte das ja das Normalste der Welt sein, aber Lys hätte sich jetzt gern in Luft aufgelöst. Sie konnte sich doch nicht ... Doch allein der Gedanke, sich mit gespreizten Beinen auf Caius' Mund niederzulassen, brachte ihren Schoß noch mehr zum Kribbeln.

Lucius führte sie langsam heran, um sie auf Caius' Größe vorzubereiten. Ein dritter Finger dehnte sie. Sie mochte seine dominante Art, ebenso wie sie seinen schüchternen Freund mochte, und war froh, sie beide haben zu dürfen. Lys hätte sich für keinen entscheiden können, müsste sie eine Wahl treffen.

Enttäuscht seufzte sie auf, als ihr Lucius seine Finger entzog. Er half ihr, sich über Caius herumzudrehen. Auf den weichen Polstern zitterten ihre Knie noch mehr. »Jetzt geh in die Hocke«, sagte er heiser und sah mit leuchtenden Augen zu, wie sich ihre Spalte öffnete.

»Während er dich leckt, kannst du dasselbe bei ihm tun«, erklärte Lucius. Seine Erektion zuckte unentwegt.

Als sich Lys auf Caius herabsenkte, hockte sich Lucius vor sie und hielt ihr sein Geschlecht vors Gesicht. »Aber erst verwöhnst du mich auch ein wenig.«

Noch während Caius den ersten Zungenschlag machte, schob ihr Lucius seine Eichel zwischen die Lippen. Sie war ebenso warm und glatt wie die seines Gefährten, nur seine Lusttropfen schmeckten ein wenig herber.

Lysandra wusste nicht, wie ihr geschah. Caius leckte sie wie ein Verdurstender aus, wobei er immer wieder mit seiner Zunge in ihr Loch stieß, um mehr von ihrem Saft zu bekommen. Er konnte alles von ihr sehen, doch jetzt war es zu spät, verschämt zu reagieren. Da Caius' Hände nun nicht mehr festgehalten wurden, nutzte dieser die Gelegenheit, um Lysandras Pobacken noch weiter auseinanderzuziehen. Lys stöhnte, weil sie sich derart schamlos und offen präsentierte. Das machte sie unsagbar heiß. Caius' Zunge leckte sie hart, kitzelte ihre Klitoris und versenkte sich gleich wieder in ihr, während Lucius ihr sein Geschlecht in den Mund schob. Dabei hielt er es an der Wurzel fest und masturbierte. Lys fühlte sich benutzt und wurde zugleich verwöhnt. Eine unsagbar geile Mischung.

Lucius hielt sie am Hinterkopf, um ihren Mund zu gebrauchen, wie er es wollte. Caius hingegen leckte sie immer noch mit ausgiebigen, langen Zungenschlägen, wobei seine Hände ihren Po streichelten und an ihrer Rosette spielten. Ihr war schon ganz schwindlig.

Und da kam sie. Lysandra fühlte, wie sich alles in ihrem Unterleib zusammenzog. Sie stöhnte an Lucius' Geschlecht, das sie versuchte, nicht aus dem Mund zu entlassen, während sie ihre Spalte an Caius' Gesicht rieb. Sie hatte kaum Kraft, sich über Caius zu halten, und war froh, als Lucius sie mit kräftigem Griff unter den Armen festhielt, während er dabei weiterhin in ihren Mund stieß, bis ihr Höhepunkt vorüber war.

Plötzlich zog sich Lucius zurück. Lys konnte sich zum Glück wieder selbst auf Caius halten. Lucius stand anscheinend kurz davor, zu kommen. Schwer atmend ging er neben Caius' Beinen auf die Knie und beugte sich zu dessen Erektion hinunter.

»Jetzt zeige ich dir, wie Caius es gern hat.« Während er zu Lys sah, packte er das Glied an der Wurzel, zog die Haut zurück und leckte über die Eichel.

Caius zuckte und stöhnte an Lysandras Spalte. Und Lys stöhnte, weil der Anblick ihr noch mehr Lust verschaffte. Wild, doch auf seine Art zärtlich, bearbeitete Lucius das Geschlecht des anderen Mannes. Seine Zunge glitt langsam am gesamten Schaft auf und ab, flatterte über die Hoden und dann noch tiefer. Lucius spreizte Caius' Schenkel, um ihn auch dazwischen zu lecken, bevor er wieder nach oben kam, um den ganzen Penis in seinem Mund verschwinden zu lassen.

Wie schaffte er das nur, ohne zu würgen?

»Und jetzt du«, sagte er anzüglich grinsend.

Ihr Unterleib pochte immer noch, als sie sich hinunterbeugte und versuchte, aus dieser Position Lucius' Bewegungen zu imitieren. Doch sie reichte nicht ganz heran, sie war zu klein. Da fasste Lucius seinen Gefährten kurzerhand unter den Knien, um ihr seinen Unterleib näherzubringen.

Währenddessen küsste Caius ihr empfindliches und geschwollenes Geschlecht zärtlich. Lys hätte im Moment auch nicht mehr vertragen, jeder Zoll zwischen ihren Schenkeln schien überreizt zu sein. Sie konzentrierte sich auf Caius' Penis und ließ ihn tief in den Mund gleiten. Dabei starrte sie fasziniert auf Lucius, der zusätzlich über Caius' Hoden und den Damm leckte. Was für ein Anblick!

Caius stöhnte an ihre nassen Falten. Lys leckte um den wulstigen Rand seiner Eichel, drängte ihre Zungenspitze in den kleinen Schlitz und streichelte seine Hoden.

»Wie macht sie es?«, wollte Lucius, der jetzt nur noch zusah, von Caius wissen.

»Anders als du«, sagte er, unterbrochen von leisem Keuchen. »Sanfter. Zurückhaltender.«

»Aber es macht dich geil.«

»Jaaa«, stöhnte Caius. Mittlerweile ging sein Atem stoßweise. »Ich ...«

Lucius drückte Lysandras Kopf weg und zog sie von ihm herunter.

Enttäuscht keuchte Caius auf, doch gleich fasste er an sein hocherregtes Geschlecht. »Lass mich kommen, Lucius, bitte!«

Lucius lachte dunkel, wobei er seine Hand wegschlug. »Denkst du, ich mache eine Ausnahme, nur weil du heute Geburtstag hast?«

»Bitte!«, flehte Caius noch einmal, berührte sich aber nicht mehr. In seinen Augenwinkeln schimmerten Tränen, seine Brust hob und senkte sich hektisch. »Bitte«, wisperte er.

Da beugte sich Lucius zu ihm hinunter, um seine Wangen zu umfassen und ihm einen sanften Kuss zu geben.

Lys stockte der Atem. Die beiden liebten sich, das war nicht zu übersehen.

»Ich will, dass es heute für dich besonders schön wird«,

hauchte Lucius an die Lippen seines Freundes. »Unvergesslich.«

Caius vergrub seine Finger in Lucius' Haar und schmiegte sich an den gestählten Körper seines vermeintlichen Zwillingsbruders. »Das ist es doch schon.«

Sie küssten sich noch einmal tief, dann gab Lucius ihm Zeit, ein wenig zu verschnaufen, bevor er Lysandra über Caius' Unterleib dirigierte. Sie stellte sich über ihn, genau wie Lucius ihr befohlen hatte. Dabei klopfte ihr das Herz bis zum Hals. Sie würde gleich mit diesem Athleten schlafen, und das machte sie ziemlich nervös.

Lucius hielt das Glied seines Freundes an der Wurzel fest. »Senk dich langsam auf ihn.«

Lys gehorchte. Als die glatte Spitze auf ihr erhitztes Fleisch traf, entkam ihr ein Stöhnen. Unnachgiebig drängte sich der dicke Kopf zwischen ihre Schamlippen, presste sie gnadenlos auseinander, dehnte ihren Eingang. Dabei hielt Lucius sie an den Hüften fest.

»Er ist ... zu dick«, ächzte sie, aber das Pulsieren ihrer Klitoris nahm zu. Es war ein erregendes Gefühl, derart heftig gedehnt zu werden. Viel besser als von einem ihrer dicken Dildos.

»Du bist nass genug, um ihn aufzunehmen.« Lucius drückte sie weiterhin nach unten, bis die Erektion ganz in ihr versenkt war. Alles in Lysandras Unterleib pochte, ihr Inneres schien Caius fest zu umschließen, und sie konzentrierte sich einen Moment auf das herrliche Gefühl, bevor sie den großen Mann unter sich ansah.

»Reite auf ihm, Lysandra«, forderte Lucius.

»Ich kann nicht«, hauchte sie, unfähig, sich zu bewegen, da der Dehnungsschmerz immer noch anhielt. Doch das Ziehen ging immer mehr in ein lustvolles Gefühl über.

»Du kannst. Leg dich auf ihn und bewege deine Hüften.«

Lys ließ sich auf Caius sinken und lehnte ihren Kopf an seine Schulter; dabei genoss sie es, ihm dermaßen nahe und mit ihm verbunden zu sein. Lys spürte sein Herz an ihrem Busen, schmeckte seinen salzigen Schweiß, als sie an seinem Hals knabberte, und fühlte seine rauen Hände auf ihrem Rücken, während er sie streichelte. Es war das intimste, intensivste Erlebnis ihres Lebens.

Langsam hob sie ihr Becken, um den dicken Schaft ein Stück herausgleiten zu lassen. Dann senkte sie sich wieder herab, genoss die Dehnung und rieb ihren Kitzler an den drahtigen Locken.

Caius drehte den Kopf, und sie küssten sich. Ihre Zungen suchten und fanden sich, spielten stürmisch miteinander und tauchten gegenseitig in ihre heiß-feuchten Münder.

Lys rieb sich schneller an ihm, während ihr Blut wie ein Meteoritenschauer durch ihre Adern schoss.

Seine Hände glitten tiefer und legten sich auf ihre Pobacken, die Caius erst knetete, dann auseinanderzog. Lys keuchte überrascht auf, als sich Lucius mit seinem Gesicht dazwischendrängte, um sie dort zu lecken. Sie spürte, dass er auch seine Hände dazunahm, um abwechselnd ihre Schamlippen und Caius' Hoden zu streicheln. Dabei flatterte seine Zunge unentwegt über ihren Anus und versuchte auch, ab und zu in sie einzudringen.

Es war gewaltig, diesen starken und doch so zärtlichen Männern ausgeliefert zu sein. Lysandra hatte vergessen, wo sie war und wer sie war, denn ihr ganzes Sein bestand nur noch aus purer, reiner Lust und berauschender Ekstase.

Auf einmal schien jede einzelne Nervenzelle in ihr zu explodieren. Lys schrie auf, das Stöhnen der Männer und ihr eigenes verstummten, als hielte ihr jemand die Ohren zu; ihre Sicht verschwamm. Ihr Orgasmus bestand aus einem gewaltigen, lang anhaltenden Rausch der Sinne, ihr ganzer Unterleib pochte und vibrierte, ihre Gliedmaßen zuckten unkontrolliert. Sie spürte kaum, wie Caius' Erektion in ihr noch dicker wurde und er sich in sie ergoss, warm und in pulsierenden Schüben.

Schließlich blieb sie erschöpft auf Caius liegen, dessen Atem ebenso heftig ging, wie ihr eigener. Er hielt sie fest, und Lucius streichelte sie beide.

Bald schon konnte Caius wieder lächeln. Er drehte den Kopf und blickte zu Lucius. »Mein bester Geburtstag bis jetzt«, sagte er grinsend.

Lucius schmunzelte. »Noch ist er nicht zu Ende.«

Langsam richtete Caius sich auf, und Lys glitt von ihm herunter, wo sie sich auf den Kissen ausstreckte. Sie fühlte sich herrlich befriedigt. Es machte ihr nicht einmal etwas aus, dass Caius' Sperma aus ihr herausfloss.

»Stimmt. Du bist noch nicht gekommen«, sagte Caius, woraufhin er vor Lucius auf alle viere ging und diesem seinen Hintern entgegenstreckte. »Bedien dich, du hast es dir verdient.«

Lysandra schluckte. Himmel, war das ein sexy Anblick, wie sich Caius seinem Partner darbot.

»Heute nicht«, erwiderte Lucius und zog Caius in seine Arme. »Ich möchte deine Göttin, wenn du erlaubst.«

Schnell blickte Caius zu ihr. »Das kann ich nicht entscheiden.«

Wow, er war auch noch ein Gentleman! Lysandra bekam ganz weiche Knie; ihr Herz klopfte schneller. Nur gut, dass sie gerade lag.

Lucius beachtete sie nicht, sondern schaute immer noch Caius an, der auf seiner Brust lag. »Würdest du es erlauben, Bruderherz?«

Caius nickte. »Ich teile mein Leben mit dir und meinen Körper. Du weißt, dass ich dir nie etwas verwehren könnte.«

Die unausgesprochenen Worte hingen in der Luft. Ob die beiden sich jemals ihre Liebe gestanden hatten? Aber das mussten sie nicht, denn es war ihnen sicherlich bewusst, was sie einander bedeuteten. Lys seufzte, ihre Augen wurden feucht. So eine bedingungslose Liebe wollte sie auch einmal erleben.

Erst jetzt ließ Lucius ihn los und krabbelte zu Lys. »Möchtest du?« Seine blauen Iriden schienen vor Lust zu glitzern, sein langer Penis stand noch immer aufrecht.

Natürlich wollte sie! Ihre Zeit war noch nicht abgelaufen und in ihrem Jahrhundert würde sich so eine Gelegenheit wohl nie bieten. Sie sollte es also ausnutzen, dass sie auf zwei junge, virile Männer getroffen war, die sie offensichtlich begehrten.

Als Lysandra nickte, legte sich Lucius auf sie, wobei er seinen Körper mit den Unterarmen abstützte, um Lys nicht zu erdrücken.

»Komm her, Caius, ich brauche dich an meiner Seite«, sagte Lucius rau, den Blick nie von Lys nehmend.

Gehorsam kniete sich Caius neben ihn und begann, seinen Partner zu streicheln, während dieser seinen Schaft an Lysandras Spalte rieb.

Bei dieser sanften Massage erwachte ihre Lust sofort wieder. Jetzt, wo ihr Körper die Freuden der geschlechtlichen Liebe kannte, war er süchtig danach.

Langsam glitt Lucius in sie. Da sein Penis schlanker war als der von Caius, aber viel länger, dehnte er sie nicht so extrem, dafür stieß er an einen Punkt tief in ihrem Körper. Sanft stupste seine Eichel gegen ihren Muttermund, und Lysandra spürte ein ganz anderes Lustgefühl in sich aufkeimen. Es ging weniger von ihrer Klitoris aus, sondern es kam von innen.

»Du bist noch voll von Caius' Saft, ich kann ihn spüren«, raunte Lucius und zog sich zu ihrer Enttäuschung aus ihr heraus. »Her mit deinem Mund!«, befahl er seinem Partner stattdessen, der Lucius' Erektion willig ableckte.

»Ja, mach ihn schön sauber«, knurrte er mit lustverhangenem Blick, als Caius an ihm lutschte und Lucius dabei in sein Haar griff.

Das reichte aus, um Lysandras eigene Erregung zu steigern. Die beiden waren aber auch ein verdammt heißes Paar!

Abermals tauchte Lucius in sie, und wieder musste Caius ihn sauberlecken. Das ging noch drei, vier Mal so – dann blieb er endlich in ihr, um sie so fest zu stoßen, dass Lys richtig durchgeschüttelt wurde.

»Halt sie fest, sie rutscht davon«, trug Lucius Caius auf, der Lysandra sofort an den Schultern festhielt.

Lucius rammte und rammte, wobei er ihre Schenkel an den Kniekehlen auseinanderdrückte, um noch tiefer zu kommen. Er schwitzte am ganzen Körper, doch seine Ausdauer und Selbstbeherrschung waren außergewöhnlich. Lys erkannte, dass er auch in diesem Bereich gut trainiert war, und sie genoss es. Ihre Vagina krampfte sich um seine Härte, ihr Schoß pochte heftiger.

Aus den Augenwinkeln bemerkte Lys, dass Caius bereits auch wieder eine Erektion hatte. Ihr sehnsüchtiger Blick musste sie wohl verraten haben, denn sofort raunte Lucius: »Caius, schieb ihn zwischen ihre Lippen.«

Caius zögerte kurz, doch als Lys sich über die Lippen leckte, hielt ihn nichts mehr. Er legte sich, mit den Händen abgestützt, quer über ihren Kopf, und drängte sein Glied in ihren Mund.

War das herrlich! Sie fühlte sich rundum ausgefüllt, obwohl ihr Kiefer wegen Caius' Dicke leicht schmerzte. Hingebungsvoll leckte und saugte sie an der gewaltigen Eichel, aus der schon wieder die Lust tropfte.

Lucius legte seine Stirn auf Caius' Rücken und stieß Lys weiterhin durch. Immer, wenn er ihren hintersten Punkt traf, stöhnte sie gegen Caius' Geschlecht. Sie stellte sich vor, wie es wäre, wenn Lucius und sie gemeinsam an Caius' Penis lecken würden, als der Höhepunkt sie auch schon erwischte. Fast zeitgleich mit ihr kam auch Lucius, der sich mit einem animalischen Laut in sie ergoss.

Caius, der wohl auch kurz davor war, wollte sich zurückziehen, doch Lucius drückte seinen Körper nach unten. »Sie soll es schlucken, das hast du dir heute verdient«, keuchte er.

Bei diesen Worten brauste ihr Höhepunkt noch einmal auf und sie leckte schneller. Als das herbe Sperma in ihren Mund schoss und Lys kaum mit Schlucken hinterherkam, gab Lucius seinen letzten Schub in sie ab und zog sich zurück.

Lysandra fühlte sich plötzlich seltsam leer, doch als die Männer sich neben sie legten, sie umarmten und streichelten, ging es ihr wieder gut. Jetzt war sie wirklich keine Jungfrau mehr. Selig lächelnd schloss sie die Lider, doch sie durfte nicht einschlafen. Sie musste bald gehen.

***

»Warum wolltest du gerade mit *mir* dein erstes Mal erleben?«, wollte Lys ein wenig später von Caius wissen, als sie alle auf dem Rücken lagen, Lysandra zwischen den Männern, und wieder zu Atem gekommen waren. Sanft streichelte sie Caius' Wange, doch der schloss die Augen und erwiderte nichts.

»Sag's ihr schon«, drängte Lucius, worauf er einen bösen Blick erntete.

Lysandra wartete gebannt. Was war an ihr so besonders? Hier in Rom gab es hunderte Frauen, die sich sofort »opfern«

würden, nur um mit Caius eine Nacht zu verleben.

»Er glaubt allen Ernstes, du seist eine Göttin«, sagte Lucius, die Arme hinter dem Kopf verschränkt. Caius erwiderte nichts.

»Göttin?« Lysandra lächelte. »Wie kommst du denn da drauf?«

Caius flüsterte: »Ich hab dich gesehen.«

Das Lächeln gefror in ihrem Gesicht. »Gesehen?«, hakte sie vorsichtig nach. »Wobei?« Sie ahnte, worauf er hinauswollte, und ihr Magen zog sich zusammen.

Caius atmete tief durch. »Ich wollte mit dir reden, dich näher kennenlernen, aber ich hatte nicht den Mut, dich anzusprechen. Also lief ich eine Weile hinter dir her, als du das Kolosseum verlassen hast. Ich hatte mir erhofft herauszufinden, wo du wohnst, ob du vielleicht einen Mann hast. Ich wollte auf Nummer sicher gehen. Als du dann jedoch in einer düsteren Gasse verschwandest, hatte ich Angst um dich. Es war ja schon dunkel und es treibt sich genug Gesindel herum. Doch plötzlich hast du dich vor meinen Augen aufgelöst.«

Lucius lachte laut auf. »Sieh nur ihr Gesicht an, Bruder. Sie hält dich für verrückt.«

»Nein, er ist nicht verrückt«, sagte Lys leise. Sie wollte Caius, der sich mittlerweile tief in ihr Herz gestohlen hatte, nicht anlügen. Aber wie viel Wahrheit würde er vertragen? »Ich bin verschwunden. Er hat recht.«

Den Männern blieb der Mund offen stehen und Lucius wurde weiß wie die Wand. Anscheinend begriffen sie gerade, dass sie tatsächlich mit einer Göttin geschlafen hatten. Angespannt saßen sie neben ihr.

»Durch eine Geheimtür?«, fragte Lucius rau, wohl mit der letzten Hoffnung, dass es eine andere Erklärung gab.

Sie schüttelte den Kopf. »Nein, richtig verschwunden.«

Es herrschte lange Zeit Stille, bis Caius flüsterte: »Du *bist* eine Göttin.« Er zog ihre Hand an seinen Mund, um einen Kuss darauf zu hauchen. »Du musst Venus sein. Deine Schönheit ist unübertroffen.«

Lys fühlte sich wirklich geschmeichelt und ihr Herz floss über vor Zuneigung. Was sollte sie ihnen erzählen? Die Wahrheit? Die beiden waren gebildet, vielleicht würden sie es verstehen. Oder sollte sie lieber die Göttin-der-Liebe-Version nehmen? Das würden sie ihr wohl eher glauben. Aber übertrieb sie dann nicht ein wenig?

»Nun ja«, begann sie langsam, »eine Göttin bin ich wohl nicht, ganz bestimmt nicht Venus, die ist gewiss nicht so unerfahren wie ich.« Sie spürte, wie sich ihre Wangen erwärmten. »Aber ich komme von weit her.«

»Wie weit?«, fragte Caius.

»Sehr weit.« Kurz zögerte sie. »Aus einer anderen ... Zeit.«

Die beiden sahen sie wieder nur stumm und mit gerunzelter Stirn an. Nein, sie würden es niemals begreifen, wenn Lys ihnen etwas über Technik und Zeitreisen erzählte, daher sagte sie: »Ich kann ... zaubern.«

Caius' Augen wurden groß. »So wie Circe?«

Circe war in der griechischen Mythologie eine Zauberin, wusste Lys.

»Oder bist du eine keltische Druidin, eine Seherin!« Lucius nickte begeistert und Lys nickte vorsichtig zurück. Sollten die beiden erst einmal diese Version glauben, das war schon heftig genug.

»Wahnsinn«, flüsterte Caius ehrfürchtig, ohne ihre Hand loszulassen. »Ich habe es ja gleich gewusst, dass du etwas Besonderes bist.«

Seufzend sah Lysandra von einem Gladiator zum anderen.

Wie sollte es jetzt weitergehen? Auf keinen Fall durften sie die Geschichte verbreiten, das könnte katastrophale Auswirkungen auf den Verlauf der Zukunft haben. »Ihr müsst mir versprechen, es niemandem zu erzählen.«

»Versprochen«, erwiderten die beiden unisono und gaben ihr einen Kuss auf die Wange.

Lysandra seufzte abermals. War es möglich, sich in zwei Männer zu verlieben?

»Wirst du uns morgen einölen und einen Schutzzauber über uns sprechen?« Caius' Augen leuchteten hoffnungsvoll. In ein paar Stunden würden sie wieder in die Arena marschieren, begleitet von Sängern, Musikern, Akrobaten und anderen Künstlern. Der Einzug hatte große Ähnlichkeit mit der Eröffnung der Olympischen Spiele. Lucius und Caius wurden gefeiert wie Helden.

»Ich weiß nicht, ob ich morgen kommen kann, aber ich kann es jetzt machen«, erwiderte Lys. Sie wusste, dass die beiden in der Arena nie eine schwere Verletzung erleiden würden. Ihr »Zauber« würde also wirken.

Mit offensichtlicher Begeisterung sprang Caius auf und lief in eine Ecke des Raumes, wo an einer der Lampen ein Kännchen hing. Die Gladiatoren rieben sich vor den Kämpfen mit Öl aus den Früchten des Dills ein, damit ihnen nichts Böses widerfuhr, aber die warme Flüssigkeit in der Kanne roch anders.

Als sich ihre Brauen hoben, nahm das Lucius zum Anlass, etwas zu erwidern. »Na ja, es ist jetzt nicht das, was du brauchst, sondern Olivenöl. Wir verwenden es für unsere Liebesspiele. Wird es dennoch gehen?«

Lächelnd nickte Lysandra. Olivenöl ... Ohne das ging bei den Römern wohl nichts. Sie benutzen es zur Körperpflege, zum Kochen, zur Linderung verschiedener Krankheiten und es war ihr Beleuchtungsmittel Nummer eins. Und ganz offensichtlich diente es den Männern noch zu anderen Zwecken. Lysandras Vagina klopfte sacht, als sie daran dachte, wie die beiden sich liebten.

Lucius und Caius legten sich auf den Bauch, einer rechts, der andere links von Lys, und sie verteilte ein paar Tropfen des Öls auf ihren Rückseiten. Langsam floss es über die gewölbten Muskelstränge und sammelte sich in der Rille über der Wirbelsäule. Abwechselnd strich sie über die herrlichen Männerrücken, salbte Arme, Beine und ihre knackigen Hinterteile ein, bis die beiden Gladiatoren schnurrten wie Kater. Lysandra glitt tief zwischen ihre Gesäßhälften, sodass die Männer ihre Beine öffneten, und massierte dort den Damm und ölte auch vorsichtig die Hoden ein.

»Hm«, brummte Lucius. »Das könnte ich immer haben.«

Lysandra wusste, dass die beiden nicht viel Zeit für sich hatten, denn ihre Tage waren erfüllt mit Training und Kämpfen. Daher genossen sie wohl die wenigen Augenblicke, in denen sie unter sich waren, besonders intensiv.

Caius lag mit geschlossenen Augen da und atmete ruhig. Als ihm Lys eine blonde Strähne aus der Stirn strich, erkannte sie, dass er eingeschlafen war. Selbst jetzt sah er ungemein sexy aus mit seinem leicht geöffnetem Mund und einem Bein, das er leicht angezogen hatte. Trotz der muskulösen Arme, die er neben seinem Kopf angewinkelt hatte, wirkte er irgendwie verletzlich.

Ihr Herz zog sich zusammen. Könnte sie doch für immer bei ihm bleiben.

Lucius rollte sich auf den Rücken, damit Lys auch seine Vorderseite eincremen konnte. Als sie Öl in seinen Bauchnabel gab, lächelte Lucius verschmitzt, doch seine Lider hingen ihm bereits schwer über den Augen. Sein Penis richtete sich halb auf, während Lysandras Hände über seine Schenkel glitten, aber schon bald sank er wieder in sein krauses Nest. Auch Lucius war dabei, einzuschlafen. Er streckte einen Arm aus, den er auf Caius' Rücken ablegte, seine harten Gesichtszüge entspannten sich. Lysandra streichelte ihn noch eine Weile, bis sein Atem in ein leises Schnarchen überging, das ihr ein Lächeln entlockte. Da lagen sie, ihre starken Helden, total geschafft. Niedergestreckt von einer einzigen Frau.

»Träumt schön, meine Prinzen. Cinderella verlässt den Ball«, sagte sie leise und deckte Lucius und Caius mit einem dünnen Tuch zu. Sie betrachtete noch einmal ausgiebig die schlafenden Männer neben sich, dann erhob sie sich. Ihr Herz wurde schwer. Es wurde Zeit zu gehen, die drei Stunden waren bestimmt gleich um.

Sie hatte den beiden nicht sagen können, dass sie sich wohl nie wieder sehen würden. Es war besser, es hier und jetzt zu beenden, bevor sich Lys noch in etwas verrannte. Schon jetzt fiel es ihr unglaublich schwer, aufzubrechen.

Seufzend schlüpfte sie in ihre Stola und die Schuhe, als sie plötzlich einen Schatten an der Tür bemerkte. Eine Frau steckte lächelnd den Kopf herein.

Lys stockte der Atem, weil sie in ihr eigenes Gesicht blickte. »Hab ich's mir doch gedacht«, flüsterte sie grinsend, als sie auch schon in ihre Zeit fortgerissen wurde und gerade noch bemerkte, wie ihr anderes Selbst in diesem Moment auf die Kissen zulief.

Sie hatte also einen Weg gefunden, die Theorie ihres Vaters hatte sich bestätigt. Sie würde zurückkehren ...

***

Gleich am nächsten Tag machte sich Lys daran, wieder in die Vergangenheit zu reisen, diesmal allerdings ein paar Jahre später, in eine Zeit, in der die beiden keine Gladiatoren mehr waren. Lys hatte ja schon vor Wochen »spioniert«, ob ihren *gemini* in der Zukunft etwas zustoßen würde. Lysandra wusste aus eigenen Nachforschungen, dass in der Arena viel weniger Menschen gestorben waren, als bisher angenommen. Lucius und Caius waren zudem außerordentlich gute Kämpfer und beliebt beim römischen Volk sowie beim Kaiser, sodass ihnen ein kleines Haus auf dem Land geschenkt wurde, wo sie ihren Lebensabend verbringen konnten. Sie waren ehrenvoll entlassen worden und lebten von ihren zusammengesparten Siegesprämien. Als die unbezwingbaren Zwillinge waren sie in die Geschichte eingegangen.

Lys hatte sich nicht getraut, in die kleine Villa zu gehen, aus der sie Lucius' Stimme und Kinderlachen gehört hatte. Im Garten hatte sie eine Frau gesehen, allerdings nur von hinten, die Wäsche aufgehängt hatte. Lucius schien glücklich zu sein und eine Familie zu haben, das war alles, was zählte. Jetzt wollte Lys auch wissen, wie es Caius ging. Angeblich sollte er auch dort wohnen.

Und was hatte sie, Lysandra, in dem Leben der Männer noch für eine Rolle gespielt? Waren sie ihrer überdrüssig geworden?

Die erneute Reise durch die Zeit presste ihr wieder einmal sämtliche Luft aus den Lungen, bis sie mit wackeligen Knien auf einer Wiese landete. Schnell versteckte sich Lys hinter einer niedrigen Mauer, die das Gelände umgab. Das Häuschen lag nur wenige Meter vor ihr, und Lysandra erschrak, weil sich ein kleines Mädchen ganz in ihrer Nähe befand. Sie besaß blondes, gelocktes Haar, war höchstens fünf Jahre alt und schaute zu ihr her. In der Hand hielt sie ein paar selbstgepflückte Blumen.

»Ariane, es gibt Essen!«, rief plötzlich eine Männerstimme, die Lysandra vertraut vorkam. Sie blinzelte über die Mauer.

Ein Busch, der dahinter wuchs, schützte sie vor den Blicken des blonden Mannes, der aus dem Fenster schaute. Es war unverkennbar Caius! Er hatte nur nicht mehr ein ganz so kantiges Gesicht wie früher und etwas längere Haare, aber er sah nicht weniger attraktiv deswegen aus. Lysandras Puls begann bei seinem Anblick schneller zu schlagen.

Ariane winkte ihm, wobei ihre blonden Korkenzieherlocken auf und ab hüpften. »Ich komme gleich, Papi, ich schenke Mami noch schnell Blumen!«

Caius lächelte und sein Kopf verschwand wieder im Haus.

»Für dich, Mami«, sagte Ariane und überreichte ihr den Blumenstrauß.

»Vielen Dank«, brachte Lys gerade so heraus. Ihr stockte der Atem. Oh Gott, das kleine Mädchen war ihre Tochter! Und sie hatte Caius' grüne Augen!

Für einen Moment wusste sie nicht, was sie tun oder sagen sollte. Ariane sah sie dabei nur aus großen Augen an.

»K-kennst du einen Lucius?«, brachte Lys kaum hörbar hervor.

»Du meinst Onkel Lucius? Ja, er wohnt auch hier, das weißt du doch.« Die Kleine lachte, wobei sich tiefe Grübchen in ihren Pausbacken bildeten. »Ist das ein neues Spiel?«

Lucius wohnte hier? Führten sie etwa eine Beziehung zu dritt? Lys erinnerte sich an die Szene, als sie Lucius Stimme gehört und eine Frau von hinten gesehen hatte. Das war sie selbst gewesen!

»Wieso versteckst du dich hier?« Ariane schaute weiterhin zu ihr. »Schmeckt dir Papis Essen nicht?«

Lysandra lächelte. Caius kochte für sie? Ihr wurde warm ums Herz. »Doch, doch, es schmeckt sehr lecker, nun geh schon, ich komme gleich nach!«

Ariane kicherte. »Du schwindelst!« Sie schlang ihre Ärmchen um Lysandras Hals und küsste sie auf die Wange. »Du siehst heute so hübsch aus, Mami.«

Lys blinzelte eine Träne weg, dann drückte sie die Kleine an sich. Himmel, sie duftete unwahrscheinlich gut. *Das ist mein Baby*, dachte Lys schwer schluckend, bevor sie Ariane widerstrebend losließ. »Du siehst heute auch sehr hübsch aus, und nun ins Haus mit dir, ich komme gleich nach!«

»Ariane, wo bleibst du?«, rief plötzlich die ältere Lysandra-Version aus der Villa.

Hastig duckte sich Lys und drückte auf den Ring ...

***

»Mami, wie hast du das gemacht?«, wollte Ariane wissen.

Lysandra drehte sich zu ihrer Tochter um, die soeben die Küche betrat. »Was denn, Schatz?«

»Gerade warst du noch im Garten und hast mit mir Verstecken gespielt und jetzt bist du schon im Haus! Und du hast ein anderes Kleid an!«

Lysandra stutzte, aber dann konnte sie sich daran erinnern, wie sie vor einigen Jahren zurück in die Vergangenheit gereist war, um zu sehen, was aus ihren Männern wurde. »Ich habe gezaubert«, erwiderte sie lächelnd und trat neben Caius an den Herd, um ihre Nase in den Topf zu stecken. Eigentlich gab es in jedem besseren, römischen Haushalt Sklaven, die das Kochen übernahmen, aber Lysandra hatte sich geweigert, einen zu beschäftigen. Den Männern, auch ihr selbst, war es ohnehin lieber, unter sich zu bleiben, also hatte Caius den Part übernommen.

Ariane grinste. »Du schwindelst schon wieder, Mami!«

»Nein, das war nicht geschwindelt. Wenn du groß bist, verrate ich dir den Trick. Versprochen.«

»Wirklich, Papi, stimmt das?«

Lächelnd nickte ihr Caius zu und zog Lys in seine Arme. »Deine Mama ist eine ganz besondere Frau.«

Eines Tages würde sie mit Ariane in die Zukunft reisen, um dort ihren Opa zu besuchen und ihr verraten, woher ihr Vater Horentius tatsächlich kam. Lysandra vermisste ihn unendlich, auch wenn er manchmal durch die Zeit zu ihnen reiste, aber es war ihre Bestimmung gewesen, in die Vergangenheit zurückzukehren, um dort eine Familie zu gründen. Anderenfalls würde sie selbst in der Zukunft nie geboren werden. Das klang verrückt, doch es war tatsächlich so, die Theorie ihres Vaters hatte sich bestätigt: Alles was der Zeitreisende in der Vergangenheit tat, war bereits Teil ebendieser Vergangenheit.

Lysandra küsste ihre Tochter auf die Nasenspitze, und Ariane setzte sich schmollend an den Tisch. »Wo hast du die Blumen, die ich dir geschenkt habe?«

»Äh ...« Lys runzelte die Stirn, aber noch bevor sie etwas antworten konnte, sprang Ariane schon wieder auf und lief nach draußen. »Ich pflücke noch welche!« Dabei rannte sie in Lucius hinein, der soeben die Küche betrat. Dieser hob Ariane hoch und wirbelte sie einmal in der Luft herum. »Nicht so stürmisch, Goldlöckchen!«

Lysandra lächelte ihnen zu. Lucius behandelte Ariane wie eine Tochter, obwohl es wahrscheinlich nicht einmal sein Kind war, doch ganz sicher war sich Lys nicht. Dazu sahen sich die Männer einfach zu ähnlich. Zudem hatte er es seit Arianes Geburt komplett aufgegeben, anderen Frauen nachzustellen. Nicht, dass ihm Lys das verboten hätte. Sie wusste ja, wie sehr Lucius Sex liebte und auch, dass er ständig Bestätigung brauchte. So richtig fest war Lysandra auch nur mit Caius zusammen, dennoch war sie glücklich über Lucius' Entscheidung. Er war eben auch älter geworden und seine Libido wohl nicht mehr ganz so ausgeprägt.

Als Lucius die Kleine absetzte und diese sich davontrollte, kam er grinsend auf Lysandra und Caius zu, die immer noch vor dem Herd standen.

»Na, Bruderherz, heute hast du dich aber selbst übertroffen.« Lucius drängte sich von hinten zwischen sie beide und legte einen Arm über Caius' Schultern, mit der anderen Hand zog er Lys an der Taille zu sich. Schnuppernd beugte er sich über die Töpfe. »Hm, das duftet ja richtig gut.«

Lucius nannte nach all den Jahren seinen ehemaligen Kampfgefährten immer noch »Bruder«. Die beiden standen sich nach wie vor sehr nahe, was sich auch bei ihren gemeinsamen Liebesspielen zeigte. Und als Lysandra nach der Geburt ihrer Tochter oft müde war und keine Lust auf Sex gehabt hatte, hatten sich die beiden Männer eben miteinander vergnügt. Lys war nicht eifersüchtig deswegen, im Gegenteil. Nur so funktioniere ihre Dreierbeziehung. Die Männer konnten ebenso wenig voneinander lassen, wie Lys von ihnen.

»Wenn Goldlöckchen ihren Mittagsschlaf macht, hättet ihr zwei Süßen dann Lust?«, raunte Lucius leise, sodass es Ariane gewiss nicht bis draußen hörte, und zog Lysandra und Caius noch näher zu sich. Sein Arm glitt von ihrer Taille nach oben, um eine Brust zu drücken. Sofort zogen sich Lysandras Nippel zusammen. Sie genoss das Gefühl seiner großen Hand, die ihre Brust besitzergreifend knetete, und sie mochte es nach wie vor, von beiden Männern genommen zu werden. Außerdem fühlte sie sich mit ihnen absolut beschützt und geborgen.

Die beiden würden sich hoffentlich nie ändern, dachte Lys lächelnd, während sie Lucius einen Kuss auf die Wange gab und dann Caius zuzwinkerte. Das Leben war einfach herrlich!

LadyCop

Es ist fast unbegreiflich, aber Josh, meine Verabredung aus dem Internet, sitzt tatsächlich neben mir im Auto! Die Augen habe ich ihm mit seinem knallroten Schal verbunden und ein paar Strähnen seines dunkelbraunen Haares hängen über den Stoff; darunter lugt seine Nase hervor. Er hat eine schöne Nase, wie ich finde, nicht zu groß und nicht zu klein, mit einem winzigen Höcker darauf. Was mich nicht wundert, bei seinen Jobs. Er ist unter anderem Karate-Lehrer, gibt Selbstverteidigungskurse und arbeitet bei einer Security-Firma. Irgendwie fasziniert mich der Mann, wobei mir seine Lippen ebenfalls gefallen. Sie besitzen eine perfekt-symmetrische Form.

Sein Kinn kann ich nicht sehen, denn es verschwindet im Kragen seines Parkas. In den letzten Wochen hatte ich jedoch genug Gelegenheit, mir die harten Konturen einzuprägen. Zusammen mit den schmalen Lippen verleiht es seinem Gesicht eine gewisse Strenge und trotzdem wieder Eleganz. Niemals hätte ich vermutet, dass in diesem knallharten Kerl ein devoter Mann steckt, der auch nicht abgeneigt ist, ein bisschen härter rangenommen zu werden.

Wir fahren in meine Wohnung – doch das weiß er nicht. Ebenso wenig wie er weiß, wer ich bin: Sarah Young, eine Teilnehmerin aus seinem Selbstverteidigungskurs. Wir kennen uns also aus dem Fitness-Studio. Falls er wüsste, wer ich bin, wäre er bestimmt nicht mit mir gegangen ...

Alles fing damit an, dass ich mich endlich nach einem festen Partner sehnte, doch das ist in meinem Fall nicht ganz einfach. Ich lebe SM, seit ich neunzehn Jahre alt bin, und da fällt es schwer, einen Mann zu finden, der sich beim Sex richtig dominieren lässt. Ich genieße es, einen waschechten Kerl unter mir zu haben, der sich windet, um Gnade winselt und dazu noch einiges einstecken kann. Das macht mir Spaß, das macht mich geil.

Also habe ich mir stets einen Spielpartner aus dem Internet gesucht. Da gibt es genug Foren, wo man Gleichgesinnte treffen kann, aber mir war es immer wichtig, an jemanden zu kommen, der möglichst weit weg wohnt. Keine Verpflichtungen, kein Bedauern. Einfach nur geilen Sex.

Bis jetzt. Ich will mehr, eine richtige Beziehung, und ich sehne mich nach Liebe. Echter Liebe.

Ich bräuchte auch keine dieser 24/7-Beziehungen, mir würde es schon reichen, meine sexuellen Neigungen mit jemandem auszuleben, der es genießt, wenn ich nur bei unseren Spielen streng zu ihm bin.

Daher begann ich, mir jemanden aus der Umgebung zu suchen. Hier in Pittsburgh gäbe es sicher genug Männer, die sich mir mit Vorliebe unterwerfen würden, dachte ich. Ich bin zwar kein Mädchen vom Titelblatt eines Hochglanzmagazins, wie ich finde, auch wenn meine Sklaven stets etwas anderes behaupten – klar, weil sie meine Strafe fürchten –, aber ich bin eine verdammt authentische Domina, die genau weiß, was sich devote Männer sehnlichst wünschen.

Und so probierte ich einen nach dem anderen aus, und jetzt ist eben Josh an der Reihe: Er sitzt neben mir und ist offensichtlich genauso aufgeregt wie ich. Seine lange Gestalt hat er in die Polster gepresst, seine Finger krallen sich in seine

Jeans. Auf seiner Stirn liegt ein feuchter Glanz – er schwitzt, was sicher nicht nur an seiner dicken Jacke liegt, denn die Heizung in meinem Wagen ist kaputt. Sein Atem geht stockend, und bestimmt hat er eine Erektion, obwohl ich ihn noch nicht einmal berührt habe. Aber es ist das Spiel, das ihn geil macht, die Erwartung auf das Kommende.

Wer hätte das von Josh gedacht, der als Sportlehrer die Dominanz in Person ist, immer hart, immer unerbittlich, wenn es darum geht, seinen Schülerinnen etwas beizubringen. Nun, man kann in keinen Menschen hineinsehen.

Er darf nur auf meine Fragen antworten, ansonsten habe ich ihm verboten zu sprechen. Wenn er es doch tut, weiß er, was ihn erwartet. Doch er ist artig, fast schon zu brav. Aber er kennt sich ja mit Disziplin aus. Josh hat einen durchtrainierten Körper, den ich im Fitness-Studio jedes Mal bewundere. Vor einigen Wochen habe ich mich für seinen Selbstverteidigungs-Kurs eingeschrieben, weil ich mich dann einfach sicherer fühle, wenn ich meine Sklaven empfange. Und wegen seiner körperlichen Überlegenheit fühlt sich wohl auch Josh sicher – dennoch geht er ein großes Risiko ein, mit einer vermeintlich Fremden mitzugehen, die ihn mit Genuss fesseln wird, sodass er sich tatsächlich nicht mehr wehren kann ...

Wenn ich gewusst hätte, dass der Josh aus dem Internet Joshua Paxton ist, der meinen Körper jeden Mittwoch- und Freitagabend zum Schwitzen bringt, hätte ich mich nicht mit ihm getroffen, oder doch? Ich hätte ja die Bar einfach nicht betreten müssen, wo wir uns für heute Abend verabredet hatten. Wie immer blieb ich draußen stehen, wenn ich einen neuen Spielpartner treffe, und lugte durch die Scheibe, wissend, dass mich da drinnen niemand sehen konnte, solange es auf der Straße dunkel war. Ich fröstelte, als mir das Herbstlaub um die Füße wehte, aber als ich sah, wer meine Verabredung war, wurde mir heiß bis in die Haarspitzen.

Josh saß an der Bar, mit seinem knallroten Schal, den er als Erkennungszeichen trug, und sichtlich nervös, denn er nippte ständig an seinem Bier und fuhr sich unentwegt durchs Haar.

Ich hatte mich schon in der ersten Trainingsstunde in Josh verguckt, doch er hatte mir nie wirklich Beachtung geschenkt. Ich war wohl nicht sein Typ. Oder er war schüchtern ...

Nein – er hatte mir geschrieben, dass er dieselben Probleme bei der Partnersuche habe wie ich. Er spreche schon lange keine Frauen mehr an, weil die meisten mit Abscheu reagierten, wenn er von seinen Neigungen erzählte. Er wünscht sich eine dominante Frau, und die lasse ich im Fitness-Studio nicht gerade raushängen, wenn ich mir die Seele aus dem Leib keuche.

Wie oft habe ich mir die Szene ausgemalt, wie ich mich mit ihm vergnüge! Joshua, schwitzend und stöhnend unter mir, die Arme über dem Kopf fixiert, sein wunderschöner Körper mit Striemen überzogen. Josh, an ein Trainingsgerät gefesselt, Josh, wehrlos in der Duschkabine, Josh, nackt in der Sauna ... Doch da habe ich ihn kein einziges Mal getroffen.

Also fasste ich folgenden Plan: Ich betrat die Bar und schlich mich hinter hin.

»Nicht umdrehen, Josh!«, zischte ich mit rasendem Herzen, denn wenn er mich sehen würde, wäre vielleicht alles vorbei. »Ich bin es, deine Mistress!«

Er gehorchte, sein Körper spannte sich an. Artig bezahlte er sein Bier und verließ dann, mit hängendem Kopf vor mir gehend, das Lokal. Ich dirigierte ihn zu meinem Auto, das in einer dunklen Seitenstraße stand, und verband ihm dann von hinten mit seinem Seidenschal die Augen, was gar nicht so einfach war. Josh ist nämlich viel größer als ich.

Nach kurzem Zögern setzte er sich in meinen Wagen, wo seine langen Beine kaum Platz fanden ... und ja, da fahren wir jetzt doch tatsächlich zu mir nach Hause.

Da wir im Fitness-Studio kaum drei Worte miteinander gewechselt hatten, wird er mich garantiert nicht anhand meiner Stimme erkennen. Er würde sicher die Flucht ergreifen, wenn er wüsste, dass es die ungelenkige Sarah Young mit dem viel zu großen Hintern ist, die ihn dazu bringen wird, ihre Schuhe zu küssen ...

Tagsüber arbeite ich als Verwaltungsangestellte, da muss ich nicht gelenkig sein. Das war ich noch nie.

Aber meine Subs, die müssen biegbar sein, wenn ich ihre Körper zu Paketen verschnüre und sie dann ... *Sarah, konzentriere dich auf die Straße!*, ermahne ich mich, weil mein Kopfkino schon wieder auf Hochtouren läuft. Endlich hab ich meinen vermeintlichen Traummann eingefangen, und ich kann es kaum erwarten, ihn unter mir zu haben.

Josh kann es wohl auch kaum erwarten, denn er verlagert unruhig sein Gewicht von einer Pobacke auf die andere. Gott, und er hat so einen geilen Arsch! Wie sich seine Trainingshose immer über seinen muskulösen Hintern spannt!

Sein nervöses Gezappel werde ich ihm aber noch austreiben. Zu Hause wartet ein Hocker mit integriertem Analplug auf ihn, das wird ihn eindringlich lehren, stillzusitzen!

Der Mann ist schlank, sein Körper scheint kein Gramm überflüssiges Fett zu besitzen. Ich kann es kaum noch aushalten, ihn nackt zu sehen.

Endlich biegen wir in die Garden Street ein, wo ich in einem kleinen Häuschen wohne. Kein Nachbar in unmittelbarer Nähe, der sich an diversen Geräuschen stören könnte, wenn ich mich an meinen Sklaven austobe.

Herbstlaub wirbelt auf, als der Wagen in meine Einfahrt rollt, direkt bis in die Garage hinein. So wird niemand sehen, wie ich einen Mann mit verbundenen Augen in meine Wohnung bringe.

»Komm mit!«, befehle ich, als ich Josh aus dem Auto zerre.

Durch die dunkle Wohnung führe ich ihn in mein Schlafzimmer, wo ich nur ein schummriges Licht anknipse. Josh würde sich wundern, wie normal hier alles aussieht, mein Zimmer unterscheidet sich kaum von dem anderer Leute: Die Wände sind in einem warmen Rot gestrichen, an dem zwei große Schwarz-Weiß-Bilder hängen. Die Möbel sind hell, mein Bett ist mit weißen Seidenlaken bezogen. In einer Ecke des Raumes sitzt auf einem unscheinbar aussehenden Hocker ein Teddybär. Niemand ahnt, dass es ein Sklavenstuhl ist, denn der Plüschbär verdeckt den Plug. Aber ich habe ja noch ein »normales« Leben, Freunde und Familie, die nichts von meiner sexuellen Neigung wissen.

Das breite Bett mit dem schmiedeeisernen Gestell und der Karton darunter, der voller Utensilien ist, mit denen ich gern arbeite, könnte allerdings meine Leidenschaft verraten.

Wie ein begossener Pudel wartet Josh auf meine Befehle. Er steht mitten im Raum, seine Hände, die er hinter dem Rücken verschränkt hat, zittern leicht.

»Ausziehen. Ganz, bis auf den Schal«, raune ich und schlüpfe selbst aus meiner dicken Jacke und den Halbschuhen, bis ich nur noch in meiner Unterwäsche vor ihm stehe. Ich trage beinahe schon gewöhnliche, schwarze Spitzenunterwäsche, die mich fast unschuldig erscheinen lässt. Aber erst einmal zwänge ich mich nicht in mein Korsett. Josh wird es ohnehin nicht zu Gesicht bekommen.

Er legt ein Kleidungsstück nach dem anderen ab, das ich

ihm aus der Hand nehme und in ein leeres Fach in meinem Kleiderschrank lege. Dabei ziehe ich mir meine roten Lack-Pumps an, die ich zu den Sessions immer trage.

Als mir Josh sein Hemd gibt und er mit nacktem Oberkörper vor mir steht, stockt mir der Atem. Ich habe gewusst, dass er einen geilen Body hat, aber in seiner puren Gestalt habe ich ihn ja noch nie gesehen. Als ich seinen Waschbrettbauch betrachte, schießt mir Hitze zwischen die Beine; ich muss schlucken. Die schmalen Hüften, der breite Oberkörper mit den gut definierten Muskeln, die sehnigen Arme – all das lässt ihn sehr männlich aussehen. Und sehr attraktiv, natürlich. Es wird mir unglaubliches Vergnügen bereiten, auf diesem makellosen Körper meine zarten Spuren zu hinterlassen und ihn zu benutzen, wie ich Lust habe.

Ich hole eine kurze Gerte mit Klatsche an der Spitze aus dem Karton, die ich über seine Brust gleiten lasse, dann über die Lippen. Josh zuckt, er atmet schwer. Ich will ihm damit nicht wirklich wehtun, weil ich auch weiß, dass er etwas härtere Spiele erst einmal ausprobieren möchte, aber es soll ihm zeigen, dass er sich seiner Herrin ergeben soll, oder er wird bestraft.

»Ablecken«, trage ich ihm auf, und er gehorcht. Seine Zunge flattert über das Paddel, was meine Muschi nun endgültig aus der Ruhe bringt. Sie pocht und zieht sich zusammen. Während er hingebungsvoll an der Peitsche leckt und ich sehe, wie sich seine Erektion gegen die Hose drückt, stelle ich mir vor, wie Josh mich lecken wird, bis ich komme.

Ich ziehe das feuchte Leder über seine Wange, dann gleite ich damit tiefer, über seine glatte Brust und den sich hektisch bewegenden Bauch.

»Weiter, Josh«, herrsche ich ihn an, wobei ich leicht auf seinen harten Penis schlage. »Die Hose!«

Stöhnend krümmt er sich ein wenig und zögert beim Öffnen der Jeans, was ihm sofort einen weiteren Hieb auf seine Hand einbringt.

Diesmal zuckt er kaum. Er hat gewusst, dass seine Reaktion bestraft wird, was ihm auch hörbar Spaß macht, so laut wie er keucht. Sanfter Lustschmerz scheint seine Geilheit anzustacheln.

Gut.

Bei wie vielen Herrinnen war er schon? Warum gefällt mir nicht, dass eine andere Domina ihn bereits erzogen hat? Und dass es so ist, erkenne ich an den hauchfeinen Narben an seinen Handgelenken. Fesselspiele ... Ja, das liebt er, hatte mir Josh geschrieben. Wehrlos ausgeliefert, das stachelt seine Lust an.

Mein Anflug von Eifersucht verpufft, als er aus seiner Hose steigt. Josh trägt einen knappen Slip, den er auch sofort auszieht, worauf mir sein Penis entgegenfedert. Er ist, bis auf einen schmalen Streifen über der Gliedwurzel, komplett rasiert. Sein Schwanz ist lang sowie mit feinen, bläulichen Adern überzogen. Und er ist beschnitten. Dadurch wirkt der Schaft fast glatt, was mir das Wasser im Mund zusammenlaufen lässt.

Genüsslich lasse ich die Peitsche darübergleiten und verteile die Tropfen, die aus seiner Spitze perlen.

»Mistress, bitte ...«, fleht Josh plötzlich. Er möchte mehr, doch sofort ziehe ich die Gerte zurück.

»Ich hatte dir aufgetragen, unaufgefordert kein Wort zu sagen!« Allerdings hatten wir uns über E-Mail darauf geeinigt, wie ich erkenne, falls es ihm keinen Spaß mehr macht. Wir haben ein Wort vereinbart, das er aber nicht benutzen wird. Ich werde seine Grenzen erkennen, was sich diesmal auch für mich als keine leichte Aufgabe herausstellt, weil ich seine Augen nicht sehen kann. Seine eindringlichen, dunkelgrünen Augen, die seine Seele widerspiegeln. Zu wie viel Erniedrigung ist er bereit?

»Zur Strafe wirst du meine Schuhe lecken!«

Nickend begibt er sich in den Vierfüßlerstand, worauf ich seinen Kopf nach unten drücke, bis seine Lippen die Spitze eines knallroten Pumps berühren.

Demütig küsst und leckt er abwechselnd beide Schuhe und arbeitet sich dann mit den Lippen weiter hinauf, bis er mein nacktes Fleisch streift. Er hat die Unverschämtheit, seine Zunge über meinen Knöchel flattern zu lassen, was mir jedoch insgeheim gefällt. Es schickt glühende Impulse bis ins Zentrum meiner Weiblichkeit, dennoch hole ich aus, um drei wunderschöne Striemen auf sein herausgestrecktes Hinterteil zu malen. Ein bisschen Spanking hat noch keinem geschadet.

Keuchend zieht er den Kopf zurück und bleibt auf allen vieren knien, sodass ich um ihn herumgehen kann, um ihn eingehender zu betrachten. Er ist wirklich ein Prachtkerl. Am besten gefällt mir einfach sein Knackarsch.

Als ich mit der Gerte leicht auf die Innenseiten seiner Schenkel klopfe, stellt er sofort die Beine weiter auseinander. Mit der Klatsche fahre ich über seine schwer nach unten hängenden Hoden, die sich daraufhin zusammenziehen.

»Du bist nicht ganz so gut erzogen, wie ich erst dachte«, tadle ich ihn. »Doch ich muss sagen, dass es mir die größte Freude bereitet, mit dir zu spielen.«

Ein Lächeln huscht über seine Lippen, das ich kaum sehen kann, weil die Enden des Schals in sein Gesicht hängen. Ich ziehe den Stoff wieder fest, da er sich gelockert hat, und gehe dann wieder hinter ihn. Meine Hand fährt zwischen seine Schenkel, damit ich sein Geschlecht von hinten umfassen kann.

Josh stöhnt kehlig und drückt mir sein Gesäß entgegen, während ich ihn massiere. Dazu benutze ich seine Lusttropfen, die sich wie ein schmieriger Film über seine Eichel legen. Mit Daumen und Zeigefinger reibe ich an der samtenen Spitze, dann kratzen meine Fingernägel an der Corona entlang. Diese zarte Folter entlockt ihm mehr Lusttropfen.

»Das gefällt dir also? Antworte!«

»Ja, Mistress!«, kommt es wie aus der Pistole geschossen.

»Gefällt es dir auch, die Peitsche zu spüren?«

Kurzes Zögern. Sein Gesicht nimmt beinahe die Farbe des Schals an. »Ein wenig, Mistress.«

Ein wenig? Das lässt sich steigern.

Ich ziehe die Hand zurück mit dem Befehl, mir seinen Hintern so weit entgegenzustrecken, wie er kann.

Josh gehorcht, wobei er ein Hohlkreuz macht.

Wow, der Kerl ist der Hammer! Ich kann seinen Anus sehen, der sich zusammenzieht und wieder entspannt, sowie seinen glatt rasierten Damm und natürlich die Hoden. So unwahrscheinlich verletzlich. Josh offenbart mir alles, gibt sich mir vollkommen hin. Er ist geil und unsagbar männlich. Ein devoter Kerl ist einfach supersexy.

»Drei Schläge«, erkläre ich, »und jeder ein wenig fester. Dabei wirst du nicht den geringsten Laut von dir geben oder zucken.«

»Ja, Mistress«, keucht er.

Damit ich besser ausholen kann, stelle ich mich neben sein herausgestrecktes Gesäß und lasse den ersten Schlag auf seine rechte Arschbacke klatschen. Noch nicht allzu hart, dennoch bildet sich ein hübscher rosa Abdruck.

Ein Schweißtropfen perlt aus Joshuas Nacken und läuft an seiner Wirbelsäule entlang. Doch er hat nicht gezuckt und nicht gejammert. »Eins«, sagt er gehorsam, weil er weiß, dass ein guter Sklave immer mitzählt.

»Zwei«, presst er schon erstickter heraus, als ich – wesentlich fester – auf die andere Hälfte ziele. Die Umrisse der Klatsche zeichnen sich deutlich ab.

»Den letzten Schlag werde ich genau zwischen deine gespreizten Arschbacken platzieren. Auf deinen Damm.«

»Bitte nicht«, fleht er und zieht seinen Hintern ein Stück zurück.

Irgendwann wird er es sogar lieben, wenn ich seinen Schwanz treffe, das weiß ich jetzt schon, weil ich sehe, wie ihn die Hiebe erregen.

»Du widersprichst deiner Herrin, die genau weiß, was gut für dich ist?!«, schreie ich ihn an.

Meine Finger krallen sich in sein wunderbar weiches Haar, woran ich ihn nach oben ziehe. »Steh auf!«

Josh möchte etwas erwidern, doch sofort schweigt er, als ich seinen Schwanz umfasse und so fest zudrücke, dass seine Eichel dunkelrot glänzt. Josh keucht auf, aber er hält still.

An seinem Steifen führe ich ihn zu meinem Sklavenstuhl, der in der Ecke des Raumes steht. Ohne Joshuas Schwanz loszulassen, werfe ich den Teddybär, der den Analplug auf dem Sitz verdeckt hat, auf mein Bett und nehme dann den Hocker, um ihn vor das Fußende des Bettes zu stellen. Dabei ziehe ich Josh hinterher wie einen Hund an der Leine.

Josh versucht, sein Glied unbemerkt in meine Hand zu stoßen, was ihm sofort wieder drei Schläge auf seinen Knackarsch einbringt.

»Ich bestimme, wann du Lust erleben darfst!«, herrsche ich ihn an, was ihn nur noch geiler macht. »Und gerade jetzt steht dir keine Belohnung zu. Die wirst du dir erst verdienen müssen.«

»Ja, Mistress.« Sein Schwanz in meiner Hand zuckt.

Ich führe ihn zum Bett, wo ich ihm befehle, sich mit beiden

Händen auf der Matratze abzustützen. »Beine auseinander und Arsch rausstrecken!«

Er gehorcht ein wenig zögerlich, wohl aus Furcht, dass ich ihn nun doch noch zwischen seine Backen schlage, doch ich lasse ihn erst einmal stehen, um mich dem Sklavenstuhl zu widmen. Aus meiner Kiste hole ich Gleitgel, mit dem ich den Analplug einschmiere. Er ist fest in den Sitz des Hockers integriert, der vier stabile Standbeine besitzt sowie ein eingebautes Gimmick, das ich an Josh auch noch testen werde.

Als der Stuhl vorbereitet ist, stelle ich mich hinter Josh, der mir immer noch seinen Knackarsch entgegenstreckt. Gott, was für ein Anblick! Ich lasse meine schmierigen Finger in seine Spalte gleiten, um auch dort reichlich Gel zu verteilen. Dabei stelle ich mir vor, dass es mir höchstes Vergnügen bereiten würde, Josh mit meinem Strap-on einzureiten. Doch eins nach dem anderen. Josh ist noch lange nicht so weit. Er hat Analspiele nicht erwähnt, also weiß ich nicht, ob er überhaupt Erfahrung auf dem Gebiet hat. Ich werde ja sehen, wie er reagiert. Auf jeden Fall lässt er die Prozedur schon einmal über sich ergehen, ohne zurückzuzucken. Dafür zuckt sein Schwanz unentwegt und sabbert auf meine Laken.

Ohne Vorwarnung durchbreche ich den Muskelring, der unwahrscheinlich fest ist. Laut aufkeuchend kneift Josh seine Pobacken zusammen. Sofort greife ich mit der anderen Hand um seine Hüfte und halte sein Glied fest. Daran drücke ich ihn zu mir. »Scht, locker, Sklave. Entspanne dich.«

Während ich seine Erektion massiere, dringt mein Finger tiefer vor. Josh entspannt sich tatsächlich, aber ich spüre seine Unsicherheit. Er scheint doch noch nicht viel Erfahrung damit zu haben.

Vorsichtig lasse ich meine Fingerspitze auf der kugelförmigen

Erhebung in seinem Inneren kreisen, was Josh sichtlich gefällt. Seine Erektion wird noch härter. Willig presst er mir seinen Po entgegen, weil er nicht genug haben kann. Unersättlicher Sklave, genug verwöhnt!

»Okay, das reicht«, kommentiere ich, als ich ihn ausreichend eingecremt habe, und führe ihn zum Hocker. Dabei wippt sein Schwanz leicht auf und ab. Josh ist schön wie ein junger Gott. Er bewegt sich ebenso geschmeidig, jedoch immer mit einer gewissen Demut. Er ist noch ein wenig zu stolz, aber das werde ich ihm auch noch austreiben.

Als ich ihn auf den Butt-Plug drücke, wirft Josh stöhnend den Kopf zurück. Immer tiefer gleitet das Toy in ihn und gibt ihm sicher das Gefühl, endlos lang und dick zu sein und ihn zu zerreißen. Doch das Teil misst nur knapp dreizehn Zentimeter in der Länge und besitzt eine kugelartige Spitze, die dazu dient, die Prostata zu stimulieren. Diese runde Spitze ist der größte Widerstand, den es zu überwinden gilt, denn sie dehnt seine Öffnung enorm. Doch Josh beißt die Zähne zusammen und hält den sanften Schmerz aus.

Als er die Kugel aufgenommen hat, stöhnt er vor Erleichterung, doch ich lasse ihm keine Zeit, sich zu entspannen. An seinen Schultern drücke ich ihn kurzerhand ganz auf den Sitz.

Den Mund geöffnet, den Kopf zurückgeworfen, hockt er wie erstarrt da und atmet nicht. Aus jeder Pore dringt sein Schweiß, der frisch und männlich riecht. Sein Schwanz zuckt gefährlich, als ob er sich gleich ergießen wollte.

»Hast du das schon mal ausprobiert?«, will ich wissen, während ich seine zusammengepressten Schenkel auseinanderdrücke.

»Nein, Mistress«, keucht er. »Ich weiß nicht, ob ich das lange aushalte.« Sein Glied zuckt unentwegt, da Josh unsagbar geil ist. Er greift danach, doch sofort saust die Gerte auf seinen Unterarm.

»Ich allein zeige dir, was du kannst und was nicht, Sklave«, hauche ich ihm gefährlich leise ins Ohr. »Ich werde erkennen, wo deine Grenzen liegen.«

»Ja, Mistress.« Er nickt ergeben und fährt sich durch sein Haar, das ganz durcheinander ist. Ein feiner Schweißfilm liegt auf seiner Oberlippe, den ich am liebsten weglecken möchte, aber noch hat sich Josh keine Belohnung verdient.

»Ich werde nun deine Belastbarkeit testen.«

Die Stellung auf dem Hocker ist für Josh anstrengend, da er sich nicht anlehnen kann. Daher stützt er seine Hände hinter sich auf dem Sitz ab. Das ist gut, so kommt er weniger in Versuchung, an sich herumzuspielen.

Unter der Sitzfläche befindet sich ein Bedienteil mit Kabel. Das ziehe ich hervor und drehe den Regler auf die erste Stufe. Ein leises Summen ertönt, als der Vibrator in dem Analplug angeht.

Josh stöhnt lang und kehlig, abermals wirft er den Kopf zurück. Er hechelt. Damit hat er wohl nicht gerechnet. Die Schwingungen übertragen sich direkt auf seine Prostata. Noch kein Mann hat das lange ausgehalten.

Josh atmet stoßweise. »Mistress«, flüstert er, »das halte ich nicht aus.«

»Das wirst du müssen«, erwidere ich. »Du kommst erst, wenn ich es dir befehle!«

Seine Beine zittern und zucken; unwahrscheinlich viele Lusttropfen dringen aus seiner Eichel. Bei diesem Anblick pocht alles in mir, meine Vagina kontrahiert sanft.

Schnell schlüpfe ich aus meinen Höschen, das mittlerweile klitschnass ist, dann stelle ich einen Fuß auf seinen Oberschenkel, sodass sich meine Spalte öffnet. Mit einem Griff in sein

Haar ziehe ich ihn an meinen Schoß. Josh kann nun meinen Intimduft riechen. Seine Zunge gleitet über seine Unterlippe, während er immer heftiger stöhnt. Als ich sein Gesicht an meine Spalte drücke und ihm befehle, sie zu lecken, drehe ich den Regler weiter auf.

Josh keucht in meine nassen Falten, sein Schwanz verliert mehr Feuchtigkeit. Er steht kurz vor einem Höhepunkt.

Mittlerweile rauscht auch mir das Blut in den Ohren, mein ganzer Unterleib vibriert, und als ich die Zunge meines Sklaven an meinem Kitzler spüre, pocht er wild.

Josh leckt mich hingebungsvoll. Immer wieder saugt er dabei meine Klit ein, die bereits derart geschwollen ist, dass sich ihr Köpfchen aus der Vorhaut geschält hat.

Ich ziehe Joshs Kopf fester an meine glatten Schamlippen. Sie nehmen ihm fast die Luft, doch das scheint ihn nur noch geiler zu machen. Seine Finger krallen sich um den Rand des Sitzes, während der Vibrator unnachgiebig seine Prostata quält.

»Kann nicht mehr, Herrin«, weint er fast an meiner Spalte, jedoch leckt er härter, als ob ihm das helfen würde, das Unvermeintliche hinauszuzögern. »Bitte, ich muss …«

»Nein!«, herrsche ich ihn an, selbst kurz davor zu kommen.

Josh krümmt sich, seine Fingerknöchel treten weiß hervor. Ein Beben geht durch seinen Körper, und Josh stöhnt laut an meine Öffnung. Seine Hilflosigkeit bringt auch mich zum Orgasmus. Mein Kitzler klopft heftig gegen seine Zunge, meine Vagina kontrahiert mehrmals stark. Joshua spritzt an meinen Oberschenkel, während er mich leckt und in meine nasse Spalte keucht.

Als es vorbei ist, schalte ich den Vibrator ab und ziehe Joshs Kopf zurück. Er ist total geschafft. Eine einsame Träne kullert unter dem Schal hervor, sein Atem rast.

Langsam läuft sein zähflüssiges Sperma an meinem Bein hinunter.

Sein Zustand entlockt mir ein Lächeln, mein Herz hüpft vor Freude. Ich habe ihn geschafft. Es fällt mir schwer, meine Stimme hart klingen zu lassen, als ich Josh wieder heranziehe und ihm befehle, sein Sperma von meinem Bein zu lecken.

Er gehorcht, wobei er ständig Entschuldigungen keucht. Er weiß, dass er soeben einen großen Fehler gemacht hat. Es ist unverzeihlich, ohne Erlaubnis zu kommen.

Er tut mir beinahe leid, denn ich kann seine Angst fast riechen. Dabei kraule ich seinen Nacken, und Josh lehnt, nachdem er mich wirklich saubergeleckt hat, seine Stirn gegen meinen Unterleib. In dieser Stellung verharren wir einen Moment, bis er wieder zu Atem kommt, wobei ich die innige Nähe zu ihm genieße.

Dann hole ich eine Flasche Wasser von meinem Nachttisch und halte sie an seinen Mund. Gierig trinkt er die Hälfte aus.

Er bedankt sich, wohl wissend, dass das nicht das Ende war. Fünfzig Peitschenhiebe gibt es bei so einer groben Verfehlung.

»Bitte, schlagt mich nicht, Herrin«, wispert er.

Ich erkenne, dass er das wirklich nicht möchte. Sanfte Schläge zur Luststeigerung scheinen ihm zu gefallen, aber jetzt, wo er erschöpft und mit zusammengesunkenen Schultern auf dem Hocker sitzt und seine Lust verebbt ist, sieht es anders aus.

Für einen devoten Mann, der nicht übermäßig masochistisch veranlagt ist, gibt es daher nur eine Strafe: Nichtbeachtung.

Sanft wische ich ihm mit den Enden des Schals den Schweiß von der Stirn. »Ich werde dich nicht schlagen.«

»Danke«, haucht er, wobei er seine Wange in meine Handfläche schmiegt.

Mein Herz läuft über vor Zuneigung zu diesem Mann. Am

liebsten möchte ich ihn jetzt in meine Arme ziehen, mit ihm auf meinem Bett kuscheln. »Aber es ist noch nicht zu Ende. Ich muss dich für deine grobe Verfehlung bestrafen.«

Josh nickt. »Ihr werdet wissen, was richtig für mich ist.«

In diesem Moment kann ich nicht anders: Ich beuge mich zu ihm herunter und umfasse seinen Kiefer. Dann lege ich meine Lippen auf seinen Mund, um ihn zärtlich zu küssen.

Vor Überraschung spannt sich sein Körper an, doch sofort erwidert er meinen Kuss. Josh überlässt mir die Führung, lässt mich in seinen Mund eindringen. Unsere Zungen tanzen miteinander, und ich koste von Josh. Er schmeckt fantastisch.

Ich darf meinen Sklaven jedoch nicht allzu sehr verwöhnen. »Hände auf den Rücken«, befehle ich deshalb sanft.

Josh gehorcht. Mit einem weichen Baumwollseil binde ich seine Handgelenke zusammen, sodass er sich immer noch am Hocker abstützen kann. Ich würde ihn gern ganz verschnüren, aber das hebe ich mir für ein anderes Mal auf.

Ein anderes Mal – ob es das geben wird? Ich wünsche es mir so sehr.

Außerdem würde ich gern duschen gehen, aber ich darf Josh jetzt nicht allein lassen. Das wäre viel zu gefährlich. Die Haltung ist anstrengend und er könnte ohnmächtig werden.

Tief durchatmend stelle ich mich hinter ihn, dann nehme ich ihm den Schal ab, um seine Augen von dem Druck zu entlasten. »Du wirst nur auf deinen Schwanz starren, verstanden! Ein Blick nach oben, und du wirst mich richtig kennenlernen!«

Oh ja, wenn Josh wüsste, wie viel Wahrheit in meinen Worten steckt ...

Ich weiß, dass er sich nicht umdrehen wird, dennoch bin ich sehr nervös. Mit zitternden Knien krabble ich hinter ihm aufs Bett. Dort sitze ich einfach und sehe Josh an. Sein nackter

Rücken bebt leicht, seine gefesselten Hände zucken. Sein hilfloser Anblick erregt mich erneut.

Minuten vergehen, in denen ich nur seinen Atem höre. Es ist anstrengend in dieser Haltung. Durch den Analplug ist er an den Sitz fixiert. Wie lange wird er durchhalten?

Doch die Frage lautet: Wie lange kann *ich* durchhalten?

Ich möchte Josh endlich in die Augen blicken, außerdem will ich, dass Josh mich in meinem Domina-Outfit sieht. Oder ... Da kommt mir eine viel bessere Idee: Ob er schon so weit ist für das ganz große Spiel? Instinktiv entscheide ich mich für eine andere Verkleidung. Ich habe zu große Lust, *guter Cop – böser Cop* zu spielen. Also stehe ich auf und gehe zum Schrank, immer mit einem Seitenblick auf Josh, um zu sehen, wie es ihm geht und ob er nicht zu mir herschielt. Doch er sieht artig weiterhin seinen Schwanz an, der entspannt zwischen seinen Schenkeln liegt. Josh selbst ist alles andere als entspannt. Ich sollte ihn bald erlösen.

Daher ziehe ich mir schwarze Nylons an – halterlos natürlich – sowie einen BH, der meine Brüste besonders gut zur Geltung bringt. Dann schlüpfe ich in ein figurbetontes, schwarzes Minikleid mit kurzen Ärmeln. Das anschmiegsame Leder reicht mir gerade einmal bis über die Pobacken. Eine feuerrote Perücke habe ich auch noch. Ordentlich stopfe ich meine Strähnen darunter, damit Josh nicht meine richtige Haarfarbe erkennt. Dann noch eine Polizeikappe mit Abzeichen oben drauf und eine große Sonnenbrille vor die Augen. Ein bisschen Schminke, knallrote Lippen – jetzt bin ich eine ganz andere Frau.

Über meinem Busen hefte ich noch eine funkelnde Polizeimarke an; ein schwarzer Gürtel rundet das Bild ab. Daran ist ein Walkie-Talkie befestigt sowie ein Schlagstock, Handschellen und meine Gerte.

Puh, was für ein heißes Outfit!

Natürlich passen hier meine Pumps nicht mehr dazu, also hole ich meine schwarzen Plateau-Boots aus dem Schrank, die mir bis unters Knie reichen.

Mit dem feuerroten Pagenschnitt und ganz in Schwarz gekleidet, sehe ich nun verdammt sexy aus. Jetzt bin ich ein Lady-Cop. Meine Verkleidung ist perfekt.

Zwischenzeitlich habe ich natürlich immer wieder einen Blick auf meinen Sklaven geworfen, der bereits eine halbe Stunde gefesselt auf dem Stuhl sitzt. Doch er wird zunehmend unruhiger, atmet heftiger. Ich muss näher zu ihm, um zu sehen, ob es ihm gut geht. Er schwitzt stark, sein Gesicht ist angespannt. Jedoch sieht er artig weiterhin auf seinen Schwanz. Die Haltung ist verdammt anstrengend, daher will ich es bei einer halben Stunde belassen und trete hinter ihn, um seine Fesseln zu lösen. Kraftvoll reibe ich über seine Arme, was Josh sichtlich gefällt. Er schließt die Augen und legt den Kopf in den Nacken, was mich in Versuchung bringt, seine wunderschönen Lippen zu küssen. Sein Mund steht leicht offen, seine Zunge gleitet über die Unterlippe. Ob er denselben Gedanken hat?

Vorsichtig streife ich mit dem Finger über seinen Mund. Joshs Zunge schnellt heraus, um ihn zu lecken. Seine Hingabe ist berauschend, und so merke ich erst, dass ich einen Arm von hinten um ihn geschlungen habe und meinen Kopf gegen seinen drücke, als er zu sprechen beginnt: »Mistress«, sagt er zögerlich. »Es tut mir leid, aber ... ich müsste mal.«

Ich erinnere mich an das Bier, das er in der Bar getrunken hat, und die halbe Flasche Wasser, die jetzt ihren Tribut fordern.

Ich könnte richtig fies sein und es ihm verbieten. Oder ich könnte ihm einen Katheter legen. Aber weil er so artig auf dem Sitz verharrt hat, erlaube ich ihm, sich zu erleichtern.

»Steh auf!«, befehle ich und trete zurück.

Seine Oberschenkel zittern heftig, als er sich erhebt. Er drückt den Hocker nach unten, und der Analplug flutscht aus ihm heraus. Ein erleichtertes Aufatmen seinerseits, weil das Toy nicht mehr seine Prostata quält.

Jetzt steht Josh vor mir. Obwohl er größer ist als ich, vermeidet er Blickkontakt und schaut angestrengt auf seine nackten Zehenspitzen.

»Du darfst mich ansehen, Sklave!«, sagte ich laut, wobei mein Herz heftig klopft. Endlich kann ich wieder seine schönen Augen bewundern.

Grüne Iriden starren mir ungläubig entgegen, die Welt um mich herum dreht sich, denn ich gefalle ihm offensichtlich. Seine Augen werden immer größer, als er mich in dieser Lady-Cop-Aufmachung sieht und von oben bis unten mustert. Sein Schwanz füllt sich mit Blut.

»Komm mit!« Den Schlagstock zwischen seine Schulterblätter gepresst, treibe ich ihn vor mir her: aus meinem Schlafzimmer durch den dunklen Flur bis auf die Toilette. Ein Sklave darf niemals im Stehen sein Geschäft verrichten, also bedeute ich ihm, sich herumzudrehen und zu setzen.

»Beeil dich«, sage ich und bleibe demonstrativ vor ihm stehen. »Und wehe, es geht auch nur ein Tropfen daneben!« Die ganze Situation erregt mich ungemein. Mehrmals lasse ich den Stock in meine Handfläche klatschen, um Josh meine Ungeduld zu demonstrieren.

Natürlich kann er nicht. Mit leicht geöffneten Schenkeln sitzt er da und hält seinen Penis hinein. Er füllt sich immer mehr mit Blut, und Josh hat Mühe, sich zu erleichtern. Er zittert.

Es ist gemein, dass ich ihm zusehe. Ich räuspere mich und stupse ihm mit dem Schlagstock an der Schulter an, um ihn noch mehr zu ärgern. Zum Glück kann er mein Grinsen nicht sehen, weil er nach unten blickt. Gott, er ist ja so süß! Er möchte seine Beine schließen, damit ich nicht auf seinen Schwanz starren kann, doch das bringt ihm einen Hieb mit der Klatsche ein, die ich immer griffbereit an meinem Gürtel hängen habe. Ein ordentlicher Abdruck zeichnet sich auf seinem Oberschenkel ab.

Josh zuckt, lässt seine Schenkel jedoch offen, und sein Glied wird noch härter.

Dann, nach endlosen Minuten, beginnt er zu urinieren, was er mit einem erleichterten Seufzen quittiert. Er scheint gar nicht mehr aufhören zu wollen, wobei sein Gesicht stark gerötet ist.

Als er fertig ist, deute ich auf das Waschbecken. Gerade, als er das Wasser andrehen möchte, landet die Klatsche der Gerte auf seiner Hand. »Ich mache das!«, herrsche ich ihn an. »Ich will einen blitzeblanken Schwanz, wenn ich dich gleich ficke!«

Augenblicklich wird er noch härter, und ich kann hören, wie Josh schluckt.

Erst lasse ich warmes Wasser von meiner Hand über seinen Penis laufen, bevor ich etwas Seife darauf verteile. Eigentlich hat er eine Belohnung nicht verdient, doch ich möchte ihn einfach berühren.

»Danke Ma`am«, fügt er sich in seine neue Rolle als mein Gefangener, den Kopf unterwürfig gesenkt und die Wangen immer noch heftig gerötet.

Doch ich nehme meine Hand nicht von seinem Schwanz, sondern beginne wieder, an ihm zu reiben, um die Seife abzuspülen. Seine Eichel ist prall gefüllt und glänzt dunkelrot; Josh stöhnt leise, die Augen geschlossen. Als ich glaube, dass er gleich so weit ist, höre ich auf und trockne ihn ab. »Ich hoffe, so ein Missgeschick wird dir nicht noch einmal passieren!«

»Gewiss nicht, Ma`am«, presst er zwischen zusammengebissenen Zähnen heraus und schaut auf seine Erektion, die ich länger als nötig mit dem Handtuch bearbeite.

»Ansonsten erwartet dich in Zukunft weitaus Schlimmeres. Folge mir, damit du sehen kannst, wovon ich spreche.«

Wir gehen in meinen Keller, weil ich spüre, dass Josh dafür bereit ist. Es ist der einzige Raum im Haus, der immer abgeschlossen ist. Ich betrete ihn nur mit meinen Sklaven und auch nur mit solchen, deren Psyche ich das Ambiente zutraue.

Es ist ein Folterkeller. Die Wände sind mit schwarzer Farbe gestrichen, der Boden mit Naturstein ausgelegt; es gibt einen Bock, einen Käfig, Ketten und Flaschenzüge, die von der Decke hängen ... sogar eine Luke im Boden, wo besonders aufmüpfige Subs ihre Strafe auf kleinstem Raum absitzen müssen. Sämtliche Ersparnisse hab ich in dieses Spielzimmer gesteckt, doch es ist jeden Cent wert. Es besitzt auch eine Fußbodenheizung, so gut bin ich zu meinen Sklaven.

Indirektes Licht, verborgen hinter schaurigen Eisenmasken und Harnischen, verbreitet eine unheilvolle Stimmung. Das ist mein Reich, mein persönliches Dungeon.

In der Ecke des Verlieses habe ich ganz neu eine Gefängniszelle einbauen lassen. Der vergitterte Raum bietet gerade einmal Platz für eine Pritsche. Sie ist etwas breiter als gewöhnlich und mit Leder überzogen.

»Leg dich hier hin«, weise ich Josh an, als ich ihn in die Zelle führe.

Mit offensichtlichem Unbehagen mustert er die stabilen Eisenstäbe, doch er legt sich auf den Rücken und streckt seinen langen Körper aus. Ich möchte ihm eine kurze Erholungsphase gewähren, weil ich weiß, wie sehr ihn die halbe Stunde auf dem Hocker mitgenommen hat. Jeder Muskel wird ihm wehtun. »Du darfst dich ein paar Minuten ausruhen. Ich hab noch was zu tun, bin aber gleich wieder da und dann will ich dich in Bestform!«

»Danke, Ma`am«, murmelt er, sichtlich erschöpft. Ihm fallen ohnehin schon die Augen zu.

Die Gittertür lasse ich für den Anfang offen und eile aus dem Raum. Ich muss nicht wirklich was vorbereiten, sondern ebenfalls auf die Toilette. Ich bin aufgeregt wie ein Kind an seinem Geburtstag. Josh, der Mann meiner Träume, ist tatsächlich in meinem Keller, bereit für eine zweite Runde! Ich kann es kaum glauben.

Daher beeile ich mich. Drei Minuten später bin ich schon wieder im Verlies.

Als ich zu ihm trete, scheint er fest zu schlafen. Sein Atem geht regelmäßig, seine Lippen sind leicht geöffnet. Den Kopf hat er nach rechts gewandt und einen Arm daneben angewinkelt. Josh ist wunderschön. Endlose Minuten betrachte ich ihn einfach, bevor ich mich hinunterbeuge, ihm sanft durchs Haar streiche und flüsterte: »Aufwachen«, doch er murmelt nur etwas Unverständliches und dreht sich auf die Seite.

Sein Körper ist zu verlockend, ich muss ihn einfach berühren. Daher streichle ich von seiner Schulter über die Taille bis hin zu seinem Po. Dort kralle ich meine Nägel in sein muskulöses Fleisch. Joshuas Lider flattern, aber er erwacht nicht.

Also wandert meine Hand nach vorn, zu seinem Geschlecht. Im schlaffen Zustand wirkt es verletzlich – Josh wirkt verletzlich, wie er nackt auf der Gefängnispritsche liegt. Er ist ein attraktiver, starker Mann, der es liebt, sexuell unterworfen zu werden. Allein dieser Gedanke bringt mein Blut zum Kochen. Ich umfasse sein Glied, um ihm meinen Daumennagel in die Eichel zu bohren.

Josh reißt die Lider auf und setzt sich hastig auf. Mit großen Augen starrt er mich an, er atmet schnell. Offensichtlich weiß er nicht, wo er sich befindet, denn der Schlaf hält ihn noch in seinem Griff. Hastig blickt er sich um, dann wieder auf mich, mustert meine kniehohen Stiefel, das hautenge Minikleid, die Polizeikappe. Langsam scheint er sich zu erinnern. »Ma`am«, krächzt er, dann räuspert er sich, wobei er sich durchs Haar fährt. »Es tut mir leid, ich bin eingeschlafen.«

Mir tut es nicht leid, weil es mir zeigt, dass er mir vertraut und sich hier wohl fühlt.

»Hast du wirklich Lust auf ein weiteres Spiel?«, frage ich ihn leise. Er kann jederzeit aussteigen, und im Moment bin ich mir nicht sicher, ob es ihm nicht zu viel wird.

Josh starrt mich immer noch an, als könne er mit seinem Blick Löcher in meine Sonnenbrille brennen, um mein Gesicht besser zu erkennen. Das bringt mich in Versuchung, mich von ihm abzuwenden, doch ich halte ihm stand. Was würde geschehen, wenn er mich tatsächlich als Sarah Young erkennt? Doch ich muss stark bleiben, darf nicht nachgeben. Ich bin hier die Herrin. Und ich bin fest davon überzeugt, dass die Brille, das Make-up und die rote Perücke meine wahre Identität perfekt verbergen.

Endlich nickt er und fixiert schlagartig wieder den Boden. Josh hat sich abermals in seine Rolle gefügt, ist mein Gefangener.

»Meine Strafe vorhin ist viel zu milde ausgefallen«, sage ich gefährlich leise, worauf ich ihn mit dem Schlagstock zurück auf die Pritsche drücke. »Dieses Vergehen ist noch nicht gesühnt.«

Sofort erwacht seine Lust, wie ich erfreut bemerke. Joshuas Glied füllt sich mit Blut. Sein flacher Bauch bewegt sich schneller und seine Brustwarzen ziehen sich zusammen.

»Hände über den Kopf, Sträfling!«, befehle ich in bester Lady-Cop-Manier.

Er gehorcht. Mit den Handschellen, die ich am Gürtel meines eng anliegenden Kleides trage, befestige ich seine Gelenke an den Gitterstäben, wobei ich ihm zuvor gezeigt habe, dass sich die Fesseln auf Knopfdruck öffnen lassen. Nur wenn Josh sich sicher fühlt, kann er sich fallenlassen, um die Session zu genießen. Es wundert mich ohnehin, dass er mir vertraut, wo ich doch eine absolut Fremde für ihn bin.

Mein Gefangener gibt einen einmaligen Anblick ab: ausgestreckt auf der Pritsche, nackt, jeder Muskel unter Spannung. Josh zerrt kurz an den Fesseln, die Augen auf die Kellerdecke gerichtet, und wartet auf seine Bestrafung. Nur dass es sich um eine äußerst lustvolle Strafe handeln wird – für uns beide. Ich möchte Josh endlich mit Leib und Seele genießen, möchte seinen Körper unter mir fühlen, seinen Schwanz in mir, ihn keuchen hören.

Daher schreite ich ohne Umschweife zur Tat und stelle mich direkt über sein Gesicht, wobei ich mich an den Gitterstäben festhalte.

Sein Blick schweift unter mein extrem kurzes Kleid. Josh kann nun meine rasierten Schamlippen sehen und dass sie bereits geschwollen sind. Meine Vagina kribbelt, meine Klitoris pulsiert.

Langsam gehe ich in die Hocke. Während sich meine Schenkel öffnen, rutscht mein Kleid nach oben, und Josh starrt heftig atmend auf meine feuchte Muschi. Nur Zentimeter vor seinen Augen ziehe ich den Schlagstock durch meine Spalte, bis er schön glitschig ist. Dann lasse ich die Spitze in meiner Öffnung verschwinden.

Diese Aussicht bringt meinen Sklaven zum Stöhnen. Unruhig wetzt er sein Gesäß auf der Liege. Bestimmt pocht sein Schwanz vor unerfülltem Verlangen, doch er muss sich gedulden, bis er an der Reihe ist.

Immer tiefer verschwindet der Stock in mir, dehnt sanft meine Scheide und bringt auch sie zum Pochen. Rein und raus, immer vor Joshuas Augen. Es schmatzt, und Josh muss meine Lust riechen können, so nass bin ich bereits. Gleich wird er sie auch kosten.

»Mund auf!«, befehle ich und halte ihm den Schlagstock an die Lippen. »Mach ihn sauber!«

Joshuas Zunge schnellt heraus und flattert über den Kunststoff. Als er mich schmeckt, nimmt sein Stöhnen zu. Mit geschlossenen Lidern lutscht er hingebungsvoll meinen Saft ab, woraufhin ich den Prügel immer tiefer zwischen seine Lippen schiebe.

Welch ein Anblick!

Immer wieder tauche ich den Stock zwischen meine nassen Falten, genieße dabei das Gefühl, ausgefüllt zu sein, und Joshuas lustverhangene Blicke.

»Hm, ob dir der Stock auch so gut passt wie mir?«, überlege ich laut, als ich mich ans Fußende begebe. »Gut vorbereitet bist du ja.«

Joshua reißt die Augen auf, sein Gesicht erstarrt.

Genießerisch langsam lasse ich den Schlagstock über seinen Bauch gleiten. Als ich seine Erektion und die Hoden streife, zieht Josh instinktiv die Beine an, um seine Weichteile zu schützen. Sofort packe ich ihn unter den Knien, um sie gegen seinen Bauch zu drücken.

Natürlich könnte er sich wehren, doch das tut er nicht. Aber ich sehe es in seinen Augen, dass ihn der Gedanke, von dem riesigen Stock ausgefüllt zu werden, überhaupt nicht gefällt.

Nein, dazu ist mein Sklave noch nicht bereit. Doch ich spiele mit ihm, reibe und drücke die Plastikspitze an seinen Eingang. Der Muskelring zuckt.

»Bitte nicht, Ma'am«, flüstert er mit zusammengekniffenen Lidern.

»Gut, dann will ich heute gnädig sein. Ich weiß, wie du deine Strafe noch abarbeiten kannst. Ich werde dich benutzen, mich an dir aufgeilen. Du wirst einfach liegen bleiben. Wehe, du bewegst auch nur einmal deine Hüften oder kommst, ohne dass ich es dir erlaube. Ansonsten wird der Stock in deinem Arsch landen, ob du willst oder nicht!«

Ich sollte niemals etwas androhen, was ich nicht halten kann. Nie könnte ich etwas gegen Joshuas Willen tun. Doch ich hoffe, meine Warnung hilft.

Er nickt ergeben und streckt sich wieder aus. Dann stelle ich mich genau über seine Erektion und senke meine Hüften langsam herunter, bis mein feuchter Eingang seine Eichel berührt.

Sein Schwanz zuckt, doch Josh bleibt still liegen. Braver Junge!

Weiter senke ich mich herab, lasse seine Spitze genüsslich langsam in mich eindringen. Sanft dehnt sie meine Vagina, bringt sie heftiger zum Pochen. Mit einem lustvollen Laut setze ich mich auf seinen Unterleib, wobei sein Penis sehr tief in mich eindringt. Sein Schwanz passt perfekt!

Josh schlägt sich verdammt gut. Mit eiserner Beherrschung schafft er es, beinahe reglos unter mir liegen zu bleiben, während ich auf ihm reite. Nur sein Kopf wandert hin und her, Joshua verdreht die Augen und stöhnt unterdrückt. Sein devotes, äußerst hingebungsvolles Verhalten bringt mich viel zu schnell zum Höhepunkt. Schon spüre ich die ersten Spasmen, die heftiger werden, je schneller ich ihn reite. Und Josh liegt einfach nur mit zusammengepresstem Kiefer da, um sich von mir benutzen zu lassen.

»Du darfst … dich … ergießen!«, schreie ich mit meinem letzten Krampf heraus. Der Orgasmus ist der Hammer!

Als Joshua kommt, spannen sich seine Armmuskeln an und er biegt den Rücken durch. Sein Gesicht ist vor Lust verzerrt, röchelnde Laute verlassen seinen Mund. Dann sinke ich auf ihn, bleibe eine Weile liegen und lausche seinem heftig schlagenden Herzen, während sein Glied in mir erschlafft.

Aber wirklich nur kurz. Selbst noch schwer atmend, mache ich ihn los. Josh blickt mich zaghaft an, ein zufriedenes Leuchten lässt das Grün seiner Augen erstrahlen. Offensichtlich hatte er seinen Spaß.

Schwungvoll ziehe ich ihn an einer Hand nach oben. »Komm«, befehle ich mit weicher Stimme und führe ihn wieder nach oben in mein Schlafzimmer. Dort lösche ich das Licht, bevor ich Josh sanft in mein Bett schubse.

Ich flüstere: »Rutsch mal ein Stück«, nehme die Sonnenbrille ab und krabbele neben ihn auf die Matratze. Eng kuschle ich mich an ihn. »Du warst wirklich sehr artig.«

»Danke, Mistress. Ihr seid eine gute Herrin.«

»Schleimer«, erwidere ich, worauf unser Lachen durch das dunkle Zimmer schallt.

Halb liege ich auf ihm, wir streicheln uns und manchmal küssen wir uns zärtlich. Ich halte Josh fest, bis er eingeschlafen ist. Morgen früh werde ich ihn nach Hause fahren. Mal sehen, ob wir bis dahin noch einmal miteinander spielen werden. Die Nacht ist ja noch lang …

***

»Sarah!«, ruft Joshua, als ich den Fitness-Raum gerade verlassen möchte. »Bleiben Sie bitte noch einen Moment.«

Mein Herz schlägt mir bis in den Hals. Oh Mann, jetzt

wird er mich bestimmt beschimpfen, weil ich heute absolut miserabel war. Aber wie hätte ich mich beim Training auch konzentrieren können, wo ich weiß, wie sich sein nackter Körper unter mir anfühlt? Ich kann es kaum bis zu unserem nächsten Treffen erwarten, aber Josh hat sich auf meine Mail nicht gemeldet. Das ist jetzt schon drei Tage her. Ob ihm die Session nicht gefallen hat? Hoffentlich war es nicht zu heftig für ihn. Ich hatte ihn ja ziemlich geschafft.

Als die letzte Person den Raum verlässt, schließt Joshua die Tür und kommt auch gleich zum Punkt: »Sie waren heute nicht bei der Sache, Sarah. Wir sollten zu Ihrer eigenen Sicherheit die Griffe noch einmal schnell durchgehen.«

Ich nicke nur mechanisch und freue mich insgeheim, weil ich ihm noch einmal nahe sein kann. Seit wann bin ich ihm wichtig? Vorhin, bei Kursbeginn, hatte mir Joshua einen ganz seltsamen Blick zugeworfen, beinahe schon erschrocken. Wahrscheinlich dachte er sich, wie lange denn die unsportliche Schreckschraube noch seinen Kurs sabotiert ...

Plötzlich greift er mich von hinten an, legt seine Arme um mich, doch was mache ich, anstatt mich zu wehren, so wie er es zuvor demonstriert hat?

Ich lehne mich gegen ihn und träume nur vor mich hin.

Er riecht so gut! Nach Schweiß und Mann, wie vor ein paar Nächten. Nur gut, dass in diesen Raum keiner durch die Fenster hineinsehen kann, da sich das Fitness-Studio im vierzehnten Stock befindet ...

Josh lockert seinen Griff und seine Hand wandert höher, an meine Brust. »Ihr solltet reaktionsfreudiger werden und an Eurer Technik feilen, wenn Ihr schon Männer in Euer Haus lasst, Mistress«, sagt er dicht an meinem Ohr. Es ist beinahe ein Keuchen.

Augenblicklich versteife ich mich und ein Schauder läuft über meinen Rücken. »D-du weißt es?«, hauche ich mit letzter Kraft, weil mir die Stimme versagt.

»Denkt Ihr, ich bin so leichtsinnig und lasse mich von einer wildfremden Domina fesseln, wo ich Euch ständig predige, wie Ihr Gefahrensituationen aus dem Weg gehen könnt?«, erklärt er in einer unterwürfigen, fast schon quälenden Stimmlage, und rutscht plötzlich an meinem Körper nach unten.

»Was? Wie?«, stammle ich nur vor mich hin und drehe mich mit zitternden Knien zu ihm um. In Demutshaltung kauert er vor mir, die Hände hinter dem Rücken, den Kopf gesenkt, sodass ich seinen Nacken sehen kann.

»Als Ihr um das Auto gegangen seid, hatte ich den Schal ein wenig verrutscht, Mistress«, erklärt er.

Ich kann mich an sein Zögern erinnern, bevor er einstieg. Da zweifelte er wohl, ob er das Richtige tat. Und als ich in den Wagen stieg, hatte er in meine Richtung gesehen. Hatte er mich dort erkannt? Es war dunkel und ich aufgeregt – daher war mir wohl nichts aufgefallen.

»Ich ... ich war so erleichtert und erfreut, dass Ihr es wart, ich konnte es kaum glauben.«

Schlagartig kommt mir seine E-Mail in den Sinn, als er mir schrieb, dass er sich nicht traue, Frauen einfach so anzusprechen. Heißt das, wir haben uns beide attraktiv gefunden, aber nicht getraut, aufeinander zuzugehen?

Mein Herz schlägt heftig vor Freude, weil das Internet uns schlussendlich zusammengeführt hat.

»Ich möchte mich entschuldigen, Mistress, da ich Euch im Ungewissen ließ. Ich erwarte Eure Strafe.«

»Josh ...« Ich knie mich vor ihn und hebe sein Kinn an. »Sieh mich an.«

Er tut es, und seine Lippen zittern. Ich bin aufgeregt, doch überglücklich. Mit möglichst strenger Stimme sage ich: »Ich nehme deine Entschuldigung an. Dennoch wirst du um eine Strafe nicht herumkommen. Du hast soeben unerlaubt an meine Brust gefasst.«

Seine Augen leuchten vor Vorfreude, seine Mundwinkel zucken. »Darf ich Euch küssen, Mistress?«

Noch bevor ich ihm die Erlaubnis gebe, umarme ich ihn bereits und presse meine Lippen auf seinen Mund. Wir küssen uns gierig, und Josh und ich fallen auf die weichen Matten. Meine Vision schießt mir in den Kopf: Josh, nackt an ein Trainingsgerät gefesselt.

»Du hast als Polizistin ganz teuflisch heiß ausgesehen«, haucht er in meinen Mund.

»Du hast mir als Untergebener auch verdammt gut gefallen«, erwidere ich schmunzelnd.

Plötzlich wird Josh ruhig und sieht mir direkt in die Augen. »Aber mir gefällt es nicht, wenn andere Männer dich so sehen.«

Wie erstarrt liege ich auf ihm, wobei ich unsere Herzen spüre, die aneinanderrattern.

»Ich habe nur Angst um dich«, erwidert er hastig und senkt den Blick.

Befreit lache ich auf. »Ich muss ja ziemlich miserabel in Selbstverteidigung sein.« Josh macht sich Sorgen. Und er ist eifersüchtig. Ihm liegt mehr an mir, das spüre ich deutlich.

»Dafür seid Ihr eine ausgezeichnete Herrin.« Josh umarmt mich und vergräbt seine Finger in meinem Haar, wobei ich seine Erektion spüre, die sich gegen meinen Bauch drückt. »Lasst mich Euer Sklave sein«, flüstert er an meine Lippen. »Dann könnte ich meine Herrin beschützen, wenn sie andere Sklaven empfängt.«

Mein Herz setzt einen Schlag aus. »Du würdest andere Sklaven neben dir dulden?«

»Wenn Ihr es so wünscht«, gesteht er zähneknirschend, was mich abermals zum Lachen bringt.

»Ich denke, ich werde erst einmal eine ganze Zeit beschäftigt sein, dich zu erziehen. Du bist artig, aber du kannst deine Lust noch nicht gut genug kontrollieren.«

»Ich werde Euch ein guter Sklave sein, der beste!«, erwidert er strahlend und küsst mich noch einmal leidenschaftlich.

Plötzlich geht das Licht aus. Nur die Reklametafel vor dem Fenster wirft ihr kaltes Licht in den Raum.

Josh setzt sich auf. »Mike muss denken, ich bin schon weg. Normalerweise schließe ich heute das Studio ab.«

»Hast du einen Schlüssel?«

Josh nickt.

Zu schade, es wäre gar nicht so übel, mit ihm hier eingesperrt zu sein.

Seine Silhouette zeichnet sich vor mir ab, breitschultrig, männlich. Josh ist ein Mann zum Anlehnen, und doch ist er devot. Mit ihm kann ich beides haben: Einen gleichberechtigten Partner im Alltag und einen devoten Sklaven im Bett.

»Das war übrigens ganz schön fies von dir«, meint er, als er aufsteht und mich auf die Beine zieht.

»Was?«

»Das mit dem Hocker und dem Schlagstock.«

»Ah ja, wo du es ansprichst ... Daran sollten wir noch arbeiten.«

»Sklaventreiberin«, murmelt er liebevoll, als wir Arm in Arm den Raum verlassen. Das Fitness-Studio ist leer, wir beide sind tatsächlich die Letzten.

Vielleicht ließe sich die Fantasie – Josh nackt festgebunden an ein Trainingsgerät – doch noch verwirklichen ...

Der maskierte Lord

Alexandra Kenneth saß mit ihren drei Freundinnen Elizabeth, Jane und Charlotte im Salon von Blixton Hall und spielte eine Partie Whist. An Nachbartischen, abgetrennt durch Paravents, taten es ihnen andere Frauen und Männer gleich. Die Gewinne würden einer Wohltätigkeitsorganisation zugutekommen, die damit ein Waisenhaus unterstützen wollte. Im Raum herrschte weitgehend Ruhe, deswegen unterhielten sie sich leise.

Alexandra und ihre Freundinnen nannten sich spaßeshalber »Die wilden Witwen«, und Alexandra war mit ihren vierunddreißig Jahren die jüngste im Bunde und noch nicht wirklich bereit, für den Rest ihres Lebens auf einen Mann zu verzichten. Sie wollte noch so viel von der Welt sehen, Abenteuer erleben. Aber das ging eben als alleinstehende Frau nicht.

Immerhin boten ihr die Freundinnen Zerstreuung, ansonsten würde sie wohl wahnsinnig werden, denn sie hatte niemanden mehr: keine Familie und keinen Mann. Sie fühlte sich allein.

Wie so oft fiel das Gespräch der Witwen auf den »Maskierten Lord«, einen unbekannten Adligen, der einsame Frauen beglückte, sofern sie es wünschten.

Ihre Busenfreundin Elizabeth, die nur wenig älter als Alexandra und die reichste Witwe Londons war, schwärmte in den höchsten Tönen vom maskierten Lord. »Du solltest ihn dir gönnen, meine Liebe«, sagte sie zu ihr, wobei sie sich mit ihrem spitzenbesetzten Fächer Luft zuwedelte. »Er ist der beste Liebhaber, den ich je hatte, zwar der teuerste, aber er ist wirklich jedes Pfund wert.«

»Und du weißt wirklich nicht, wer sich hinter der Maske verbirgt?«, fragte Alexandra und strich sich eine blonde Locke aus der Stirn, während sie ihre Karten studierte. »Ich meine, der Mann könnte sich mit uns in diesem Raum befinden.«

»Vielleicht. Es wird gemunkelt, er sei ein verschuldeter Adeliger, mehr weiß ich auch nicht von ihm.« Elizabeth legte, über das ganze Gesicht strahlend, ihre letzte Karte auf den Tisch. »Zehn Punkte, her mit dem Geld, Ladys!«

In Gedanken versunken holte Alexandra eine Fünf-Pfund-Note aus ihrem Pompadour. Geld genug hätte sie, um sich einen Liebhaber zu leisten. Ihr verstorbener Gatte, ein Londoner Geschäftsmann, hatte ihr ein Vermögen hinterlassen. Arthur war schon fast ein Greis gewesen, als sie geheiratet hatten, und vier Monate später hatte er das Zeitliche gesegnet. Alexandra hatte nie reine Leidenschaft kennengelernt. Auch vor der Hochzeit nicht. Sie hatte als unvermittelbarer Blaustrumpf gegolten, weil sie ihre Nase lieber in Bücher steckte. Die Zwangsheirat war für sie ein Schock gewesen. Immerhin war Arthur ein liebevoller Mann gewesen, der ihr auch Trost spendete, als ihre Eltern kurze Zeit später an der Grippe starben. Alexandras Sehnsucht nach Nähe wurde seitdem von Tag zu Tag größer.

»Und ... wie kontaktiert man den Maskierten?«, fragte sie beiläufig, als würde sie das Thema nur mäßig interessieren, während sie die Karten neu mischte.

Elizabeth lächelte wissend. »Du schreibst ihm eine Nachricht, meine Liebe. Vermerkst Tag, Uhrzeit und Ort, und wirfst den Brief in das große Tongefäß, das im Britischen Museum direkt am Eingang zur Ägyptischen Ausstellung steht. Und wenn du Glück hast, kommt er vorbei. Er ist nämlich sehr begehrt.«

Das hörte sich nach einem Abenteuer an! Genau das Richtige für eine »wilde Witwe«. Alexandras Herz schlug schneller. Ob sie es riskieren sollte?

Just in diesem Moment löste sich ein Schatten hinter dem Paravent und Viscount Winter trat hervor. Der große, dunkelhaarige Mann grüßte die Damen flüchtig, warf Alexandra einen intensiven Blick zu und marschierte aus dem Salon.

Alexandra hielt die Luft an, bis sich ihr Herzrasen gelegt hatte. »Habt ihr das gesehen?«, flüsterte sie. »Hoffentlich hat er uns nicht zugehört!«

»Und wenn schon!« Elizabeth kicherte. »Wir sind Witwen, keine Jungfrauen.«

»Ich denke nicht, dass es seine Art ist, andere zu belauschen«, meldete sich Charlotte, die Älteste im Bunde.

Nervös spielte Alexandra mit ihrer Halskette. »Marcus ist ein arroganter, überheblicher Mann, ihm traue ich alles zu.«

»Tatsächlich?« Charlotte hob eine silbergraue Braue. »Vor ein paar Jahren hast du noch anders über ihn gedacht.«

»Er hat sich verändert, seit Isabell nicht mehr unter uns weilt«, verteidigte sie sich.

»Und er hat ein Auge auf dich geworfen, meine Liebe«, kommentierte Elizabeth und schwärmte ihnen vor, wie attraktiv Marcus mit seinen vierzig Jahren immer noch aussah. »Du könntest Viscountess werden, Alexandra. Eine richtige Adlige! Ihr würdet ein hübsches Paar abgeben.«

»Du weißt so gut wie ich, dass es das Gesetz verbietet, den eigenen Schwager zu heiraten, also sprich leiser!«

»Stimmt, dieses blöde Gesetz«, murmelte Charlotte. »Wer hat denn das erfunden, immerhin seid ihr ja nicht blutsverwandt.« Sie seufzte theatralisch, bevor sie leise hinzufügte: »Aber er würde dich bestimmt in sein Bett nehmen.«

Alexandra holte tief Luft. Sie mochte ihre Freundinnen wirklich sehr, aber wie oft hatte sie ihnen schon erklärt, dass sie nichts von Marcus wollte. Zugegeben, er sah hervorragend aus: groß gewachsen, schwarzhaarig, schlank, mit einem gut geschnittenen Gesicht, aber er hatte etwas an sich, das ihr jedes Mal den Schweiß aus allen Poren trieb, wenn er sie anschaute, nein, er starrte sie regelrecht an. Durchdringend. Besitzergreifend. Als könnte er bis in ihre Seele sehen.

Auch wenn in diesem Fall eine Heirat nach dem Gesetz unmöglich war, konnte sie dennoch auf einen Adelstitel gut und gern verzichten. Durch die Geschäftsbeziehungen ihres Mannes Arthur hatte die feine Londoner Gesellschaft Alexandra akzeptiert und in den Ladys Elizabeth, Jane und Charlotte drei wirklich gute Freundinnen gefunden.

»Du solltest dir den Viscount nehmen, Alexandra, und wenn es nur zu deinem Vergnügen ist. Isabell hat immer von seinen Qualitäten als Liebhaber geschwärmt, das hast du uns doch selbst erzählt.«

»Er hat sie umgebracht«, erwiderte sie trotzig. Ein Grund mehr, ihn zu meiden.

»Liebes, warum bist du so hart zu ihm? Isabell starb bei der Geburt ihres Kindes. Niemand trägt daran die Schuld. Denkst du nicht, er ist genug bestraft, gleich zwei Menschen verloren zu haben?«

Noch immer sah Alexandra den winzigen Sarg, den sie neben dem ihrer jüngeren Schwester in die Gruft getragen hatten. Es war der schlimmste Tag in Alexandras Leben gewesen. Seit der Beerdigung vor drei Jahren hatte sie kein Wort mehr mit ihrem Schwager gewechselt.

»Ich werde den maskierten Lord kontaktieren«, beschloss sie, und ein Raunen machte die Runde. »In welches Gefäß gebe ich die Nachricht noch gleich, Elizabeth?«

***

Hektisch lief Alexandra in der Jagdhütte auf und ab. Zwischendurch überprüfte sie den Sitz ihrer blonden Strähnen, bevor sie wieder aus dem Fenster starrte, um einen Moment später die spärliche Einrichtung zu begutachten, die Stühle zurechtzurücken und die Bettlaken glattzustreichen. Sie sah sogar hinter den Paravent, ob sich Wasser in der Waschschüssel befand, doch sie hatte alles schon längst vorbereitet. Dann entzündete sie zahlreiche Kerzen und stellte sie in Gläser, die sie überall auf dem Boden verteilte, aber der Lord war immer noch nicht da.

Würde sie ihm gefallen? Und würde er ihr gefallen? Wenn sie sich schon ohne Liebe einem Mann hingab, dann sollte er wenigstens ein ansprechendes Erscheinungsbild besitzen. Alexandra vertraute ganz auf Elizabeths Geschmack, die den Maskierten einfach umwerfend fand.

Seit fünf Jahren war Alexandra nun Witwe, doch sie besaß keine großartigen Erfahrungen mit Männern. Ihr Gatte hatte nur zwei Mal mit ihr die Ehe vollzogen, was keine berauschende Erfahrung gewesen war. Sie konnte nur auf das zurückgreifen, was ihr die Freundinnen erzählten. Elizabeth hatte ihr für die heutige Nacht noch zahlreiche Tipps mit auf den Weg gegeben, was Alexandras Nervosität nicht minderte. Schweiß sammelte sich unter ihrer Halbmaske aus Leder. Sie bevorzugte es, selbst unerkannt zu bleiben, und hatte in dem Brief mit Lady X unterschrieben.

Der Maskierte war bereits zehn Minuten zu spät. Was war, wenn er ihre Nachricht nicht erhalten hatte oder nicht herfand? Die Hütte lag sehr abgelegen und es brach bereits die Nacht herein.

Plötzlich wurde ihr bewusst, wie töricht sie handelte. Sie kannte diesen Fremden doch überhaupt nicht, was war, wenn er keine guten Absichten hegte? Niemand würde ihr hier draußen helfen können!

Nein, wenn Elizabeth dem Mann vertraute, dann tat sie das auch.

Auf einmal hörte Alexandra Hufgetrappel vor der Hütte. Sie lief zum Fenster, um hinauszusehen. Ein groß gewachsener Mann mit schwarzem Haar ritt auf die Hütte zu, der, genau wie sie, eine Halbmaske trug. Sein Hengst war ein prächtiges Tier und, der Haltung von Pferd und Reiter nach zu urteilen, ebenso stolz wie sein Herr. Konnte sich ein verarmter Lord derartigen Luxus leisten oder hatte er sich mit seinen Damenbesuchen bereits eine goldene Nase verdient?

Alexandra wusste nicht, wie viel der Mann für seine Dienste verlangen würde, daher hatte sie vorsorglich ein kleines Vermögen mitgenommen, das sie allerdings gut versteckt hatte, sollte der Fremde versuchen, sie auszurauben.

Schwach drang das Wiehern des Pferdes durch das Rauschen des Blutes an ihre Ohren, als der Besucher das Tier vor der Hütte zügelte, elegant abstieg und den Hengst im Unterstand festband. Neugierig öffnete Alexandra die Tür einen Spaltbreit, um sich den Mann genauer anzuschauen. Sie sah ihn nur von hinten, während er sein Pferd versorgte, aber auch durch den langen Umhang erkannte Alexandra seine breiten Schultern und die große Gestalt. Darunter trug er eng anliegende Breeches und Reitstiefel, die ihm bis zu den Knien reichten.

Sie beschloss, dem Fremden selbstbewusst entgegenzutreten, und öffnete die Tür ganz. Sofort drehte er sich um. Im schwachen Licht der Dämmerung starrten sie sich einen Augenblick lang an, und sein Zögern war zum Greifen nahe. Gefiel ihm nicht, was er sah? Sie konnte den Ausdruck seiner Augen hinter der Maske nicht erkennen.

Alexandra fand sich nicht außerordentlich hübsch, aber sie war sehr stolz auf ihre schlanke Figur und vor allem auf ihre zierlichen Hände. Daher hatte sie heute Abend auf Handschuhe verzichtet.

Sie atmete auf, als er sich in Bewegung setzte und mit großen Schritten auf sie zukam. Sein aufrechter Gang drückte Selbstsicherheit, Stärke und vielleicht auch ein wenig Arroganz aus. Ja, er war durch und durch ein Lord.

Alexandra klopfte das Herz bis zum Hals. Jetzt war es wohl zu spät, sich noch anders zu entscheiden. Sollte sie wirklich mit einem Fremden das Bett teilen?

»Lady X«, sagte er leise und verbeugte sich galant, bevor er einfach ihre Hand ergriff, um einen Kuss darauf zu hauchen. Alexandra starrte auf seine sehr edlen Handschuhe. Teuer. Wie alles an ihm.

Als seine Lippen ihren Handrücken berührten und kurz über ihre Haut glitten, erschauderte Alexandra, aber nicht aus Furcht. Wärme strömte bis in ihren Unterleib und brachte ihren Schoß zum Pochen. Der Maskierte würde bei ihr leichtes Spiel haben, wenn sie auf einen Handkuss bereits mit Erregung reagierte. Der Fremde besaß schmale Lippen, aber mit einem eleganten Schwung. Welche Sinnesfreuden er ihr wohl damit schenken konnte? Würde er sie auch auf den Mund küssen?

»Mylord«, erwiderte sie flüsternd, denn wenn sie beide leise sprachen, würden sie sich später nicht anhand ihrer Stimmen erkennen können. Ihr maskierter Besucher entstammte ohne Frage einer höheren Gesellschaftsschicht. Aber wieso vergnügte er sich dann mit Witwen? War ihm derart langweilig, hielt er das Ganze für ein Spiel? Na ja, sie würde mitspielen und testen, ob er wirklich so gut war, wie Elizabeth meinte.

Sie ging voran in die Hütte und hörte, wie er hinter ihr die Tür schloss. Das Häuschen gehörte dem Jagdaufseher ihrer Freundin Lady Jane Prescott, mit dem diese ein heimliches Verhältnis pflegte. Das Häuschen war zwar nicht gerade wie ein Liebesnest eingerichtet, aber ein breites, komfortables Bett in einer Jagdhütte sah man dennoch nicht alle Tage, und die Windlichter auf dem Boden verbreiteten ein behagliches Licht.

Wie erstarrt blieb Alexandra vor dem Bett stehen, dem Maskierten den Rücken zugewandt. Hoffentlich musste sie nicht den ersten Schritt machen. Oder wollte er erst bezahlt werden?

Alexandra faltete die Hände vor ihren Röcken, um ihr Zittern zu verbergen. Hinter ihr legte der Fremde seinen Umhang ab und warf ihn über einen Stuhl. Und nachdem er auch seine Handschuhe ausgezogen hatte, kam er auf sie zu.

Warm legten sich seine Hände auf ihre Schultern, und seine große Gestalt in ihrem Rücken strahlte eine Hitze aus, die sie schon jetzt zu verbrennen schien.

»Hast du Angst?«, fragte er sanft, wobei er ihre Schultern massierte.

»Ein wenig«, gab sie zu, genoss jedoch seine wohltuenden Berührungen. Ihr Zittern wollte trotzdem nicht aufhören.

»Wenn du möchtest, gehe ich wieder.« Der Maskierte war ganz selbstverständlich zur persönlichen Anrede übergegangen, was es für Alexandra weniger befremdlich machte.

Abrupt drehte sie sich um. »Bitte bleib!« Sie biss sich auf die

Unterlippe, weil sie laut gesprochen hatte, aber der Mann gab keine Anzeichen von sich, dass er sie erkannt hätte. Darüber machte sich Alexandra jedoch kaum Sorgen, denn in letzter Zeit hatte sie sich selten in anderer Gesellschaft aufgehalten, als der ihrer Freundinnen.

Seine Arme ruhten nun nicht mehr auf ihren Schultern, sondern an ihren Hüften. Mit leichtem Druck zog er sie näher, und ihr Herz schien sich zu überschlagen.

Er war recht groß, größer als Elizabeth ihn beschrieben hatte, daher lagen seine Lippen genau vor ihren Augen. Sie waren leicht geöffnet und die Zunge des Fremden huschte darüber. Würde er sie küssen? Alexandras Herz pochte schneller, ihr Blick glitt weiter über sein Gesicht oder das Wenige, was sie davon sehen konnte. Sie erspähte die klaren Linien seines Kiefers. Der Maskierte war frisch rasiert und duftete nach Sandelholz. Es war ein vertrauter Geruch. Ein edler Duft.

Kannte sie diesen Mann vielleicht?

Aus einem Reflex heraus wollte sie ihn auf Abstand halten und drückte ihre Handfläche gegen seine Brust. Sein Herz ratterte an ihre Finger, er atmete schneller als gewöhnlich. Das machte sie stutzig. War er etwa ebenso aufgeregt wie sie? Er, der Maskierte, der schon unzählige Frauen beglückt hatte?

Alexandra schaute nach oben. Auch wenn sie im schummrigen Licht nicht viel erkennen konnte, sah sie doch, dass er die Augen geschlossen hatte. Lange, dunkle Wimpern ruhten auf den Sehschlitzen der Maske.

Mutig ließ sie ihre Hand auf seiner Brust kreisen, wobei sie durch das edle Hemd die Hitze seiner Haut und die sanften Wölbungen der Muskeln spürte.

Der Fremde schien nicht nur aufgeregt, sondern erregt, denn er keuchte leise.

Alexandra legte den Kopf an seine Schulter und genoss es, einen Mann aus der Ruhe zu bringen. Diese Erfahrung war neu für sie. Zudem duftete er unwahrscheinlich gut – nicht nur nach frischer Seife, sondern nach einem ganz eigenen, männlichen, vertrauten Geruch –, und hieß es nicht, wenn man jemanden gut riechen konnte, passte man zusammen? Es konnte doch nicht so schwer sein, den ersten Schritt zu machen.

Geschickt öffnete Alexandra zwei Knöpfe, um mit ihren Fingern unter den Stoff zu fahren. Na also, das war doch gar nicht so schwierig.

Der Maskierte sog die Luft ein, als Alexandra glatte Haut fühlte. Noch ein Knopf ging auf, ihre Hand wanderte höher, spielte an den erhärteten Brustwarzen und erspürte ein paar Härchen.

Ihr Liebhaber stand einfach nur da und hielt sie im Arm. Immer noch atmete er schwer, und als sich Alexandra an ihn schmiegte, drückte sich etwas Hartes an ihren Bauch. Ihr Herz machte einen Sprung.

Jetzt stöhnte der Fremde leise. Obwohl er sichtlich erregt war, hielt er sich zurück. Dass er ein richtiger Gentleman war, gefiel Alexandra und nahm ihr die Unsicherheit.

Endlich wurde auch er aktiv: Er löste die oberen Häkchen ihres Kleides und streifte den Stoff zur Seite, sodass ihre Schultern freilagen. Als er die Hände darauf legte, bekam Alexandra überall eine Gänsehaut, weil sie diese einfache Berührung zutiefst erregend fand. Aufregend und neu.

Zärtlich streichelte er ihren Nacken und spielte an einer Strähne ihres Haares.

»Kannst du mir einen Namen sagen? Irgendeinen ausgedachten? Ich möchte dich in meinen Gedanken nicht immer ›der Fremde‹ nennen«, flüsterte Alexandra.

Der Mann erstarrte für ein paar Sekunden und sie glaubte, keine Antwort zu bekommen, als er »Sebastien« an ihre Schläfe hauchte. »Du darfst mich Sebastien nennen.«

»Sebastien«, wisperte sie. Welch wunderschöner Name. Aber plötzlich kehrte ihre Unsicherheit zurück – sie traute sich nicht, sein Hemd weiter zu öffnen. Sie konnte doch keinen Mann ausziehen!

Sebastien schien es zu bemerken und half ihr, indem er sich das Hemd über den Kopf zog, wobei ihr sein Geruch entgegenwehte. Sie nahm einen tiefen Zug des männlichen Aromas, bis ihr der Atem stockte, als sie ihn halb nackt sah. Im Schein der Kerzen wirkte sein Körper beinahe wie gemeißelt. Hatte sie jemals einen schöneren Mann erblickt? Nun gut, sie hatte ja nur Arthur als Vergleichsmöglichkeit, aber was sie sah, brachte ihren Schoß zum Glühen. Sebastiens Bauch war flach, und ein Streifen dunkler Haare führte von seinem Nabel zum Hosenbund. Auch um seine Brustwarzen wuchsen ein paar schwarze Härchen, die sie ja schon ertastet hatte, doch am besten gefielen ihr die sanften Wölbungen seiner Muskeln. Nicht zu übertrieben, genau richtig. Er war ein starker Mann, einer zum Anlehnen und einer, der sie beschützen könnte. Aber auch einer, der sie nehmen konnte, wenn er wollte, und sie würde ihm nichts entgegenzusetzen haben. Dieser Gedanke ängstigte und erregte sie zur selben Zeit.

»Berühre mich, hab keine Scheu«, forderte er sie auf, aber sie traute sich nicht. Da nahm er einfach ihre Hände und legte sie auf seine Brust.

Für einen Moment schloss Alex vor Überraschung keuchend die Augen. Seine Haut war heiß und unglaublich weich.

Mutig öffnete sie die Lider. Sie waren beide Fremde, die Maske gab ihr Schutz. Sebastien schien ein anständiger Mann zu sein, das spürte sie tief in ihrem Herzen. Auch dass er ihr sagte, was sie tun sollte, und er die Initiative ergriff, gefiel ihr. Das alles gab ihr Sicherheit. Sie wusste ohnehin kaum, was sie machen sollte. Das alles war neu.

Alexandra konnte ihre Träume ausleben, hier und jetzt. Wer wusste schon, ob sich jemals wieder so eine Gelegenheit bieten würde? Sie brauchte sich nicht zurückzuhalten.

Sie befühlte seine Brustmuskeln, die weiche Haut auf seinem Bauch, ließ ihre Hände über seine schlanken und dennoch muskulösen Oberarme gleiten, dann tiefer über die leicht behaarten Unterarme. Schließlich steckte sie ihre Finger in sein dichtes Haar, in dem sie die ersten silbernen Strähnen entdeckte. Wie alt mochte er sein? Etwas älter als sie, das war gewiss.

Sie sah Fältchen um seine Mundwinkel, mehr konnte sie wegen der Maske nicht erkennen und sie traute sich auch nicht, ihm zu lange ins Gesicht zu blicken, aus Angst, ihn zu entlarven. Sie wollte ihn nicht erkennen, nein. Er hieß Sebastien, er war ein Fremder ...

Aber seine Lippen faszinierten sie, ebenso die harten Linien seines Unterkiefers, daher ließ sie auch dort ihre Finger darübergleiten, bis zu seinem Kinn, und erahnte einen Hauch seiner Bartstoppeln auf der sensiblen Haut. Ihre Nase rieb an seinem Hals entlang, und sie musste ihn wieder einatmen, diesen Duft. So vertraut, so erregend ...

Sebastien war so schön – sie hätte weinen mögen. Unwahrscheinlich schön und unerreichbar. Aber in dieser Nacht gehörte er nur ihr, doch es schmerzte sie zu wissen, dass auch ihre Freundin schon in den Genuss gekommen war, ihn zu sehen und ... zu spüren.

Alexandra fasste all ihren Mut und küsste vorsichtig seine Schulter, während sie ihn an den Hüften festhielt.

Ein Zittern ging durch Sebastiens Körper. Alex hörte ihn dicht an ihrem Ohr schwer atmen. Seine Hände legten sich auf ihr Gesäß, woran er sie noch näher zu sich zog, bis Alexandra seine Erektion wieder an ihrem Unterleib spürte. Sein hartes Geschlecht fühlte sich erschreckend groß an, doch bei dem Gedanken, wie es vielleicht bald in sie eindrang, zog sich ihre Vagina vor Vorfreude zusammen. Feuchtigkeit sammelte sich zwischen ihren Schamlippen, wie sie beschämt feststellte. Und je länger sie Sebastiens herrlich weiche Haut auf seiner Brust küsste, desto feuchter wurde sie. Erstaunt bemerkte sie, dass sie selbst schneller atmete, und als ihre Zunge kurz über seine Brustwarze flatterte, entfuhr ihnen beiden ein Keuchen.

Hastig ließ Sebastien ihr Gesäß los, aber Alex schmiegte sich weiterhin an ihn. Allein sein Geruch war ein Aphrodisiakum – sie wollte immer mehr davon. Daher küsste sie die Stelle um seine Achseln. Wie konnte ein Mann dort nur derart gut riechen?

Ihre Hände glitten von seinen Hüften nach hinten, erspürten die sanft ausgeprägten Muskelstränge seines Rückens und fuhren dann mutig in den Bund der Hose, um je eine seiner herrlichen Pobacken zu drücken.

Sebastien warf stöhnend den Kopf in den Nacken, blieb aber ansonsten passiv. Es gefiel ihr, mit ihm zu spielen, und so presste sie ihn nun ihrerseits an sich, wodurch sein Keuchen hektischer wurde. Alexandra rieb ihre Wange an seiner Brust, um einen weiteren, tiefen Atemzug zu machen, als er plötzlich nach hinten griff und ihre Hände aus seiner Hose zog.

»Jetzt bist du dran«, raunte er, sichtlich erregt durch ihre Berührungen. Sein Geschlecht drückte sich hart gegen die Hose. Die Ausbuchtung war gigantisch. Wie mochte Sebastien gebaut sein? Alexandra hatte Statuen nackter Jünglinge bewundert und Anatomiebücher studiert, aber was war schon eine Abbildung?

Als Sebastien sie an den Schultern herumdrehte, damit er besser an die Verschlüsse ihres Kleides kam, zuckte sie kurz. Jetzt wurde es ernst. Er würde sie nackt sehen. Würde sie ihm ebenso gut gefallen wie er ihr?

Geschickt öffnete er alle Häkchen, und das Kleid glitt fast geräuschlos zu Boden, wo sich der Stoff um ihre Knöchel bauschte. Jetzt trug sie nur noch ihre Stiefel, da sie auf ein Korsett und Unterwäsche verzichtet hatte. Sebastien ging um sie herum, bückte sich, öffnete die Verschnürungen und zog ihr die Schuhe aus.

Nackt.Splitternackt stand sie nun da, und ihre Leibesmitte lag direkt vor seinen hungrigen Augen. Die tanzenden Flammen um sie herum brachten seine Pupillen hinter der Maske zum Glühen. Sebastien sah aus wie ein Dämon. Er hockte einfach vor ihr, den Blick auf ihre Weiblichkeit gerichtet, und Alexandra konnte gar nicht anders, als ihre Scham mit beiden Händen zu bedecken.

Sebastien richtete sich auf und starrte nun auf ihre Brüste, die ihr plötzlich viel zu groß vorkamen. Sie wollte sich in ihrem Körper verkriechen, weshalb sie ihren anderen Arm schützend um ihren Busen legte, aber Sebastien hielt sie mit einem »Nein!«, davon ab. »Nimm beide Hände weg!«

Ihre Wangen brannten heißer als alle Flammen in diesem Zimmer. Dennoch straffte Alexandra ihre Schultern, presste die Arme seitlich an ihren Körper und streckte ihre Brüste heraus.

Nickend machte Sebastien einen Schritt zurück. »Ja, so mag ich dich«, raunte er. »Präsentiere dich, zeig dich mir.« Er ging um sie herum, wobei er darauf achtete, nicht an die Kerzen in den Gläsern zu stoßen.

»Lass dich ansehen.« Unter seinen dunklen Blicken zogen sich ihre Brustwarzen zusammen und ihre Klitoris pochte. Mit seinem nackten Oberkörper wirkte er wie ein Sklavenhändler, der seine »Ware« begutachtete. Warum brachte dieser Gedanke ihr Herz dazu, noch wilder zu pulsieren? Ja, es überschlug sich beinahe, ihr war schwindlig. Was machte der Mann nur mit ihr? Warum reagierte sie mit Erregung, wo er sie nicht einmal berührte?

»Wunderschön«, flüsterte er, und dieses eine Wort erfüllte sie mit Stolz und Erleichterung gleichermaßen. Sie gefiel ihm, daher streckte sie ihre Brüste noch etwas weiter heraus. Am liebsten hätte sie sich jetzt zwischen den Beinen gestreichelt, ihre pochende Weiblichkeit berührt, so wie sie es nachts unter der Bettdecke manchmal machte, aber sie traute sich nicht.

»Ich kann deine Erregung sehen«, sagte er. »Und sie riechen.«

Kurz schloss Alex die Augen und widerstand der Versuchung, an sich herunterzublicken. Sie spürte, wie ihr eigener Saft an ihren Schenkeln hinabfloss, was ihr unsagbar peinlich war. Die Hitze wollte nicht mehr aus ihrem Gesicht weichen und sogar ihr Dekolleté schien zu glühen. Ihr war unsagbar heiß. Alexandra brannte von außen und innen, und wenn Sebastien nicht bald ihre Glut löschte …

Sie riss die Augen auf, als er plötzlich in ihren Nacken hauchte. Alexandra hatte nicht gehört, dass er wieder hinter sie getreten war. Es kribbelte an der Stelle, wo nur sein Atem sie gestreift hatte. Wenn er sie doch endlich berührte! Ihre Fingerspitzen rieben sich nervös aneinander.

Unvermittelt löste er ihre Klammern aus dem Haar, sodass sich die blonden Strähnen über ihre Schultern ergossen. Alexandras Atem stockte erneut. Immer noch hatte er sie nicht angefasst.

Dann trat er wieder vor sie, wo er die Haarklammern auf dem Tisch ablegte. »So wunderschön …« Als ein Lächeln seine Lippen umspielte, hatte Alex ein Déjà-vu-Gefühl, das ihr Herz noch schneller schlagen ließ. Es gab da eine geheime Fantasie, einen Gebieter, einen Maskierten wie ihn, der sie lustvoll unterwarf. In ihren Träumen war es jedes Mal der Mann, den sie glaubte zu hassen … Doch sie vergaß den Gedanken, als er sie sanft in ihren Nippel zwickte.

Alex stöhnte. Anstatt sie zu streicheln, hielt Sebastien einfach nur seine Hand ausgestreckt und malträtierte ihren empfindsamen Knopf. Ihre Brustwarze wurde immer heißer, je fester er drückte und sie zwirbelte. Das Pochen zwischen ihren Beinen steigerte sich, mehr Feuchtigkeit lief an ihren Schenkeln hinab. Doch Alexandra bewegte sich nicht, stand kerzengerade und hielt ihre Arme seitlich an ihren Körper gepresst.

»Du hast eine beachtliche Selbstbeherrschung«, kommentierte er, und sie hörte den Stolz aus seiner Stimme. »Gefällt dir, was ich tue?«

Sie nickte, ohne ihn anzusehen. Breitbeinig hatte er sich vor ihr aufgebaut und sein Geschlecht drückte immer noch von innen gegen seine Hose. Sebastien konnte sich aber auch hervorragend zurückhalten. Wie gern würde sie dieses harte Stück Fleisch befühlen.

Er ließ ihre Brustwarze los und ging wieder um sie herum. Eine Hand krallte sich in ihr Haar, seine Finger zogen sich zu, doch es tat nicht weh. Es sollte wohl nur seine Macht demonstrieren. Ja, er übte eine Macht auf sie aus, eine animalische, dunkle, sexuelle Macht, der sich Alex nicht entziehen konnte und wollte. Sebastien war der Herr ihrer Träume, der Erfüller ihrer schmutzigsten und geheimsten Wünsche.

»Zieh mich aus«, wisperte er plötzlich an ihrem Ohr, wobei

er Alexandras Kopf an den Haaren zurückzog, sodass er leicht in ihrem Nacken lag. »Erforsche meinen Körper. Das willst du doch.«

»Ja«, gab sie zu, ihre Stimme kaum mehr als ein Hauch. Ihr Brustkorb bewegte sich schnell, das Blut schoss durch ihren Körper, und Alex konnte fühlen, wie geschwollen und nass ihre Schamlippen waren. Ihr Kitzler pochte heftig; der Drang, sich zu berühren, wurde unerträglich. Sie sehnte sich nach Erleichterung und freute sich, dass Sebastien endlich einen Schritt weiterging.

Er ließ ihr Haar los und stellte sich wieder vor sie. Tief durchatmend streckte Alex ihre Hände nach dem Bund seiner Hose aus, wobei sie Mühe hatte, ihr Zittern zu unterdrücken. Als ihre Finger die warme Haut an seinem Bauch berührten, seufzte sie und verharrte.

»Du kannst das«, machte er ihr Mut. »Weiter.«

Sie öffnete den Knopf und schaffte es mit Mühe, den nächsten aufzumachen, so sehr zitterten ihre Finger. Dann griff sie an den Bund und zog ihn herunter. Sebastiens Geschlecht sprang ihr förmlich entgegen, und Alex wäre fast zurückgewichen, doch sie war zu neugierig. Der flackernde Kerzenschein beleuchtete seinen langen Schaft und ließ ihn fast bedrohlich wirken. Der dicke Kopf glänzte in einem dunklen Rot, ein Tropfen schillerte auf dem Schlitz. Kräftige Adern zogen sich bis zu Sebastiens Körper, wo der Schaft in seinem schwarzen Schamhaar verschwand.

Sebastien half ihr beim Ausziehen seiner Reitstiefel, wobei Alex ebenfalls in die Hocke gehen musste. In dieser Stellung war sie seinem Geschlecht noch näher, sodass sie sein herbes Aroma riechen konnte. Moschusartig, männlich. Speichel sammelte sich in ihrem Mund. Wie würde dieser schillernde Tropfen auf seiner Penisspitze schmecken? Durfte sie es überhaupt wagen, von ihm zu kosten? Ihre Freundinnen hatten ihr erzählt, dass es einer Frau großes Vergnügen bereiten konnte, das beste Stück ihres Liebhabers in den Mund zu nehmen. Das konnte sich Alex gut vorstellen, denn allein der betörende Duft versetzte ihren ganzen Körper in Schwingungen.

Sie standen sich nackt gegenüber und betrachteten sich ausgiebig, ohne einander zu berühren. Sebastien war schlank und dennoch muskulös, mit breiten Schultern und schmalen Hüften. An ihm passte einfach alles! Sein Geschlecht ragte in den Raum, und erschreckend groß schien es plötzlich zu sein, wo sie Sebastien in seiner ganzen männlichen Pracht erblickte. Aber Alexandra hatte keine Vergleichsmöglichkeit. Ihr Mann Arthur hatte sie die seltenen Male nur im Dunkeln geliebt.

Sebastien jedoch war schön wie ein Gott, verführerisch, und dennoch hatte er etwas Dunkles an sich, was Alexandras Vagina sich zusammenziehen ließ. Sie wollte ihn endlich zwischen ihren Schenkeln spüren! Da eine Kerze nach der anderen erlosch, wurde es zunehmend düsterer in der Hütte. Aber die Dunkelheit wirkte auf Alex beschützend und ermutigte sie, den wunderschönen Körper des Fremden zu erforschen. Sie machte einen Schritt auf ihn zu, wagte es aber noch nicht, ihn zu berühren.

»Fass ihn an!«, forderte er heiser, wobei sein Penis zuckte und ein weiterer Tropfen an der Spitze erschien.

Ja, sie fühlte sich sicherer, wenn er es ihr befahl! Und so legte sie zögerlich ihre Finger um seinen Schaft.

Es war überwältigend! Warm pochte er in ihrer Hand. Die Haut war wunderbar weich, aber dünn, und schien sehr verletzlich zu sein, doch der harte Kern, der darunter lag, zeugte von gewaltiger Kraft.

Geduldig ließ Sebastien ihre Inspektionen über sich ergehen, obwohl Alexandra bemerkte, wie sehr er sich zurücknahm. Reichlich Flüssigkeit drang aus der kleinen Öffnung an der Spitze seines Geschlechts, und Alexandra wusste, was das bedeutete. Ihre Freundinnen hatten nicht mit intimen Details gegeizt. Mit dem Daumen streichelte sie über die herrlich glatte Eichel, um die glitschigen Spuren seiner Lust zu verteilen, doch plötzlich hielt er ihre Hand fest.

»Du treibst mich in den Wahnsinn«, hauchte er.

Ob Sebastien sich vorstellen konnte, wie stolz seine Worte sie machten? Sie, die unerfahrene Witwe, vermochte einen Mann bis aufs Äußerste zu erregen, obwohl sie ihn erst seit wenigen Sekunden berührte?

Seine Hand ruhte auf ihren Fingern, die um seine Erektion lagen, damit sie still hielt. Leicht drückte sie zu, was Sebastien ein Stöhnen entlockte. »Du spielst mit mir?« Er grinste verwegen. »Na warte, das gibt eine Revenge. Später.«

Hitze schoss in ihre Wangen, hastig senkte sie die Lider und betrachtete seine herrlich männliche Hand. Er hatte lange, schlanke Finger, wie die eines Pianisten. Da fiel ihr ein Siegelring auf, aber er hatte das Zeichen nach innen gedreht. Das Wappen würde seine Abstammung verraten, doch es war sinnlos, einen Blick zu erhaschen. Es war zu dunkel, um etwas zu erkennen. Und wollte sie wirklich wissen, welcher Mann sich hinter der Maske verbarg? *Du weißt es*, flüsterte eine Stimme in ihrem Kopf. *Nein!*, schrie sie dagegen. *Ich kenne ihn nicht!* Sie wollte ihre Illusion nicht zerstören. Es war zu schön, was sie gerade erlebte. Heute Nacht gehörte dieser herrliche Mann nur ihr – was später kam, zählte vorerst nicht.

Sie ließ ihn los, weil er sie in Richtung Bett drängte. Rücklings fiel sie darauf, seine Hand ruhte zwischen ihren Schulterblättern, um sie zu stützen. Ihre nackten Körper drängten sich aneinander, und Alex liebte sein Gewicht auf ihr. Hart und heiß presste sich sein Penis an ihren Oberschenkel. Vermied er es absichtlich, ihre Mitte zu berühren? Oh, er war so grausam! Aber ein wunderbarer Lehrmeister der Lust. Er spielte gekonnt mit ihren Sehnsüchten, um auf diese Weise ein immer größeres Feuer in ihr zu entfachen.

Sebastiens Lippen lagen vor den ihren, daher spürte sie seinen stoßweise gehenden Atem an ihrem Mund. Würde er sie küssen? Sie wünschte es sich so sehr, doch stattdessen strich er mit einem Finger über ihre Lippen. Sie benetzte ihn mutig mit der Zunge, und als Sebastien den Finger in ihren Mund schob und sie daran saugte, stöhnte er kehlig.

»Später werde ich dir etwas Größeres geben«, flüsterte er, während sie ihn hingebungsvoll leckte.

Sie wusste, was er meinte, woraufhin sich ihr Gesicht erneut erhitzte. Auch diesen Wunsch würde er ihr erfüllen.

Als er den Finger zurückzog, fühlte sie sich irgendwie leer. Aber Sebastien gab ihr mehr. Mehr, als sie sich jemals erträumt hatte, denn er senkte seinen Mund und küsste sie.

Alexandras Umgebung verschwamm in einer sich drehenden Spirale. Sein Kuss war gewaltig. Er küsste sie mit Nachdruck, als wäre er am Verhungern und sie seine Nahrung. Seine Zunge drang in ihren Mund und erforschte jeden Winkel, wobei sich Alex in keinster Weise gegen sein Eindringen wehrte. Ja, vor Überraschung ließ sie ihn gewähren, ohne seinen Kuss zu erwidern. Doch dann, nachdem sie wieder klarer denken konnte, hob sie die Arme, steckte ihre Finger in sein dichtes Haar und küsste ihn mit ebenso viel Leidenschaft zurück.

Sebastiens Küsse schmeckten wie süßer Wein, der ihr zu Kopf stieg und ihr Blut erhitzte. Obwohl seine Lippen schmal waren, schienen sie doch weich wie Seide. Sebastien drang tief mit der Zunge in sie ein, in ihren Körper, in ihr Herz, während er an ihren Brüsten spielte, sie wild knetete und drückte. Jede seiner Berührung hinterließ ein Feuerwerk auf ihrer Haut, und all das führte nur dazu, dass ihre Vagina sich noch schmerzvoller nach ihm verzehrte. Aber er rieb seine Erektion nur an ihrem Oberschenkel, dieser Schuft!

Doch er schien zu merken, dass sie mehr brauchte, und berührte sie mit mehr Nachdruck.

»Du hast nicht viel Erfahrung, stimmt's?«, fragte er flüsternd zwischen ihren Küssen.

Alexandra nickte und streichelte seinen Rücken, dann seinen Nacken, wo er leicht schwitzte.

»Tu einfach, was ich dir sage.«

Sein Befehl erregte sie.

»Ich weiß, was du brauchst.«

Sie erstarrte und wisperte, ganz außer Atem von seinen wilden Küssen: »Was brauche ich?«

Sebastiens Mundwinkel hoben sich zu einem teuflischen Grinsen, sodass es ihr ganz schwindlig wurde. »Einen Mann, der dir sagt, was du zu tun hast.«

»Ganz sicher nicht«, erwiderte sie schwach, doch eine Kontraktion an ihrer empfindsamsten Stelle strafte ihre Aussage Lügen.

»Nur im Bett, meine Liebe.«

Abrupt sog sie die Luft ein. Woher konnte er das wissen? Niemandem hatte sie von ihren Träumen und Sehnsüchten erzählt!

Als ob er ihre Gedanken erraten hätte, sagte er: »Ich sehe es daran, wie dein Körper auf meine Befehle reagiert. Sie machen dich feucht.« Urplötzlich presste sich seine Hand zwischen ihre

Beine, und Alexandra keuchte auf. Ihr Geschlecht pulsierte gegen seine Finger, in freudiger Erwartung auf mehr, doch er rieb es nicht, verharrte bloß.

»Spreiz deine Beine«, befahl er, worauf ihr noch mehr Blut in die Schamlippen schoss, aber auch in die Wangen.

»Ich ... kann nicht«, stammelte sie.

»Du kannst.« Er zog seine Hand weg. Zurück blieb ein unerfülltes Verlangen, das Alexandra von innen verbrannte.

Ihre Schenkel bebten; Sebastien spielte mit ihr. Wenn sie ihm gehorchte, würde er sie belohnen.

Tief durchatmend versuchte sie sich zu entspannen und schloss die Augen. Mutig öffnete sie ihre Schenkel ein Stück.

»Weiter«, hörte sie seine heisere Stimme. Daran bemerkte sie, wie erregt er war und dass er sich extrem zurückhielt. Sein Penis an ihrer Hüfte war ebenfalls nass. Nass von seiner Lust.

»Wieso tust du dir das an?«, fragte sie leise. »Du könntest alles haben.«

»Ja, das könnte ich. Ich könnte dich nehmen, jetzt sofort. Aber es würde nur halb so viel Spaß machen. Für dich und für mich.« Er beugte sich nah zu ihr herunter, sodass seine Lippen ihr Ohr berührten, und flüsterte: »Es erregt mich, dich flehen zu hören. Es erregt mich, dich zu unterwerfen, und es erregt mich, weil ich weiß, dass es dich erregt. Ich weiß, dass du es hart brauchst.« Seine Zunge flatterte über ihre Ohrmuschel und entlockte Alexandra einen leisen Schrei. »Und jetzt spreiz deine Beine. So weit du kannst.«

Sie gehorchte. Dieser Mann erfüllte ihre Sehnsüchte auf eine Art und Weise, wie sie es sich nie erträumt hätte. Er war perfekt.

»Du bist so schön!«, sagte er, als er sich zwischen ihre Schenkel kniete. »Hast du dir deine kleine Muschi schon mal angesehen, wenn sie erregt ist und vor Geilheit trieft?«

Bei diesen unanständigen Worten pulsierte ihre Scheide im wilden Takt ihres Herzens.

»Hast du, meine Lady?«

»Nein«, hauchte sie.

»Dann tu es, sieh sie dir an!«

»Mylord, ich weiß nicht ... Aah!« Hitze schoss wie glühende Lava in ihren Schoß, als seine Zunge ihr Juwel berührte. Endlich. Endlich tat er das, wonach sie sich sehnte. Und er leckte sie hart, sodass Alexandra laut stöhnte und sich jeder Muskel anspannte. Mit den Fingern zog er ihre Schamlippen zur Seite, damit ihr Kitzler hilflos seinen Zungenschlägen ausgesetzt war, die sie beinahe über den Rand trieben.

Seltsamerweise kam ihr für einen Moment in den Sinn, wie es wäre, sich hier mit Marcus heimlich zu treffen, wie es sich anfühlen würde, ihn zwischen ihren Schenkeln zu fühlen ... Marcus, ihren Schwager, den sie insgeheim, als ihre Schwester noch gelebt hatte, bewunderte und schätzte, nicht nur als ein Mitglied der Familie, sondern als Freund ... und vielleicht noch mehr.

Ihre Gedanken verpufften jedoch, als er sich viel zu früh zurückzog. Sie war kurz vor einem Höhepunkt gewesen.

»Schau dich an, sieh zu, was ich mache!«, raunte er.

Sie wusste, er würde so lange warten, bis sie seiner Forderung nachkam. Also stützte sie sich auf die Ellbogen und blickte zwischen ihre gespreizten Schenkel. Dort kniete ihr Liebhaber, die Lippen feucht von ihrem Saft, und sah sie an. Seine Augen, die hinter der Maske wie zwei Onyxe glommen, taxierten sie erwartungsvoll. Dabei hielt er immer noch ihre Schamlippen auseinander. »Sieh hin.«

Seine Zunge schnellte heraus und glitt einmal über ihre Perle.

»Ja!« Alex warf den Kopf in den Nacken, schaute aber sofort

wieder auf ihr hochrotes Geschlecht, weil Sebastien wieder nichts anderes tat, als es auseinanderzuhalten. Ihre Schamlippen waren nass, ihr blonder Haarflaum ebenfalls. Dazwischen leuchtete knallrot und geschwollen das Köpfchen ihres Kitzlers, der Mittelpunkt all ihrer Lust.

»Sieh nur, wie wunderschön du bist«, sagte er und leckte einmal darüber.

Alex wimmerte. »Bitte!«

»Du willst mehr?«

Sie nickte so heftig, dass ihre Haare nach vorn flogen.

»Gut, du wirst deine Belohnung bekommen, wenn du dasselbe für mich tust.«

Mehr Saft floss aus ihr heraus, ihre Vagina schrie nach Erlösung.

»Wirst du das machen?«

»Ja, ich will.« Und wie sie wollte! Sie konnte es kaum erwarten, von ihm zu kosten.

Sebastien krabbelte über sie und stützte Beine und Arme neben ihrem Körper auf die Matratze, bis sich sein hocherregtes Geschlecht vor ihrem Gesicht befand. Sie sah seinen Bauch, der sich hektisch bewegte, und konnte nur fasziniert auf seine Eichel starren, die Sebastien immer wieder an ihren Mund tippte. Alex leckte sich über die Lippen und schmeckte seine salzigen Tropfen. Sie wollte mehr davon, also hob sie den Kopf, aber da kam er ihr schon entgegen und versenkte sich knurrend in ihr. Nicht tief, nur seine Spitze.

Alexandra war überwältigt, wie glatt und zart sich die Haut seiner Eichel anfühlte. Sie leckte erst zögerlich, dann schneller darüber, und befühlte den wulstigen Rand. Ihre Vagina pulsierte unaufhörlich – vielleicht würde sie ja Erlösung finden, wenn sie an Sebastiens hartem Glied saugte? Also stieß sie ihre

Zunge in den Schlitz, aus dem unaufhaltsam Tröpfchen liefen.

»Du bist fantastisch«, stöhnte er. Dabei drang er tiefer in sie und schob mit der Hand die Haut auf seinem Schaft vor und zurück. Sebastien verschaffte sich selbst Lust, indem er sich an ihrem Mund bediente. Das alles stachelte Alexandras eigenes Verlangen an und sie überkreuzte die Beine, um den Druck auf ihre Klitoris zu erhöhen. Aber Sebastien stoppte sie mit einem harschen Befehl, dass sie ihre Schenkel gefälligst gespreizt lassen solle. Sie folgte ihm, was aber nur dazu führte, selbst fast wahnsinnig zu werden.

»Du wirst schlucken, hörst du!«, stieß er halb knurrend hervor, während er sich härter rieb. Immer mehr salzige Nässe floss aus seinem Geschlecht, bis sich plötzlich sein Samen dick in ihren Mund entlud. Reflexartig schluckte sie, überrascht über den bitteren Geschmack. Es war Sebastien, von dem sie kostete. Ihr Sebastien ... Also schluckte sie alles, was er ihr gab, und leckte anschließend seine Eichel sauber.

»Braves Mädchen«, lobte er sie, gab ihr einen Kuss auf die Stirn und stand auf.

Was ... Was war mir ihr? Sie wollte sich aufsetzen, doch er befahl ihr, liegenzubleiben. Wie ein Tiger marschierte er durch die Stube, wobei sein schlaffes Geschlecht zwischen seinen Beinen baumelte. Sebastien sah einfach unwiderstehlich aus, wie ein Gott. So groß, schlank und stark. Männlich.

»Ich bin noch nicht fertig mit dir!« Er schenkte ihr wieder einen dieser dunklen Blicke und rückte die Maske zurecht. Er schwitzte darunter bestimmt genauso wie sie, aber ihren Schutz wollte sie nicht aufgeben, ebenso wenig wie sie wollte, dass er sein Gesicht zeigte. Jetzt wusste Alexandra auch, was er tat: Er sammelte sich für den nächsten Akt, denn sein Penis schwoll bereits wieder an.

Aber sie konnte unmöglich so lange warten, bis er wieder bereit war. In der Zwischenzeit konnte er sie doch mit der Zunge verwöhnen?

»Sebastien ...«, wisperte sie, weil sie es kaum noch aushielt vor Lust. Ihre Hand wanderte zwischen ihre Schenkel, aber noch bevor sie sich berührte, war er bei ihr und drückte ihre Arme über dem Kopf zusammen.

»So wirst du liegen bleiben, bis ich wieder bereit bin für dich.« Dann packte er ihre Schenkel, um sie weit zu öffnen. »So und nicht anders will ich dich haben.«

»Kannst du mich nicht einmal berühren?«, flehte sie ihn an, ohne sich zu bewegen. Ihre Vagina kribbelte und pochte. Sie war nass und geschwollen wie nie. »Bitte.«

Sein Lächeln brachte ihr Herz zum Hüpfen. »So?«, fragte er und legte eine Hand auf ihren Bauch.

»Tiefer, Sebastien.«

Er bewegte die Hand nicht.

»Bitte!«

Sein Lächeln wurde breiter, seine Finger rutschten tiefer, blieben jedoch auf ihrem Venushügel liegen, wo sie an dem Haarflaum zupften.

Alexandra drückte ihm ihre Hüften entgegen, aber Sebastien presste seine andere Hand auf ihren Bauch, damit sie unten blieb.

»Noch tiefer, bitte, Sebastien!«

»Sag mir genau, wo du mich haben willst«, forderte er.

Sie konnte nur wispern: »Zwischen meinen Beinen.«

»Nenn es beim Namen, aber ...« Er machte eine bedeutungsvolle Pause. »Ich möchte ein unanständiges Wort hören.«

Kurz schloss sie die Augen und drehte den Kopf zur Seite. »Das kann ich nicht.«

»Bei mir brauchst du kein anständiges Mädchen sein. Ich möchte dich schmutzig und verdorben.« Sanft drückte er ihren Venushügel, was ihre Lust steigerte, sie aber nicht kommen ließ. »Los, sag es!«

»Ich möchte deine Hand an meiner ... Muschi«, brachte sie kaum hörbar hervor, aber seine Finger zuckten nicht einmal.

»Du kennst doch noch bestimmt ein schmutzigeres Wort?«

Natürlich kannte sie es, aber sie traute sich nicht; schon jetzt war ihr die Situation zu peinlich. Wie sie wie ein X auf den Laken lag und einen Mann anflehte, sie zu befriedigen

Sebastien zog seine Hand weg.

»Möse!«, stieß sie hervor und wurde prompt mit seinen Fingern belohnt. Sebastien schob zwei davon in sie und stieß sie fest. Ihren Kitzler berührte er jedoch nicht. Es schmatzte, und noch mehr Saft lief aus ihr heraus. Ihre Augen wurden groß, als er seine Finger in seinen Mund schob und genüsslich daran lutschte. »Du schmeckst fantastisch!«

Und schon kniete er zwischen ihren Schenkeln und leckte den Saft von den Innenseiten. Er drückte die Zunge in ihren Eingang, flatterte über ihre Schamlippen, aber niemals gab er ihr mehr.

»Sebastien, bitte, berühre mich!« Alexandra liefen Tränen über die Wangen, weil diese herrliche Qual sie bis an die Grenzen brachte. Sie hätte sich selbst befriedigen können, ihren Kitzler reiben bis zur Erlösung, aber das wäre nur halb so schön und Sebastien würde sie nicht mehr anfassen.

»Ja, mein Engel«, flüsterte er. »Ich muss in dir sein.«

Überrascht sah sie ihn an und erblickte, als er über sie kam, sein Geschlecht, das ihr entgegenragte, hochrot und wieder in seiner ganzen männlichen Pracht. Sebastien rieb seine Erektion in ihrer nassen Spalte und Alexandra drückte sich ihm entgegen.

»Ja!«, sagte sie, und erst als sie ihm die Bestätigung gegeben hatte und ihm ihre Hüften weiterhin entgegenhob, drang er in sie ein. Er kam gleich ganz tief – und ihr stockte der Atem. Sein Schaft dehnte sie, füllte sie voll aus.

Schwer atmend verharrte auch er, wobei er ihre Wangen umfasste. »Habe ich dir wehgetan?«

Sie schüttelte den Kopf und flüsterte: »Weiter«, bevor sie sich wieder bewegte.

Sebastien keuchte hemmungslos gegen ihr Ohr, dabei leckte er ihren Hals. »So eng ...« Er küsste ihr Kinn und den Bogen ihres Kiefers, der nicht von der Maske verdeckt wurde, und presste anschließend seine Lippen auf ihren Mund. Seine Zunge drang ebenso forsch ein wie sein Geschlecht, was Alexandra schwindelig machte. Der Lusttaumel trieb sie höher und höher wie ein Blatt im Wind, und sie legte die Beine um die seinen, erleichtert, dass er es auch zuließ, dass sie ihn überall berührte.

Seine Hand wanderte zwischen ihre Körper, um sie endlich dort zu stimulieren, wo sie es schon den ganzen Abend haben wollte: Endlich rieb er über ihren Kitzler und drang dabei unentwegt in sie ein. Rein und raus.

Sebastien zwirbelte, drückte und rieb ihre Perle, bis Alexandra von einer gigantischen Lustwelle überrollt wurde. Ihr Inneres schloss sich fest um Sebastiens Härte, als wollte sie ihn nie wieder loslassen, aber als ihr Orgasmus vorüber war, zog er sich aus ihr zurück. Sie blinzelte an sich herunter und sah, wie er noch zwei Mal sein Geschlecht in seine Faust trieb, bevor er sich in die Laken verströmte, laut stöhnend und mit vor Ekstase verzerrtem Gesicht. Dann streckte er sich schwer atmend neben ihr aus. Zu gern hätte sie gespürt, wenn er in ihr kam, aber Sebastien war nun einmal ein Gentleman, der nichts riskierte.

Gähnend drehte sie sich zu ihm und schloss die Augen. Das war fantastisch gewesen – ihr Geschlecht pulsierte immer noch.

Hatte es sich Alexandra eingebildet, dass Sebastien bei seinem Höhepunkt ihren richtigen Namen gestöhnt hatte? *Alexandra …*

Nein, sie musste sich verhört haben, dachte sie schläfrig und kuschelte sich selig an seine Brust. Sie spürte nur noch, wie er sie beide zudeckte, dann schlief sie erschöpft, aber überglücklich und herrlich befriedigt, in seinen Armen ein.

***

Lautes Vogelgezwitscher weckte Alexandra in der Morgendämmerung. Sie blinzelte, konnte aber nicht viel erkennen, weil ihre Maske verrutscht war. Sofort war sie hellwach und setzte sich auf. Sie erinnerte sich an alles: an Sebastien, den wunderbaren Liebesakt …

Hektisch rückte sie das Leder zurück an seinen Platz, das zum Glück noch ihr Gesicht bedeckt hatte, und blickte neben sich auf die Matratze. Die andere Seite des Bettes war leer, aber noch warm. Jedoch vernahm sie plätschernde Geräusche hinter dem Paravent, und ihr Herz schlug schneller. Sebastien, er war noch hier! Aber er musste gehen, natürlich.

Alexandra streckte sich, wobei ihr erst jetzt bewusst wurde, dass sie nackt war. Der Geruch ihres Liebhabers und der Duft ihrer Leidenschaft lagen auf ihr, im Bett, im ganzen Raum. Und sie fühlte sich klebrig zwischen den Beinen an. Sie sollte sich ebenfalls waschen und Sebastien bezahlen. Vielleicht konnte sie gleich wieder ein Treffen mit ihm vereinbaren?

Alex spürte Eifersucht in sich aufsteigen, weil Sebastien sie nun verlassen und bestimmt bald in den Armen einer anderen Frau liegen würde. Was sie mit ihm erlebt hatte, war unvergleichlich gewesen, und sie wollte es nie mehr missen. Aber er gehörte ihr nicht. Dieser Wunsch war unerfüllbar.

Sie stand auf und wickelte sich das Laken unterhalb der Achseln um ihren Körper. Das Geld lag gut versteckt unter der Matratze, aber jetzt hatte sie keine Bedenken mehr, er könne sie ausrauben. Sebastien hatte mehrmals bewiesen, was für ein Mann er war.

Leise ging sie durch den Raum, vorbei an den Gläsern, die immer noch auf dem Boden standen. Morgennebel lag vor dem Fenster; die Sonnenstrahlen hatten ihren Weg hindurch noch nicht gefunden. Es musste noch sehr früh sein, daher war es düster in der Hütte.

Als sie um den Paravent lugte, sah sie Sebastiens große nackte Gestalt von hinten. Er beugte sich gerade über die Waschschüssel, um sein Gesicht zu erfrischen. Wie gut er aussah! Mit seinem herrlich festen Gesäß und den Grübchen über den Pobacken, den langen, schlanken Beinen, dem breiten Rücken ...

Alexandra unterdrückte einen Seufzer. Sie hätte ihm endlos beim Waschen zuschauen können, aber da bemerkte sie seine Maske, die auf dem Tisch lag. Alexandra hielt die Luft an. Wenn er sich jetzt umdrehte!

Nein, sie wollte nicht sehen, wer er war!

Hastig machte sie einen Schritt zurück und stieß dabei ein Glas um.

Sebastien wirbelte so schnell herum, dass sie keine Zeit mehr hatte, ganz hinter den Paravent zu treten.

Nein, nein, nein ... Sie hatte sein Gesicht erblickt!

Alexandra erschrak zutiefst. »Marcus!« Der attraktive, splitternackte Mann war ihr Schwager!

Nein, das konnte nicht sein! »Marcus!«, wiederholte sie noch einmal.

Er wirkte wie erstarrt, wisperte nur: »Alex ...«

Er war der maskierte Lord? Marcus, ihr Schwager?

Zornig riss sie sich ihre Maske herunter. Ihr war egal, dass er nun ihr Geheimnis kannte oder hatte er etwa ... Moment, wie hatte er sie eben genannt? »Du hast die ganze Zeit gewusst, wer ich bin?!«

Marcus ging an ihr vorbei und hob seine Hose vom Boden auf. Hastig schlüpfte er hinein. »Jetzt tu nicht so überrascht, Alex. Du musst mich doch erkannt haben?« Sein Gesichtsausdruck schwankte zwischen Lächeln und Ungläubigkeit, während er in seine Reitstiefel stieg.

Eine plötzliche Wut kam in ihr hoch. Wie lange trieb er schon dieses Spiel? Hatte er bereits andere Frauen besucht, als Isabell noch gelebt hatte? Aber dann fiel es ihr wie Schuppen von den Augen ... Er war nicht der echte Maskierte. »Du hast mich belauscht! Du wusstest, dass ich mich mit dem Maskierten treffen wollte und hast das schamlos ausgenutzt!« Sie erinnerte sich daran, wie er beim Whist-Turnier hinter der Absperrung hervorgetreten war.

Beschwichtigend hob er seine Hände und kam ihr entgegen. »Alexandra, lass dir erklären ...«

»Gott, Marcus, du bist mein Schwager! Wie konntest du nur?«, unterbrach sie ihn und wich vor ihm zurück. Alex kam sich vor, als hätte sie ihre Schwester Isabell betrogen!

Jetzt wurde ihr auch so vieles klar. Sebastien ... Das war sein zweiter Vorname! Wie hatte sie nur so blind sein können? Hatte Marcus etwa gewollt, dass er aufflog? Immer wieder hatte er ihr kleine Hinweise gegeben, zudem hatte er überhaupt nicht Elizabeths Beschreibung entsprochen.

Du hast es doch gewusst, von da an, als du ihn gerochen hast, flüsterte ihr Bewusstsein. Wollte sie es nur nicht wahrhaben, da ein Traum sicherer war als die Realität? Weil sie in einem Traum alles tun durfte, sogar ihren Schwager lieben? War sie daher nun so wütend, weil sie gewollt hatte, dass es zwischen ihnen so weiterging, sie sich weiterhin anonym trafen?

Alexandra glaubte zu ersticken. Die ganze Situation war ein einziger Albtraum! »Ich hatte also recht, du hast mich und meine Freundinnen beim Kartenspiel belauscht!«

»Was?« Marcus runzelte die Stirn. »Nein, ich ...«

»Verschwinde!«, schrie sie und warf ihm seinen Mantel zu, der über dem Stuhl gehangen hatte.

Geschickt fing Marcus ihn auf. »Lass mich doch mal aussprechen!«

»Ich will deine Lügen nicht hören!« Sie fühlte sich von ihm hintergangen, war zutiefst verletzt. »Und ich will dich nie wieder sehen, du mieser Betrüger!«

Jetzt glich sein Gesicht einer starren Maske: kühl und hart, so wie immer, seit Isabells Tod. Es schadete nicht, diesen arroganten Mann, der sie wahrscheinlich mit Genuss dominiert hatte, von seinem hohen Ross herunterzuholen. Kein Wunder, dass er sie derart herumkommandiert hatte, hatte er doch endlich das bekommen, was er wollte.

Ein unvorstellbar großer Schmerz durchfuhr sie. »Geh endlich«, flüsterte sie, doch da war er bereits zur Tür herausgestürmt, ohne sich noch einmal nach ihr umzudrehen.

***

»Und, meine Liebe, wie war der maskierte Lord?«, fragte Elizabeth süffisant.

Alexandra saß in Janes privatem Salon und starrte ins Kaminfeuer, ohne etwas zu erwidern, wobei Elizabeth, Jane und Charlotte sie erwartungsvoll anblickten.

»Alex, Liebes, er hat dir doch nicht wehgetan? Das könnte

ich mir niemals verzeihen.« Jane streckte die Hand aus, um Alexandra die Wange zu streicheln. »Du siehst so blass aus, was ist denn geschehen?«

Alexandra tätschelte ihrer Freundin die Hand. Niemandem würde sie erzählen, wer der maskierte Lord war, oder besser gesagt: wer sich für ihn ausgegeben hatte. Diese Schmach wollte sie Marcus und vor allem sich selbst ersparen.

Himmel, warum vibrierte nur ihr ganzer Körper, wenn sie an die Nacht mit ihm dachte?

»Du brauchst dir keine Vorwürfe machen, Jane«, sagte Alexandra. »Vielen Dank trotzdem, dass ich die Jagdhütte benutzen durfte.«

Jetzt meldete sich auch Charlotte zu Wort: »Es ist etwas passiert, bitte rede mit uns! Mein altes Herz könnte es nicht ertragen, wenn dir durch unsere Schuld ein Leid zugefügt wurde.«

Alex blickte ihre Freundinnen erstaunt an. »Was habt ihr denn alle? Er hat mir nicht wehgetan, im Gegenteil, es war eine wunderbare Erfahrung, aber es ist etwas geschehen, worüber ich nicht sprechen möchte.«

Allgemeines Aufatmen machte die Runde.

»Es war allein meine Entscheidung, den Maskierten zu treffen, ihr könnt euch wieder entspannen.«

»So ganz stimmt das nicht, Liebes«, begann Elizabeth zögerlich und stellte ihre Teetasse auf den Tisch. Dann faltete sie ihre Hände im Schoß. »Der Mann, der zu dir kam, war nicht der echte maskierte Lord.«

Alexandras Kopf fuhr zu Elizabeth herum, ihr Herz raste und ihr Misstrauen war geweckt. »Wie meinst du das?«

»Weißt du denn, wer der Mann mit der Maske war?«

Nickend schenkte sie den Frauen einen düsteren Blick. »Das

macht es ja so furchtbar und hat meine Meinung über ihn noch einmal unterstrichen.« Ihre Freundinnen hatten doch nicht etwa …

»Gehe mit Lord Winter nicht zu hart ins Gericht«, sagte Elizabeth leise.

Alexandra hielt die Luft an. »Was …« Aber dann fügte sich das Puzzle endgültig zusammen. »Ihr alten Kupplerinnen, ihr habt Marcus erzählt, dass ich mich mit dem Maskierten treffen wollte!«

Charlotte räusperte sich. »Äm … nun ja, also … Sieh mal, Lord Winter hat doch viel ehrbarere Absichten als dieser Unbekannte …«

»Mir ist er nicht unbekannt, Liebes«, unterbrach Elizabeth sie.

Die Brauen hebend schaute Charlotte zu Elizabeth. »Kann es sein, dass du den echten Maskierten nicht mit Alexandra teilen wolltest?«

Elizabeths Wangen röteten sich, dann wandte sie sich an Alexandra: »Es tut mir so leid, Liebes. Ich habe Marcus dazu gedrängt und ihm alles erzählt. Ich hatte so gehofft, ihr würdet glücklich miteinander werden. Er ist ein so lieber Mann.«

»Wir hatten Angst um dich, meine Liebe, und hatten gehofft, zwei Fliegen mit einer Klappe schlagen zu können«, sagte Jane.

»Aber … dann habe ich Marcus zu Unrecht beschimpft!« Alexandra sprang auf. »Ich muss sofort zu ihm!«

Sie musste sich bei ihm entschuldigen. Wenigstens dafür. Nicht für alles andere …

Vielleicht war sie all die Jahre ihm gegenüber nur so ablehnend gewesen, weil sie wusste, dass sie ihn, obwohl er »frei« war, niemals haben konnte? Auch wenn sie nicht blutsverwandt waren, sondern nur verschwägert, verbot die Kirche ihr Zusammensein. Er war der Mann ihrer verstorbenen Schwester, ihr Schwager. Sie hatte ihn schon immer heimlich begehrt, ja, jetzt erst wurde ihr das klar. Deshalb hatte sie sich die Schuld an Isabells Tod gegeben.

Doch jetzt, wo sie seine Leidenschaft gespürt und ihn geliebt hatte, wusste sie nicht, wie sie je wieder darauf verzichten sollte ...

***

Marcus saß im Arbeitszimmer seines Londoner Stadthauses und ging ein paar Rechnungen durch, doch er konnte sich kaum auf die Zahlen konzentrieren, da seine Gedanken immer zu jener Nacht vor zwei Tagen abschweiften, als er Alexandra geliebt hatte. Zum ersten Mal seit Jahren war er wieder lebendig gewesen, ein Mann. Er bekam nicht aus dem Kopf, wie gut sich Alexandra unter ihm angefühlt hatte. Aber da war nicht nur das rein sexuelle Begehren – nein, in ihren Armen hatte er Geborgenheit gefunden. Doch er musste irgendwie damit zurechtkommen, dass sie ihn nicht wollte, ja sogar verachtete. Von dem Gesetz, das zwischen ihnen stand, ganz zu schweigen.

»Wie konnte ich mich nur überreden lassen, etwas derart Törichtes zu tun?«, murmelte er, faltete ein Blatt und steckte es in ein Kuvert. Sein Penis zuckte jedoch, als er an Alexandras absolute Hingabe dachte. Er wüsste nicht, ob er sich beherrschen könnte, wenn sie sich wieder einmal über den Weg liefen. Er würde wie ein wildes Tier über sie herfallen. Deswegen regelte er seine Geschäfte, damit er bald die Welt bereisen konnte, um vielleicht dadurch Vergessen zu finden. Er würde es nicht verkraften, wenn er ihr begegnete.

Als es an der Tür klopfte, sah er auf. »Ja bitte?«

Sein treuer Butler Gerald steckte den Kopf ins Zimmer. »Besuch für Euch, Mylord. Mrs Alexandra Kenneth.«

Marcus sprang von seinem Tisch auf, wobei er sich das

Knie an der Platte stieß. Sein Herz raste. Was wollte sie hier, wo sie ihm klargemacht hatte, wie sie über ihn dachte? Eine weitere Predigt halten?

»Wo ist sie?«

»Die Dame wartet im Salon auf Euch, Mylord.« Gerald verbeugte sich und ließ Marcus allein.

Ihm wurde leicht schwindlig, sodass er sich auf dem Tisch abstützte. Alex ... Sie war hier!

Als ihn die Witwen in ihr Geheimnis eingeweiht hatten, wollte Marcus nicht, dass sich seine Schwägerin einem Wildfremden hingab, der weiß Gott was mit ihr angestellt hätte, nur daher hatte er ihren Brief aus dem antiken Gefäß geholt. Er musste ihr klarmachen, dass er sich nur um ihr Wohl gesorgt hatte. Marcus kannte den Ruf des Maskierten. Niemals hätte er zugelassen, dass sich Alexandra mit ihm vergnügte.

Mit zitternden Knien eilte Marcus die Treppen nach unten. Bevor er in den Salon trat, straffte er sich und atmete tief durch. Er hatte nicht vergessen, wie sie auseinandergegangen waren, daher machte er sich auf das Schlimmste gefasst.

Als er eintrat, sah er Alex mit gefalteten Händen vor dem mannshohen Kamin stehen. Sie trug ein burgunderfarbenes Kleid, das ihre weiblichen Formen optimal betonte und wunderbar zu ihrem blonden Haar passte. Alexandra war viel größer als ihre Schwester Isabell und so ganz anders von ihrer Art, der Ausstrahlung ... aber ebenso hübsch. Dennoch hatte er nur seine Frau begehrt. Alex war immer eine sehr gute Freundin gewesen, doch er hatte sie von Beginn an gemocht. Sie war eine sympathische, gebildete Frau, mit der er sich immer herrlich unterhalten hatte. Daher hatte es ihn schwer getroffen, dass sie sich nach Isabells Tod von ihm abgewandt hatte. Er hatte sich nach ihr gesehnt ... und im Laufe der Zeit in sie verliebt.

Wie genau das passiert war, wusste er nicht.

Als er die Tür schloss, drehte sie sich zu ihm, doch sie sah ihn nur flüchtig an, ihre Wangen brannten.

Marcus blieb lieber stehen, wo er war, und begrüßte sie mit einem Nicken. »Alexandra?«

»Marcus ... Es tut mir leid, dass ich dich verdächtigt hatte, mich und meine Freundinnen belauscht zu haben. Ich hätte mir denken müssen, dass sie dahinterstecken, sie wollten mich schon lange mit dir verkuppeln«, sprudelte es aus ihr heraus, während sie auf ihn zueilte, Tränen in den Augen.

Unendliche Erleichterung durchströmte ihn, und er schloss sie vorsichtig in seine Arme. »Du hattest alles Recht der Welt, auf mich wütend zu sein, Alex. Ich habe dich hintergangen, dir etwas vorgespielt.« Seufzend streichelte er über ihren Rücken. »Es war egoistisch von mir, aber ich wollte dich so sehr, obwohl ich wusste ...«

Als Alexandra den Kopf hob, ließ er sie los. »Marcus, ich ...« Sie sprach nicht weiter, schaute ihn nur mit ihren großen Augen an.

»Ich weiß, dass du mich verachtest, Alex.« Er machte einen Schritt zurück, denn ihre Nähe brachte ihn beinahe um.

Alexandra öffnete den Mund, aber Marcus fuhr schnell fort: »Nein ... Leugne es nicht, ich habe es an deinen Blicken gesehen.«

Sie trat auf ihn zu, um ihm eine Hand auf die Brust zu legen. Sein Herz ratterte unaufhaltsam dagegen.

»Wieder eine Sache, bei der ich Unrecht hatte.« Alexandra blickte auf ihre Schuhspitzen, die unter ihrem Kleid hervorlugten. »Ich habe dir die Schuld an Isabells Tod gegeben, obwohl du wirklich nichts dafür konntest.«

Ein tiefer Schluchzer schüttelte sie und Marcus reichte ihr sein Taschentuch, mit dem sie sich die Lider abtupfte.

»Es ist nur ... Ich vermisse sie, Marcus.«

Schnell schloss er sie wieder in die Arme. »Ich vermisse sie auch.« *Und ich vermisse dich ...* »Ich hatte immer gehofft, du würdest mich weiterhin besuchen kommen.« Er hätte so gern mit ihr über Isabell und seine Gefühle geredet. Sie hätten sich gegenseitig Trost spenden können. »Ich habe unsere Gespräche vermisst. Ich hätte mir so sehr gewünscht, dass du einmal vorbeigekommen wärst. Wir hatten doch früher so ein gutes Verhältnis zueinander.«

»Es war rein freundschaftlich. Hier hätte mich zudem alles an sie erinnert«, flüsterte sie an seine Brust. Sie zitterte, und er bemerkte, dass sich Alex zu ihm hingezogen fühlte. Ihre Hand lag an seiner Hüfte, die sie leicht streichelte. Sie war ihm so nahe, mit Körper und Geist.

Marcus glaubte, dass das schlechte Gewissen ihrer Schwester gegenüber wohl nicht der einzige Grund für ihr ablehnendes Verhalten war. Hatte sie etwa Angst gehabt, sich in ihn zu verlieben, weil eine Liebe zwischen ihnen verboten wäre? Er selbst kämpfte mit diesen Regeln. Wie sollte es weitergehen?

»Mittlerweile haben sich meine Gefühle für dich geändert, Alex, und du kannst nicht leugnen, dass es bei dir nicht anders ist.« Tief atmete er ein. »Und jetzt?«, fragte er leise, seine Nase in ihrem weichen Haar vergraben, das nach Veilchen duftete.

»Jetzt erinnere ich mich an die schönen Zeiten, an den Spaß, den wir hatten. Der Schmerz ist weg.«

Marcus zog sie fester an sich. Oh Gott, er wollte sie nie wieder loslassen! »Siehst du, wir müssen nach vorn blicken.«

Ihre Arme schlossen sich um seine Hüften, und er fühlte, wie sie ihre Nase an seinem Hals rieb, um daran zu riechen. »Es tut mir leid, Marcus, dass ich dich im Stich ließ, als du mich am meisten brauchtest.«

»Jetzt bist du ja da«, nuschelte er und verfluchte sich, weil er schon wieder hart wurde. Sein Schwanz drückte sich unnachgiebig gegen seine Hose. Verdammte Breeches, sie wurden plötzlich ziemlich eng! »Wir brauchen uns, Alex. Mehr denn je.« Ihr geschmeidiger Körper fühlte sich in seinen Armen einfach perfekt an.

»Es kam mir so vor, als hätte ich Isabell betrogen, nur deshalb war ich so wütend. Aber das ist natürlich Schwachsinn«, gestand sie ihm. »Das sehe ich jetzt ein.« Sie seufzte an seinem Hals. »Es tut mir leid, eigentlich müsste ich dir dankbar sein, ein fremder Mann hätte mir alles Mögliche antun können.«

»Hat es dir wenigstens gefallen, was ich mit dir gemacht habe?«, raunte er.

Alexandra versteifte sich leicht in seinen Armen, doch sie blieb bei ihm. Ihr Atem ging schneller. Dachte sie auch gerade an das, was zwischen ihnen passiert war?

»Gib zu, du hast es genossen, dich mir zu unterwerfen und hart geleckt zu werden«, hauchte er ihr ins Ohr. »Du hast darum gebettelt, dass ich es dir besorge.«

Ihre Finger krallten sich in sein Hemd.

»Werden deine Nippel steif, wenn ich so mit dir spreche?« Nach ihrer unvergleichlichen Liebesnacht wollte er Alex für immer. Marcus verzehrte sich nach ihr, wollte sie wieder mit gespreizten Beinen unter sich liegen haben, sie schreien, flehen und stöhnen hören. »Antworte mir!«

»Ja, Marcus«, wisperte sie. Er hatte ohnehin längst bemerkt, wie sie auf seine Worte reagierte. Wenn das sein Bonus war, seine einzige Hoffnung, sie zu halten, dann musste er jetzt weitermachen.

»Spürst du meinen harten Schwanz?«, fragte er und leckte dabei über ihre Ohrmuschel.

Alexandra erschauderte. »Ja, Marcus.«

»Möchtest du ihn wieder in dir fühlen?«

Nickend presste sie sich an ihn, rieb sanft ihre Hüfte an seinem Oberschenkel.

»Bist du schon feucht für mich?«

»Ja …«, hauchte sie, und mehr brauchte er nicht zu wissen. Er nahm ihre Wangen in beide Hände und küsste Alexandra verlangend, während er sie durch den Salon zurückdrängte, bis sie gegen das Sofa stieß.

»Setz dich … ganz auf den Rand«, befahl Marcus, ohne von ihrem Mund abzulassen, und als sie gehorchte, ging er in die Hocke. »Spreiz die Beine und raffe deine Röcke.«

Sie tat auch diesmal, was er verlangte, und sein Schwanz pulsierte heftig. Alexandra war einfach perfekt. Ihre Unterwürfigkeit, ihre totale Hingabe … Das alles machte ihn unsagbar an. Sein Liebesleben mit Isabell war ebenfalls erfüllend gewesen, aber er hätte sich bei ihr niemals getraut, seine wahren Sehnsüchte zu zeigen. Nicht bei Alex. Ihr ganzer Körper schrie danach, ihm bedingungslosen Gehorsam zu leisten.

Marcus löste sich von ihrem Mund und beobachtete schwer atmend, wie sie ihren burgunderfarbenen Rock über die Knie schob. Alex trug zierliche, weiße Stiefel aus Ziegenleder und seidene Strümpfe, jedoch kein Unterhöschen.

»Immer bereit«, murmelte er. »Das gefällt mir.«

Ihre Wangen röteten sich, ihr Brustkorb hob und senkte sich schnell.

»Lehn dich zurück und stell deine Füße auf das Polster.«

Nachdem Alexandra auch diese Position eingenommen hatte, schob Marcus den Stoff noch weiter hinauf, bis ihr Unterleib freilag. Er schluckte schwer, denn er konnte alles erkennen. Ihre geöffnete Spalte war bereits angeschwollen, ihre Schamlippen gerötet. Um ihren Eingang herum glitzerte es. Mit dem schmalen, blonden Haarflaum auf ihrem Schamhügel wirkte Alexandra beinahe unschuldig. Aber wie sie sich gab ... »Sag, wie viele Liebhaber hattest du vor mir?« Er würde alle Erinnerungen an seine Vorgänger auslöschen, er wollte, dass sie sich nur ihm derart offen präsentierte. Marcus wollte sie mit keinem anderen Mann teilen und er würde ihr geben, was er konnte, damit sie nie wieder zu einem anderen ging.

Ihre Augen wurden groß. »K-keine«, sagte sie leise.

Er lehnte sich vor, um ohne Vorwarnung zwei Finger in ihre Nässe zu treiben. Gott, sie war so eng und seidenweich in ihrem Inneren. Und heiß. Unwahrscheinlich heiß. Er sah ihren Kitzler, der ihm dick und rot entgegenleuchtete. Obwohl Marcus sie noch nicht einmal berührt hatte, war sie hocherregt.

Ihre Schenkel zitterten, als er seine Finger vor- und zurückschob, bis sie mit ihrem Saft bedeckt waren. Er achtete jedoch darauf, ihren empfindlichsten Punkt nicht zu berühren.

»Ist das auch wahr? Du hattest bisher noch keinen Liebhaber?« Sein Puls rauschte in den Ohren, sein Magen zog sich zusammen.

»Ich schwöre es dir, Marcus. Du ... Der Maskierte ... war der erste.«

Ja, er glaubte ihr. Er hatte in der Hütte ihre Unerfahrenheit bemerkt, sich jedoch gewundert, wie schnell sie lernte. »Dann bist du ein Naturtalent«, sagte er und ließ seinen Daumen für einen Moment auf ihrem Kitzler kreisen.

Stöhnend warf Alexandra den Kopf zurück. »Marcus, was, wenn jemand hereinkommt? Dein Butler?«

»Gerald würde niemals hereinplatzen, wenn er weiß, dass ich Besuch habe. Aber du wirst dein Stöhnen unterdrücken müssen.«

»Das kann ich nicht.«

Abrupt kam Marcus auf die Füße, holte mit einer Hand seine Erektion aus der Hose und griff mit der anderen in ihr Haar. »Dann sollte ich dein süßes Schleckermäulchen stopfen, damit Gerald dich nicht hört, wenn ich dich gleich ficke.«

Sie keuchte gegen seine Eichel, die purpurn glänzte. Precum drängte sich aus dem Schlitz – Marcus konnte sich nur mit Mühe beherrschen. Alex sah einfach zu verführerisch aus, wie sie mit gespreizter Muschi und aufgestellten Beinen vor ihm saß und auf seinen Schwanz starrte. Marcus würde gern in ihr Gesicht kommen, sie von oben bis unten besamen, aber nicht heute. Nicht hier, in seinem Salon.

Er zog sie näher und drängte sein Geschlecht zwischen ihre Lippen. Während er ihren Mund benutzte, schaute sie unschuldig zu ihm auf. Sie saugte und leckte, wenn er nur ein Stück in ihr war, und stöhnte kehlig, wenn er fast bis in ihren Rachen vorstieß. Er befriedigte sich an ihr – nebenher fuhr er mit einer Hand in ihren Ausschnitt, um ihre Brust zu kneten. Voll und schwer lag sie ihn seiner Hand, der Nippel reckte sich ihm gierig entgegen. Er zwickte hinein, und Alex stöhnte wieder an sein Geschlecht. Die Vibrationen brachten ihn fast zum Abspritzen. Mehr Lusttropfen flossen aus Marcus heraus, er konnte kaum an sich halten. Sofort zog er sich aus ihr zurück.

Er riss sich das Krawattentuch vom Hals und forderte Alex auf, ihren Mund zu öffnen.

»Das ist nicht dein Ernst?«, wisperte sie und wich vor ihm zurück.

Marcus hielt sie am Hinterkopf fest. »Wenn du deine Lustschreie nicht kontrollieren kannst, muss ich dich knebeln.«

Sie keuchte, öffnete leicht ihre Lippen und sah ihn mit entrücktem Blick an. »Ich vertraue dir.«

Sein Herz ging über vor Liebe zu dieser Frau. Er beugte sich zu ihr hinunter, um sie hart zu küssen. »Du wirst es nicht bereuen«, wisperte er.

Als er das Tuch in ihren Mund drückte, verdrehte sie vor Lust die Augen. Er passte auf, dass er nicht zu viel des Stoffes in sie schob, damit sie nicht würgte. Er sollte nur ihr Stöhnen dämpfen.

»Himmel, Alex, du sieht so wunderschön aus!«

Sie atmete hektisch durch die Nase, saß aber immer noch mit gerafften Röcken und aufgestellten Schenkeln auf dem Sofa. Ein Zipfel seines Krawattentuches hing aus ihrem Mund, was sie unwahrscheinlich verletzlich aussehen ließ.

Marcus konnte sich nicht mehr beherrschen, er brauchte sie sofort! Also zerrte er Alex auf die Beine und drehte sie herum. »Bück dich!«

Sie stützte die Hände auf dem Sofa ab, worauf er ihr Kleid über ihren Rücken warf, sodass ihr herrlich rundes Gesäß vor ihm lag.

Marcus nahm seinen Penis in die Hand, rieb ihn an ihrem feuchten Loch und drang dann ohne Umschweife in sie ein.

Alexandras Stöhnen klang gedämpft.

Marcus musste unerbittlich in sie rammen, weil er sie spüren wollte. Außerdem musste er begreifen, dass das gerade tatsächlich geschah. Ihre enge Muschi schien an ihm zu saugen, und so drängte er tiefer, wobei er sich an ihren Hüften festhielt. Marcus wollte ihr zeigen, dass nur er ihr geben konnte, wonach sie sich sehnte, daher stieß er härter in sie. Er wollte Alex nie wieder gehen lassen. »Ich werde in dir kommen, dich mit meinem Samen markieren«, sagte er gepresst.

Alex warf ihren Kopf herum, ihre Augen lustverhangen. Sie nickte und drückte sich ihm entgegen.

»Du bist so eine leidenschaftliche Frau, Alexandra«, erklärte er stöhnend, wobei er seine Hände von ihren Hüften löste. Eine legte er auf ihren Busen, die andere führte er ebenfalls um ihren Körper herum, damit er ihren Kitzler stimulieren konnte. Doch es brauchte nicht viel, da spürte er schon, wie sich ihre Muschi um seinen Schwanz zusammenzog.

***

Alex glaubte sich im Paradies. Obwohl sie Angst hatte, der Butler würde doch noch hereinplatzen, entfachte das ihre Lust umso mehr. Und als Marcus sie auch noch zwischen ihren Schenkeln rieb, konnte sie sich nicht mehr beherrschen. Sie presste ihr Gesicht in ein Kissen und stöhnte in den Knebel, während ein Orgasmus sie ergriff, der ihre Ohren zum Klingen brachte. Während sich noch alles in ihr zusammenzog, spürte sie, wie Marcus besonders tief in sie kam und sich in sie ergoss. Sein Glied pumpte unentwegt, bis es alles von sich gegeben hatte und auch ihr Höhepunkt verebbt war.

Marcus holte das Tuch aus ihrem Mund, dann zog er Alex in seine Arme. Sie lagen auf dem schmalen Sofa, sie fast auf ihm, nach Atem ringend. Dabei küsste er sie sanft.

Und plötzlich begann er zu reden, ja, es sprudelte aus ihm heraus wie bei einem Wasserfall: »Ich habe Isabell sehr geliebt und vermisse sie, aber ich bin es leid, allein einzuschlafen, ich sehne mich nach Wärme, Geborgenheit.«

Diese Worte aus dem Mund des arroganten Lord Winter? Marcus, der kühle, überhebliche Adlige?

Alexandras Herz schmolz vor Wärme, und sie kraulte seinen Kopf.

Nein, er war alles andere als kühl. Er war heißblütig, leidenschaftlich, liebevoll und ein Gentleman. All die Jahre hatte er seine Gefühle versteckt und still gelitten, während sich Alex bei ihren Freundinnen hatte ausheulen können. Sie wollte sich entschuldigen, weil sie derart grausam zu ihm gewesen war, aber er hörte nicht auf zu sprechen: »Ich kann verstehen, dass du wütend bist, weil ich mich für den Maskierten ausgegeben habe, aber ... Alexandra, ich ... Bitte heirate mich.«

Was? Ihr stockte der Atem. »Du warst der Mann meiner Schwester! Wir können nicht heiraten!«

Als er traurig zu ihr sah, verkrampfte sich ihr Inneres. Sie wollte ihn nicht noch mehr verletzen.

»Denkst du nicht, Isabell hätte gewollt, dass wir beide wieder glücklich werden?«, fragte er.

Seufzend kuschelte sie sich an seine Brust. Sie würde so gern für immer bei ihm bleiben. »Ich meine das Gesetz, Marcus.«

Auf einmal klang er hoffnungsvoll: »Wir könnten in ein anderes Land gehen, wo wir heiraten dürften.« Er setzte sich auf, wobei sie dicht bei ihm blieb und seine Hand ergriff. Ihre Stimme zitterte. »Du würdest all das aufgeben? Für mich?« Sein prachtvolles Haus, sein Leben in London, seine Freunde? Für sie?

»Ich wäre schon lange gegangen, aber das Einzige, was mich zurückhielt, warst du«, wisperte er und beugte sich zu ihr.

»Wirklich?«, flüsterte sie an seine Lippen.

»Wirklich«, hauchte er. »Weil ich dich liebe. Schon ewig. Und das weißt du.«

Glücklich schlang sie ihre Arme um seinen Hals. Ja, sie wusste es. Sie würde mit ihm England verlassen, damit sie zusammen sein konnten.

LESEPROBE: PAULA CRANFORD

»VÖGELLAUNE 16 EROTISCHE GESCHICHTEN«

Auszug aus der Kurzgeschichte:
„Nächtlicher Besuch“

… Einer der Einbrecher trat einen Schritt zurück, um sie besser betrachten zu können. Dann nickte er zufrieden und sagte: »Sehr gut!« Unsanft stieß er sie zurück aufs Bett, drehte sie sofort auf den Bauch und presste ihr Gesicht in das Kissen.

Mit klopfendem Herzen hörte Jennifer, wie eine Schublade aufgezogen wurde. Würden sie DAS auch finden? Für einen Moment lang war es ganz still, dann nahm sie ein leichtes metallenes Klicken wahr. Ja, sie hatten ES gefunden und ihre Handgelenke glitten ganz einfach dort hinein: in die eisernen Fesseln. Ihre Fußgelenke ließen sich ohne zu zögern einfangen und ein paar Augenblicke später waren ihre Arme und Beine gespreizt und an das kalte Bettgestell gefesselt.

Handschuhhände hoben ihre Hüfte an. Mit jedem Finger einzeln strich jemand um die Knöpfe des Latexunterteils und riss es mit einem Ruck auf. Als Jennifer den leichten Windzug zwischen ihren Schenkeln spürte, schaltete ihr Körper um: von Angst auf Lust – und sie konnte nichts dagegen tun … Auch nicht gegen die wohligen Schauer, die durch ihren Körper liefen und eine befriedigende Mischung aus Furcht und Geilheit bildeten.

Jennifer rüttelte ein wenig an den Fesseln, aber kaum mehr an Bewegung war noch möglich. Sie war gefangen und dem fremdem Willen der Männer völlig ausgeliefert.

Die Einbrecher zogen die Handschuhe nicht aus, bevor sie ihr Opfer berührten. Es schien, als wollten sie Jennifer nicht direkt anfassen. Keine Haut-zu-Haut-Berührung zulassen, oder sie taten es aus dem Grund, um keinerlei Fingerabdrücke zu hinterlassen.

Die ledernen Finger pressten sich in den offenen Schlitz ihres Dessous, schoben sich weiter bis in ihre Möse rein. Überall fühlte sie Finger, die sie aufbrachen, einen klaffenden Spalt daraus machten, der wie eine fleischfressende Pflanze darauf wartete, die lohnende Beute mit unwiderstehlicher Nässe anzulocken und zu verspeisen. Mit Daumen und Zeigefinger rieben sie ihre Schamlippen so lange hart, bis überschäumende Nässe aus der Tiefe ihres Unterleibes hervorschoss. Eine Hand öffnete ihren Hintern, strich hart und unnachgiebig um ihren Anus herum. Und es dauerte nicht lange, bis auch der besiegt war.

Jennifer presste ihr glühendes Gesicht in das Kissen. Sie schämte sich dafür, dass ihr diese Typen solche Lust bereiten konnten. Typen, die eigentlich nur gekommen waren, um ihren Schmuck zu stehlen.

Soweit es ihr in der engen Fesselung möglich war, schob sie ihren Unterleib heraus, hoffte, lederne Finger würden auch nach ihrem Kitzler greifen.

Tatsächlich klammerten sich auf einmal zwei oder drei Finger um ihren Kitzler, zogen daran, in kleinen sanften Zügen, und erzeugten in ihr rasant anschwellende Erregung. Aus dem noch zurückhaltenden Wimmern wurde ein sehnsüchtiges Seufzen, das bald in wollüstiges Stöhnen umschlug. Sie hörte

Lachen zwischen ihren Lauten und wusste, sie erniedrigte sich vollkommen vor den fremden Männern. Sie gab sich gerade vollständig preis. Ihr Kitzler fing an zu schmerzen und unter dem stetigen Druck der Finger konnte sie ihre Nässe fühlen, die sich aus ihrem Unterleib löste. Dieser Orgasmus würde berauschend sein, sie konnte ihn kaum noch erwarten. Doch bevor sie sich gehen lassen durfte, hörten die Finger ganz plötzlich auf, sie zu berühren.

»Was willst du von uns, du kleine Schlampe?« Die Stimme vibrierte verheißungsvoll und unheilvoll. »Sag schon, was sollen wir jetzt mit dir machen?«

Jennifer brauchte ein bisschen Zeit, aber dann waren ihre Worte unmissverständlich und sie flüsterte beschämt, was sie sich wünschte.

»Wir sollen was mit dir machen? Geht das auch ein bisschen lauter?«

Sie musste es noch zwei Mal wiederholen, bis die Männer sich entschieden, es zu verstehen. Sie ließen Jennifer in dem Glauben, sie müssten darüber nachdenken, was sie von ihnen wollte, bis endlich einer seinen Kopf zwischen ihre Schenkel steckte und anfing, worum sie förmlich gebettelt hatte. Als die männlichen Lippen auf ihre Haut trafen, krümmte Jennifer sich zusammen. Eine männliche Zunge schraubte sich in sie und vergaß dabei nicht, an ihrem pulsierenden Kitzler zu lutschen. Jennifer schämte sich kein bisschen für ihre Lust, sie konnte auch nicht mehr denken, war wie berauscht. Ihre Sinne wären am liebsten übergeschnappt. Die Fesseln verhinderten, dass sich ihr Körper losreißen konnte. Und da Jennifer kein Ventil für ihre Geilheit hatte, biss sie stöhnend und schreiend in das Kissen, während die Zunge sie bearbeitete.

Jennifer fühlte Zungen und Lippen, überall da, wo sie am

geilsten war. Sie bäumte sich auf, den Lippen und Zungen entgegen, um bloß nichts zu verpassen. Die obszönen Leck- und Lutschgeräusche vermischten sich mit ihrem gurgelnden Keuchen und Stöhnen. Hautstück für Hautstück schoben sich lederumhüllte Finger zwischen ihre Pobacken, zogen die beiden festen Hälften energisch auseinander und schoben sich vorwärts. Die obszönen Geräusche hörten nicht auf, sondern verstärkten sich noch. Jennifers Orgasmen schossen wie kleine sprudelnde Fontänen aus der Tiefe ihres Unterleibes hervor, spritzten höher und höher. Ihre Gier konnte nicht mehr größer geleckt werden. Als Nässe nur so aus ihrem Körper lief, schob sich ein Schwanz von hinten langsam über ihre gespreizten Schenkel nach oben. Wie im Zeitlupentempo fühlte sie das jetzt. Die schabenden Laute des harten Schwanzes auf ihrer heißen Haut fügten sich in die restlichen Geräusche ein und trugen ihren Teil dazu bei, sie in einen orgiastischen Rausch zu versetzen.

Es war nicht nur diese unrealistische Situation, in der sie sich befand, es waren die männlichen Einbrecher, die so genial befriedigten. Hinzu kam diese Machtlosigkeit, sich nicht wehren zu können. Das Ausgeliefertsein an Fremde, die nachts unerlaubt in ihr Schlafzimmer eingedrungen waren, die Masken und Handschuhe trugen, und sich nahmen, was sie wollten.

Jennifer konnte nichts dagegen tun. Sie war ihren Trieben ausgeliefert.

Der erste Stoß tat weh. Sie zuckte zusammen. Sie war offen genug, nass genug und trotzdem rieb sich dieses Geschlechtsteil schmerzhaft an den Innenwänden ihrer Möse. Es war nicht nur lang, sondern auch groß. Sie versuchte, tief ein- und auszuatmen, zu entspannen, aber es dauerte einige Stöße lang, bis es nicht mehr so sehr wehtat. Als sie diesen schmalen Grad von Schmerz zu Lust überwunden hatte, brach etwas in ihrem Unterleib auf und produzierte auf einmal sprudelnde Freude.

Während sie kraftvoll und ausdauernd gevögelt wurde, beugte der eine Mann sich ganz weit über sie und biss ihr in den ungeschützten Nacken. Gerade, als sie sich auf den ansteigenden Höhepunkt einlassen wollte, zog sich der Stimulator aus ihr heraus, um heftig und geräuschvoll auf ihren Hintern zu spritzen. Noch bevor sie darüber enttäuscht sein konnte, stieß sich das andere Glied in sie, und dieses Mal gab es eine Steigerung zu dem Mal davor.

Jennifers Körper wurde unter der Kraft der Bewegungen in ihrem Unterleib hochgestoßen. Hitzewellen schossen kreuz und quer durch ihren Körper. Sie schaffte es, sich trotz seines Körpergewichts und der Fesseln hochzustemmen. Nicht, um ihn abzuschütteln, sondern weil sie sich bewegen musste. Wie konnte sie ruhig unter einem solch massiven Beschuss Geilheit bleiben? Seine Arme griffen nach ihren und drückten sie wieder zurück. Er war stark. Sie hatte keine Chance und musste liegen bleiben, ihre Ekstase unbeweglich aushalten.

Jennifer beschimpfte beide Männer. Doch sie hörte nur Lachen als Antwort darauf. Sie bat um ein bisschen mehr Gnade, aber als die Stöße weniger wurden und schließlich komplett aufhörten, da flehte sie darum, weitergefickt zu werden.

Obwohl sie die Kraft dieser Stöße nun kannte, war sie nicht auf die Wucht vorbereitet, mit der einer der Männer sie jetzt bearbeitete. Mit welcher Rücksichtslosigkeit er sie zum Abschluss noch einmal nahm. Am liebsten hätte sie sich die Fesseln runtergerissen und dem Spiel ein Ende gesetzt. Aber nur ihr Kopf dachte so und schrie NEIN, ihr Körper dagegen schrie JA! Ihr Körper gewann. Und so biss sie die Zähne zusammen, hoffte, dieser letzte Schmerz würde sich auch in

Lust verwandeln. Das tat er. Und sie fühlte, wie sie plötzlich innerlich lichterloh brannte, die Lust in ihrem Körper aufstieg und aus ihr herausbrach. Sie schrie ihre Ekstase ins Kissen, verkrallte sich in den Fesseln. Ihr Körper zuckte und wand sich.

Während sie ihrem Orgasmus ausgeliefert war, fing sein Glied tief in ihr an zu vibrieren und augenblicklich zog er sich aus ihr heraus. Mit einem heftigen Ruck und einem triumphierenden Schrei presste er sich auf sie. Sie konnte hören, riechen und fühlen, wie er auf dem Höhepunkt aller Lust angekommen war und sich auf ihr verspritzte.

Ihr Körper fühlte sich leicht an, als er sich erhob. Jetzt konnte sie endlich entspannen und genießen.

Die Männer verloren keine Zeit. Jennifer lauschte ihren Bewegungen. Sie bekam Angst, die Einbrecher würden sie nicht losbinden, vergessen, die Fesseln zu öffnen – vielleicht sogar absichtlich. Doch in Sekundenschnelle war sie erlöst von den harten Griffen. Jennifer wagte es, den Kopf zur Seite zu drehen. Die Augen der Männer waren weit geöffnet. Die dunklen Pupillen riesig hinter den Schlitzen der Masken.

Sie robbte zum Kopfteil ihres Bettes, rieb sich die brennenden Handgelenke und presste ihre wunden Schenkel zusammen. Die Männer sahen sie an. Unschlüssig. Sie zögerten wegen irgendetwas. Dann zog der eine den Beutel mit ihrem Schmuck aus der Hosentasche und warf ihn auf ihren schweißbedeckten Bauch. Sie zuckte zusammen.

»Vergiss nicht, die Terrassentür hinter uns zu schließen. Nicht, dass noch Einbrecher kommen ...«

Das dröhnende Lachen klang ihr noch in den Ohren, als die Männer schon längst verschwunden waren.

***

Als Jennifer am nächsten Morgen erwachte, fühlte sie sich wunderbar entspannt, auch wenn sie nicht viel geschlafen hatte.

Im Frühstücksradio wurden die neusten Nachrichten zum Fall der vermummten Einbrecher gebracht. Sie waren in der vergangenen Nacht noch geschnappt worden, frühmorgens am anderen Ende der Stadt, als sie in eine leer stehende Villa einsteigen wollten.

Jennifer lächelte melancholisch. Schade, sie hätte die beiden lieber persönlich kennengelernt, als nur von ihnen zu träumen. Sie streckte sich ausgiebig und stand dann auf.

Auf ihrem Boden vor dem Bett lag ein schwarzer Handschuh ...

Weitere erotische Geschichten:

Skyler Red

Sexuelles Erwachen

Ich erwache wie aus einem Traum,
als ich meine Ehe beende.

Erstaunt stelle ich fest, dass das Leben voller Sex sein kann, wenn man es nur will.

An mir entdecke ich völlig neue lustvolle und gierige Seiten, die ich nun mit meinem Spanischlehrer auslebe.

Er ermutigt mich, meine verruchteste und geilste Seite zu zeigen und sie mit ihm oder anderen Männern zu praktizieren ...

Ich bin sexuell erwacht!

Allegra Bellmont

SexLovers

Sechs erotische Geschichten voller Sex,
Verlangen und Leidenschaft:

Ob mit dem heißen Feuerwehrmann,
dem geheimnisvollen Biker im »Paradies«,
dem Freund des Sohnes am Pool
oder mit der eigenen Stieftochter ...

Lassen Sie sich retten und verführen ...

Mary Cordis

Sex auf Abwegen

Sie hat alles erreicht, ist erfolgreich, hat eine Familie und einen fürsorglichen Mann.
Dennoch ödet sie das Leben in New York an ...

... bis ein Unbekannter in ihr Leben tritt, dem sie sich bedingungslos hingibt, alle Tabus bricht und bereit ist, alles aufzugeben.

Sie erlebt Stunden der Leidenschaft mit hemmungslosem Sex an der Seite ihres Lovers, der sie fast in den Wahnsinn treibt.

Doch es kommt anders als sie denkt ...